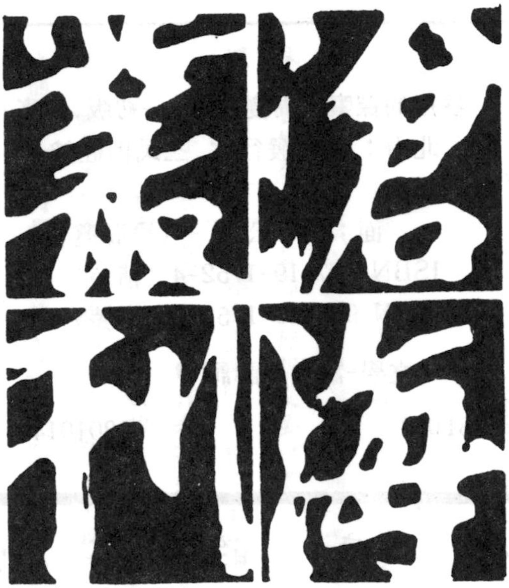

秩序的探索

周慶華 著

東大圖書公司印行

出對這些主要問題的解答，成一家之言。這則引文，我姑且借來作開場。簡要的說，這三種情況分別代表著敍述式、批評式和創造式的論文寫作，彼此間不一定具有價值判斷，而必須靈活的運用，但就另個角度而言，三者又好比是學術研究的進階，也好比是研究人才養成教育上的三個層次，這個比擬，至少可由學界對碩士、博士論文的不同評品標準上映證。如果再進一步由僧侶所穿的「百衲衣」作聯想，一篇論文的寫作、一個人才的養成，廣泛吸收相關知識和前人研究成果，往往是重要的奠基，再以自己的看法與思考，或作敍述，或作評論，或別出創見，加以縫綴貫串，豈不是學術研究的「百衲衣」？關鍵在於，這件新完成的衣服，是展現了一個全新而自然的風貌，抑或依舊維持零碎破落的模樣？

問題就在這兒，以中文學術研究而言，由於所該括的領域過於空泛，「經史子集」無所不包，而中文學界所能提供或運用的研究方法，又不足以「四面玲瓏」，就有史學界、哲學界的學者對中文學界的研究成果提出意見，而外文學界的學者也有對中文學界部分學者借用西方的方法論，提出語文能力、理解能力等方面的質疑。與此同時，中文學界當然也有自省和調整，於是，在一般學術研究及教學系統上，就出現傳統保守與激烈先進兩種主要風格，前者以傳統治學方法的廣博縝密自我期許，後者傾向援引西方的方法論來改革研究方法，這兩件「百衲衣」就變成一復古一流行，彼此並行，卻也互有爭議。

我和慶華，恰恰來自兩種不同的教學系統：東吳傾向「傳統」的擁護，淡江著重「激進」的代言，作為中文學界的新生代，我們對於研究方法與走向，意欲進一步的思考，對於不同學界批評的聲音，也有各自的反省。慶華一向在儕輩之中，特別勤於閱讀和筆耕，從他這一系列有關當代文學的論述中，也可以發現，他所選擇評介的，多是一些具有「典範」作用與企圖的主張或作品，如「結構主義」、「解構主義」、「後現代主義」，乃至於新興的「民間文學研究」，而藉由這些論述，他也透露了一個努力方向：由對過去與現在的批判，透視未來；由對部分「典範」的尋思，提出一些詮釋或再思考的面相，來加速完成「典範」或質疑其「典範」性。換句話說，他對於當前的文學或文化，極欲突破傳統中文學者的「畫地自限」，積極的參與，他不要被故紙堆淹沒，他要和時代「一起起舞」。這樣的努力與用心，實在很值得新一代中文研究者共同效法。

然而，我要再作推想，將慶華的努力，結合前述其他學界學者的批評，特別是來自外文學者的質疑來思考，一個由他人翻譯、引介、傳釋的知識所構築而成的理論與看法，其可靠性如何？其真正的意義又何在？面對科技整合的潮流，一個中文學者如何因應？如何擷取他人之所長、為傳統注入活水？而學術人才的養成教育又應該走出什麼方向？……這些質疑，並非「長他人志氣」，而是人貴自知自省，方能更上層樓，中文學術研究的更新，當然不能抱殘守缺，卻也不是「炫耀」一下西方的名詞、肆意縫補就能做到。

稍微關注今日中文學界存在的一些現象與問題，乃至中文學界在整個學術體系或文化建設中的「弱勢」地位的朋友，或許會更加諒解我的激越陳述，而慶華──正是一位可以一起省思和儲備的好朋友，對於他，要盡力求全責備，所以，我不要聽什麼「語言本有其侷限性，無所謂作者原意」之類的託辭，而要知道如何像謝榛論作詩所謂「蜜蜂釀蜜」的具體方法與行動，然後，大家一起來！

八十三年元月二十七日於中央圖書館研究小間

序二：當代文學研究潛能的釋放

楊旻瑋

在敦煌變文〈前漢劉家太子傳〉的本文（事）之後，附錄了幾段看似與本文無關的記載，其中一段藉著《同賢記》一書，說明宋玉的一件「誤友」事蹟。其大意為：宋玉有一良友，託玉求仕，宋玉以自己才輕力弱，委婉將其友推薦至孟嘗君門下，並謂「必能用之」；宋玉之友因此到孟嘗君門下，不料時間已過三年，結果却是「不蒙採用」，其友責備宋玉的不是，宋玉反駁道「子自不才，何怨我也！」其友接下來說了一長串的例證，一方面向宋玉陳述這個是非並非是「才不才」的問題，二方面直接指出宋玉之錯誤。宋玉聽完其友之旁「敲」側「擊」後，無言以對，承認先前的推薦是一大失策。

按常理，宋玉之言，亦為一般身處其境者最可能說出的辯語，而且彷彿是「振振有辭」，但宋玉之友從兩個角度，瓦解了這個「想當然耳」的道理，有理之言瞬間成為無理之言。這兩個角度，一曰「所託處弱強使然」，二曰「若指空中規之，則累世逐空而不得一」；用較接近當代的意義來理解，前者卽指涉「所依靠的對象與環境的條件」，後者則指涉「策略的有效性與具體性」。讀者諸君「或許可能」將宋玉推薦其友至孟嘗君門下一事，視作宋玉的「好意」，宋玉之友是自己不爭氣（不才），怎能怪宋玉?!這樣，問題仍回到原點之一：宋玉為何要推薦一「自不才」的朋友，又說「必能用之」？這雖是宋玉的自我矛盾與失策，但嚴格說來，這個簡短的辯論過程，實涵有豐富的意象與模糊待清的理路。

我們常說（「常聽人說」與「自己常說」），文學語言不同於一般語言，它除了「語表」（宣示義）外，還有「語裏」（啓示義）；文學創作與文學研究就是以「宣示與啓示」為中心展開，而作者與讀者的關係，不論是「作者得於心，覽者會以意」（梅堯臣語）或是「會己則嗟諷，異我則沮棄」（劉勰語），也均是對宣示及啓示二義的解讀的歧異而已。解讀的歧異，在當代文學研究的領域中特別明顯，很多人研究文學，仍以爬梳「作者原意」為鵠的，或者仍對文學作品中的主旨、精神等傳統研究傾向難以忘情。不是說「作者原意」或「作品主旨」不重要，當代文學研究者更想得知有沒有比「原意」、「主旨」更重要的課題可供探究；如果沒有，研究者也老早死心了，雖說「觀聽殊好，愛憎難同」（王充語），但文學作品的形式與意義已無法定於一卻是不爭的事實，況且，全方位的開放不等於已完全解讀了全方位。「一」也罷，「整體」也罷，「全方位」也罷，它們既非等於也非不等於，但總有意義的關聯。昔唐人賈島云：「獨行潭底影，數息樹邊身」其自注道：「二句三年得，一吟雙淚流。知音如不賞，歸臥故山秋。」宋人魏泰在《臨漢隱居詩話》中諷刺道：「不知此二句有何難道，至於『三年始成』，而一吟淚下也？」從後現代主義的觀點或當代文學研究的趨向來看，賈島和魏泰分別代表了「有問題」的作者和讀者（如此率意直覺的評論，不好視為研究者）。賈島的問題除了「二句三年得」指涉不清外，就是他那句「知音如不賞」也指涉不清；魏泰此人，大概除了在不清晰的意義網絡中發發牢騷外，「語感」也很有問題（「發牢騷」當然也有意義，只不過並非文學中的意義）。

我們回過頭來再看看宋玉「誤友」事蹟在當代文學論述中的相關性：⑴當代文學作品與論述身處的環境如何？⑵當代文學的研究究竟有沒有效？具不具體？上述兩點所指涉的範圍與內容都很複雜，所謂「環境」包括了「當代」文學創作與研究的領域中，作者、作品、讀者三者在創作與解讀上的條件與方法，三者與社會文化之間的影響關係。

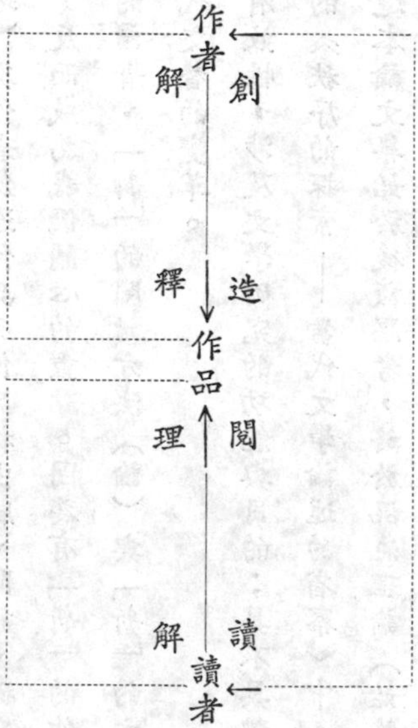

撇開（暫時地）從作者創造作品到作品被出版、閱讀、研究的過程不談，「當代」的文學語言的特殊性如何，反而成為我們關心的重點。因為有「新」的作者、「新」的創作方法、「新」的作品、「新」的讀者、「新」的閱讀方法（論）與「新」的文學論述與研究課題，文學語言在進行一場自我世代交替的變革。

文學研究的有效性，涉及文學研究的功能與目的；具不具體，涉及文學研究的「建樹」究竟如何。從周慶華的《秩序的探索——當代文學論述的省察》中，我們可以很具體的來探討。嚴格說來，這本論文集始於後設思考，終於混沌理論（始終二字，也是一種「權說」）。論文中所論述的，主要涉及「後現代主義文學」、「後設小說」、「文學批評理論」、「作者死亡論」、「審美語言」、「文學美（學）」、「臺語文學」、「兩岸文學交流」、「現代文學」、「民間文學」等十大主題。讀周慶華的論文，總感到他是屬於那種「苦吟而成，格力可見」的人。因為他對於能在臺灣出現的「新」的文學批評理論與方法的中文著作，是近乎全面性的接觸與研究，所以讀者諸君若無相對的閱讀背景或閱讀方法與心態，「見樹不見林」還算是較好的結果，「指鹿為馬」、「畫虎類犬」就比較可惜了。金聖嘆在評點《西廂記》第二齣第四折中鶯鶯的唱詞「〈越調・鬥鵪鶉〉：雲斂晴空，冰輪乍湧；風掃殘紅，香階亂擁；離恨千端，閑愁萬種。」總結時金聖嘆說：「有時寫人是人，有時寫景是景；有時寫人卻是景，有時寫景卻是人。如此節，四句十六字，字字寫景，字字寫人。傖父不知，必曰景也。」金聖嘆的評點方法與內容，很適合用來面對當代文學與當代文學論述，這其中自然也包括周慶華的論述。

前有述及「形式與意義的全方位開放」不必然可視為全方位的研究，All Direction，於西方是全方位，於我們也可以是全方位，也正因「方位」有無限的可能性，「窮盡」或「化約」遂成為在通往全方位過程中最常出現的兩種情境，有時個別出現，有時同時並存。文學作品中的社會批判，向來是學者關心的主題之一，因為文學家藉作品展現、隱喻表白其對「環境」的看法，本屬創作自由，只是我比較關心的是「有沒有效」、「具不具體」，周慶華從本體論和方法論去反省（定位），依我看，反省文學語言本身是一回事，反省文學語言的「非語言面意義」又是另一回事；用「什麼論」去反省文學是一回事，反省文學中隱含的「什麼論」又是另一回事。周慶華的論文，論述的過程一向比較屬於「欲窮盡」相關問題與概念一面，可是他每篇論文的結論，幾乎都給人一種既權宜遊戲又咬牙切齒的嘻嘻哈哈之感，儘管遊戲本身是嚴肅而困難的，而因難見巧，愈險愈奇。「君為秋桐，我為春風。春風會使秋桐變，秋桐不識春風面」，殆為此義。

有關臺灣的文學批評理論，周慶華以「批判多於建樹」為題，內容自然會涉及理論的有效性；我們常聽到一個反諷，抗議噪音的人，所發出的聲音也是一種噪音，我比較感興趣的是，就算是噪音，能否有效達到其目的。如果有一個噪音，能平息所有的噪音，這樣「偉大」的噪音，能否期待。「批判多於建樹」說得有一點籠統，不過文章本身並不化約；我在想無子西瓜與有子西瓜的差別，也在想「水」果哪天不是以「水」和維他命C等做為主要成分時，還能否稱作「水果」。就好像文學批評理論本身如果既不能達到理解文學作品的語表與語裏的有效性，又無法在理論內部尋求較有「建樹」（有效、有意義）的根據，文學批評理論的存在功能，就很讓人懷疑，它是否只「存在」而不「功能」，只是發出聲音，如是而已。周慶華說「批判多於建樹」，質言之，聲音雖多，意義有限。

就當代文學研究的條件而言，雖不必然有絕對的標準（事實上已隱含絕對標準），但我想沒有人會否定「掌握較多語言意義」的重要性，不論是語言面或非語言面的意義。衆所周知，當代文學研究中經常使用的一些詞彙，諸如顛覆、解構、去中心、後設思考……等，在此間並非那麼容易得到共識，在裏面的人急著（或者說積極於）證明上述詞彙及其概念的重要，在外面的人則像是面對一盤盤首次目睹的菜色，遲遲不敢動筷，或者看看別人下筷咀嚼時的神情，再品頭論足一番。而前者也不管後者吃不吃，或者吃完之後感受如何（權宜性的「不管」），仍堅持扮演一種「認命」的家庭主婦或廚師，也不管「廚師太多會煮壞一鍋湯」是在說什麼，他只知道家庭主婦的工作永遠做不完，十八世紀英國神學家史密斯（S. Smith）曾描述過一種工作情境：

> 如果讓你挑選桌上一些洞的形狀——有些是圓形、有些是三角形、有些是四方形、有些是橢圓形——每種形狀代表生活中的不同層面，同時也用來區別不同類型的人，我們將發現，三角型的人會選擇方形洞，橢圓型的人卻選擇三角形洞，而四方型人則擠進圓形洞。

職員與辦公室之間，做事的人與所做的事之間，兩者極少完全稱適——即所謂的適才適所。（《倫理學的架構》）

上述這個工作情境，正是二十五年前在美國風靡一時的「彼得原理」（The Peter Principle）中的中心概念——不勝任。進一步說，在層級組織（hierarchy）中，每位員工都會晉升到自己不勝任的階層。為何我要援引這個二十五年前企業管理學上「為何事情總是出差錯」的概念作一說明呢？恕我直言，以當代中文學界的研究成果而言，我常有一種整體的印象：仍有一大批人以「不懂」、「搞中國的東西都搞不完了」，好面子的，則長期以似是而非、半調子的言談來面對較新的研究課題；這樣胡搞瞎闖的結果，是理論的虛浮與文學論辯及教育的錯誤示範，也逐漸養成學界虛矯或無情的問學風氣。

我有時會如是想，是否在當代文學研究的領域中，許多人都不自覺（或者說「不承認」）自己已身處在不勝任（uncompetence）的情境，正因為不勝任，所以談起西方的東西，或處理當代的問題，都有點遮遮掩掩、開高走低。周慶華這幾年來將每一篇論文，想辦法在學術會議上發表，我想他應該也充分經歷了上述情境；特別是他論「作者死亡論」這個部分，不論是他反省傳統的「論作者」或「作者論」，或者是顛覆、解構「作品」與「作者」之間被視為「理所當然」的關係，都可以看出他「去中心」的用心，這份「去中心」的用心，事實上也可視為對於這個領域中諸多「不勝任」的狀況，加以剖析釐清，剖析的結果和過程「當然」也是「權宜」的（雖然我不太贊成一再「宣稱」「權宜」二字的必要性），久而久之，有人會以為周慶華「無所不用其極」的使用「虛無主義」去處理當代文學領域中的問題，我倒寧可相信這是他內在的「懷疑精神」，促使他對每一個問題，都慣性的提出「總結過去」、「反省現存」、「瞻望未來」的觀點，這也是很多學者的慣性，非周君所獨有，問題是——他勝不勝任。

勝不勝任，這是什麼問題。分三個方向來陳述：

一、在周慶華的論文中，他對於自己所提出的問題，是否有效的加以解決；他所提出的問題，是否是當代文學中較重要的問題。

二、同樣的問題，不同的學者在闡發剖析，周慶華的論說，是否更有說服力、更深中人心。

三、周慶華的論說中，哪些觀點及看法，可以取代一些可能已成為「偏見」或「定見」的結論。

以上三個概略的檢索角度，都有待讀者諸君自己去評斷；不過，在序文中，我倒願意進一步提出一些看法。雖然我們常說很多事情都是「相對」的，但這個觀念之中，事實上已隱含了「絕對」的概念。我的意思是說，不管你自認有多麼權宜、多麼圓融、多麼全方位、多麼相對……，任何論說言談都有「絕對」的傾向，在「絕對」之中，又有「相對」的基因存在。這就像是周慶華的研究一樣，讀者可在他的論文中看到他整理問題、提出問題、解決問題的過程，身為專業的讀者或同行，不論你贊成或反對，都不好忽略贊成或反對的原因（理由）當中一些「絕對」的因素；譬如你反對周慶華談論後設小說的方式或觀點，「相對的」，你必然有一套自己或深入或粗略的看法，在贊成或反對（同意或不同意）的對立狀態中，所有的論說，都是企圖找出一種「絕對」的答案，這種絕對是不用在口氣的語言文字中出現就有的「絕對」，不管你多麼的後現代，多麼的解構，多麼的權宜，都離不開這個「絕對意義」的網羅。

在序末，我對慶華兄這幾年來實踐以學術為志業的精神甚感佩服，他不斷釋放他研究文學的潛能，也不斷將這個潛能刺激別人，內造更大的自我。「去年今日此門中，人面桃花相映紅；人面不知何處去，桃花依舊笑春風。」這本是進京趕考的崔護，與清秀佳人謝莿英的純情邂逅，取消其中的「悲情」（嚴格說來，也沒什麼好取消的），倒很像是我們與文學的邂逅，在這場命定的邂逅中，有太多的糾纏、悲涼和人情世故（偶而帶些幽默、嘲弄），願周慶華更幸運些（因為他已經很努力了），能得到其他「相對」的代價，這是我「絕對」的盼望，與慶華及讀者諸君共勉之。

秩序的探索——當代文學論述的省察

目次

形式與意義的全方位開放

——後現代主義文學評述

一、從後現代到後現代主義

當四〇年代人類開始進入一個嶄新的「電腦資訊社會」和「消費社會」時❶，文化各領域也逐漸發生解構式的變化❷，其中以文學的「遭遇」最不尋常。一方面其他領域可以藉著轉換媒材來達到解構的目的，而文學卻只能利用原媒材的重組自我解構；二方面其他領域解構後，由於媒材的有限，可能會出現停滯的狀態，而文學的解構根源在媒材本身，除非文學不存在，不然解構會永遠繼續下去。這也就是我們要探討後現代主義文學的主要原因。換句話說，後現代主義文學瓦解了文學種種的成規，對於文學的創作和批評起了相當大的衝擊，不先對它作全面的探討，就無法預測未來文學創作和批評的走向。

本來「後現代」是用來描述某些跟前一個時代相異的文化現象的詞彙，並不含有學術上所謂「主義」（一套自成體系的學說或主張）的意思；但因爲它是相對「現代主義」而說，所以大家也加上「主義」二字，使它看來具有學術上的意義❸。不過，從另一個角度來看，「現代主義」在它的全盛期（從十九世紀末到一九三〇年代左右），也只是一股有別於寫實主義、自然主義、浪漫主義的思潮，並沒有形成一套體系嚴謹的學說或主張；但在大家不斷著文討論後，逐漸呈現出一些「規範」（如著重形式實驗），使得「現代主義」從描述的術語，變成規範的術語，一直「範圍」著人類的思路。這種情況也發生在「後現代主義」上，以至我們不得不假定所有關於「後現代主義」的宣稱，都經過高度的化約，目的在引導或左右思潮的走向。因此，從「後現代」到「後現代主義」，就不止是用語的差異，它還夾有精神實質的轉變（俾能發揮規範社會文化的作用）。

現在我們把討論的焦點定在後現代主義文學部分，也是基於相同的考慮：希望能夠爲文學的創作和批評重新規劃一個藍圖。而我們的作法是先歸納後現代主義文學的特徵，並探究它所以可能的理論基礎；然後考察它對文學創作和批評的衝擊，及推測未來文學創作和批評的走向。而後面這一點，就是本文的目的所在。

二、後現代主義文學的特徵

跟現代主義文學一樣，後現代主義文學也是先在歐美社會出現，而後才擴及其他地區④。由於後現代主義文學是相對現代主義文學而說，它的特徵自然要透過跟現代主義文學的比較才能顯現。

一般說來，現代主義儘管包含十九世紀末波特萊爾（Harles Baudelaire）的象徵主義和二十世紀初的前衛派（如未來主義、表現主義、存在主義、超現實主義等），看似互不相干，但在彼此所抱持的價值觀和創作方式上，卻有相當的「同質性」，也就是對於語言功能的信賴和形式實驗的興趣。前者表現在「眞」和「美」的追求：所謂眞，是指作品所烘托的世界，而不是現實世界。現代主義作家服膺的不是寫實主義或模仿理論，而是文字能造象的功能。他們相信，作家是藉著文字去創造一個想像的世界，這個世界的眞實感是由作品的形構要素所構成，而不是依附於外在世界所產生。所謂美，說明了一種超越論的創作觀。他們認爲現實世界的感知現象，瞬息萬變，只有文學作品上的美可以超越塵世的變幻無常。換句話說，美的事物在塵世中隨時都會凋萎，只有透過文學來保存它們，將它們「凝固」在作品中，才不至於像塵世的生命那樣朝生暮死。這顯示了他們極度相信語言的堆砌就會構成意義：作家只要找到精確的語言符號（如意象、象徵），就可以教它們裝載滿盈的意義。後者表現在對小說敍述技巧、敍事觀點的斟酌和詩歌形式美的創造：小說家運用細膩的技巧邀請讀者涉入小說中的世界，辨析眞相的所在〔如福克納（William Faulkner）在《亞卜瑟冷》一書中，運用了四個敍述者以不同的觀點去捕捉故事的片面，而讀者必須整理出故事的來龍去脈，以了解故事的眞相〕；而詩人也同樣重視形式實驗，他們主張形式的美勝於意義〔如康明思（E. E. Cummings）詩中的空間形式設計可供佐證〕。這又根源於他們對自身角色的覺悟和期許（應該爲現代人找到精神上的出路），儼然是時代的先知或預言家❺。而現代主義作家對於語言功能的信賴，正是他們從事形式實驗所以可能的依據（即使講究形式美的詩歌，也不能忽略由語言「排列組合」所彰顯的意義），兩者（指對於語言功能的信賴和形式實驗的興趣）有密切的邏輯關聯。

到了後現代主義文學，在形式實驗方面有更新的發展，原先作家的自覺演變成對創作行爲本身的自覺：小說家不但在從事杜撰想像，還同時將這個過程呈現給讀者，連帶也交代小說中一個故事的多樣眞相；而詩人除了使創作行爲作爲一個自身情境的反射，對於形式的創造更是不遺餘力。有人根據這一點，判斷後現代主義文學延續了現代主義文學所作的嘗試（因此稱後現代主義文學爲「超前衛」），而解消了兩者相對的一部分意義❻。然而，後現代主義文學的實驗，在「實質」上已經不同於現代主義文學，如何能說它們有相承的關係？何況現代主義作家所強調的語言功能，在後現代主義作家看來，無異於一種「迷思」，而極力要否定它？可見後現代主義文學，完全站在現代主義文學相對的立場，獨自展現它的風貌[7]。如果要說它是「超前衞」，也得就這一層意義來說。

因爲後現代主義作家的出發點，在於對語言功能的不信賴（語言中的「意符」和「意指」搭連不上，無法達到描述事物、建構圖象的目的），而當創作不過是一場文字遊戲罷了，所以「反映」在作品上的，就是對傳統種種成規的質疑和排斥。如在小說方面，它們或凸顯作品創作的刻意性，展露對於創作行爲的極端自覺和敏感；或暴露創作的過程，強調一切尚在進行的「未完」特質；或一意談論作品的角色、情節等（如張大春的〈寫作百無聊賴的方法〉、黃凡的〈如何測量水溝的寬度〉、蔡源煌的〈錯誤〉、林燿德的〈惡地形〉、葉姿麟的〈有一天，我掉過臉去〉、黃啓泰的〈少年維特的煩惱導讀〉等）[8]。一則藉以「自省」（自省創作行爲），二則邀請讀者介入作品跟作者一起玩文字遊戲。而在技巧上，「諧擬」和「框架」的運用，也是一大特色。前者（兩種符號或聲音併存其中，彼此抗衡）在藉由「逆轉」和「破壞」爲人熟悉的文學傳統來達到批判的目的（如張大春的〈自莽林躍出〉和〈最後的先知〉、葉姿麟的〈仙蒂瑞拉與貓〉和〈那麼，這個故事你喜歡嗎？〉等）；後者在指陳傳統所謂「開端」或「結尾」的武斷性，並藉框架模糊以建立幻覺及持續暴露框架以破壞幻覺，來達到解構的目的（如張大春的〈透明人〉和〈公寓導遊〉、黃凡的〈紅燈焦慮狂〉等）[9]。又如在詩歌方面，除了後設語言（就是對創作行爲的說明）的大量嵌入及諧擬技巧的廣被使用（如夏宇的〈愛情〉、羅青的〈一封關於訣別的訣別書〉和〈多次觀滄海之後再觀滄海〉、鴻鴻的〈寫給諸諸的童話詩〉、羅任玲的〈我在果菜市場見白雪公主〉等），還有「博議」（異質材料的組合排列）的拼貼和混合、意符的遊戲、事件的即興演出、更新的圖像詩和字體的形式實驗等（如林燿德的〈二二八〉、陳克華的〈車站留言〉、夏宇的〈連連看〉、黃智溶的〈電腦詩〉、夏宇的〈銅〉、林燿德的〈世紀末〉、羅青的〈飛〉、田運良的〈鐘〉、林燿德的〈五〇年代〉、羅青的〈日出〉等）⑩。造成了文學作品的形式和意義空前的大開放，而這已經不是前代文學所能比擬於萬一。

三、後現代主義文學的理論基礎

後現代主義文學所以會不斷在形式上「推陳出新」，主要源於語言意義的不確定（意義匱缺）。這是從解構主義理論所得到的啓發。傳統語言學者多相信語言行爲所以能被了解，全在背後有一個封閉、穩定、有差異原則的語言系統，因此語言就具有了傳播和模擬的功能。這種說法在解構學派（六〇年代新興的學派）出現後，就遭到了否定。他們不再相信語言具有傳播和模擬的功能，因爲語言根本不是一個封閉、穩定、有差異原則的實存系統，而是開放、不定、自我解構的一種創造力（一個衍生力量的表演場所或空間）。其中的關鍵，在於傳統語言學認爲「意符」有表意作用，指向「意指」（如「樹」這個音象，指向「樹」這個概念）；而解構學派認爲「意符」互相指涉，在它們形成的空間中充分運動，作意義和結構的無窮變化（如「樹」指「木本植物的總名」，而「木本植物的總名」又指「莖爲木質的植物的總括的名稱」，如此追蹤下去，意符永遠追不到意指，意義也就不能確定）[11]。既然語言的意義不確定，那所有語言能模象能造象的說法，都不攻自破了（當然，這時語言也不足以成爲人和人溝通的有效媒介）。

即使不從語言本身來說，而從人的認識能力來說，「現實」永遠不可知，所可知的是經人觀察、理解後的「眞實」；而人的觀察都不盡完善（受限於觀察角度），理解也都不夠周全（無法掌握事物豐富的狀態），再回到「實際」情境親身體驗，又已經不是那麼一回事[12]。前者早有尼采（Nietzsche）指出來了：他認爲所謂「現實」，事實上是來自人的詮釋，所以在同一件事實當中，個人可以注入不同的意理[13]。後現代的理論就據此引申，而主張文學中所謂的寫實，莫非是文字的敍事力量所構成的。也就是說，文學中的「實在感」，說穿了只是人爲的構設，而且是藉著文字的經營勾勒出來的。因此，文學中所創造出來的世界，所有時空位置及人物行動事件，只是現實世界的「含沙射影」和「虛擬」（這點可說跟前代理論不謀而合）。而就讀者的立場來說，文學中所創造出來的世界及它所模擬的語言，也勢必當成「寓言」來理解[14]。後者也有解構派大家德希達（Jacques Derrida）的話爲證：寫實主義者所以認爲現實可辨，無非是基於西方長久以來賴以建立的一個形上學的根本信念，就是被認識的對象是一種「完全的顯在」。由於「顯在」這個觀念成了我們認識事物的基本前提和學說主張不證自明的假設，所以我們就無法看到另外一面的「非在」。「顯在」本身有在場、在眼前的意思。它是個認識論的概念，所表示的僅僅是存在於知覺和精神中的對象，它的確切意義不是「現實」，而是對「現實」的確定。但由於對事物的確定是多種多樣的，認識主體不可能同時把握對事物全部的確定，總自覺或不自覺地選擇某些確定而排除另外一些確定。這些被排除掉的確定及未確定或不確定，都可稱爲「非在」（有不在場、缺席的意思）。而「非在」在西方哲學中，就那樣長期被埋沒了⑮。德希達認爲「顯在」本身爲哲學及文學製造了一個中心論的說法（「顯在」就是認識的中心，而「非在」變成了邊緣）。「顯在」是「有」，但這個「有」事實上應該還有一個「有」做爲純粹的前提，我們只是存而不論罷了。如果再向前推，勢必沒有止境。因此，目前這個「有」只不過是爲彌補空缺的一個暫代物而已，這就是德希達所提出的「補充」的概念。「補充」是一種增補和替代，它替代了那個不知在那裡的「原物」。「補充」所填補的是「空白」（也就是它替代的並不是已有的東西，「原物」從未出現過）。「補充」因「匱乏」而起，但因爲「補充」暗示了「匱乏」的內容，「匱乏」又因爲「補充」才得到證明，所以「補充」和「匱乏」兩者是相互依存的⑯。德希達由此提出「移心」（「脫中心化」）、「解構」、「延異」等觀念，來徹底瓦解古來大家所信守不渝的語言體系。而後現代主義文學，就是建立在這種解構理論上⑰。而它也遠超過前代文學所設定的理論範圍。

這樣說來，寫實主義或現代主義所說的「現實」或「擬現實」，就永遠只是語言的構成物

（不論它只顧及「顯在」或兼顧及「非在」），而語言又只是一連串意符的延異，因此留給了後現代主義作家一個可以自由「馳騁」的廣大空間。這也就是爲什麼我們會在後現代主義文學中看到各色各樣的後設語言，以及諧擬、框架技巧的運用，還有博議的併合、意符的拼湊、事件的即興演出、圖像和字體的形式實驗等文字遊戲的緣故。而往後也難保不會出現更多不可思議的「花樣」⑱。因爲語言的意義已經「失落」了，所有的成規再也沒有理由範限作家的創作，那還有什麼可以「顧忌」的？

四、後現代主義文學對文學創作和批評的衝擊

在後現代主義文學興起後，前代文學並沒有從此就消聲匿跡，它仍然持續的在「發展」（不論是自我內部規律的調整或跟別的派系相互傾軋），但它的聲勢已經不如從前，這是可以確定的。而最可注意的是，當後現代主義文學在質疑種種的文學成規（包含前代文學所立下的規範）時，前代文學再也提不出足以相抗衡的說法（其他的言說系統更不用提了）。因此，所有的文學創作和批評，都成了後現代主義文學所依據理論檢驗的對象。由於後現代主義文學所依據的理論，已經內在於文學作品中，所以這裡就直接以後現代主義文學對文學創作和批評的衝擊標目。

以往大家稱文學產品為「作品」，是基於文學產品的意義已經有了「結果」（蘊涵於作品內），讀者逐步地閱讀，就像剝果子一樣，經由果實、果肉，而剝到果核（意義的核心就在那裡）[19]。但從後現代主義文學的演示來看，個別語言的意義始終不確定，構成作品（後現代理論家習慣稱它為「文本」）後，又形成更大的意義網，其中滲透著彷似海市蜃樓般帶著無盡「印跡」的別的作品的迴響[20]。正如克莉絲特娃（Julia Kristeva）所說的：每一個作品都是許多作品的交匯，從中至少可讀到另一個作品。我們一旦在作品中讀到其他作品，或看出作品依賴其他作品，將它們吸收、變化，我們就邁入了交互指涉的空間。在這一空間裡，作品是以引用文句的鑲嵌方式組成；每件作品擷取自另一作品，並加以轉化。交互指涉的觀念，於是取代了互為主體的概念[21]。可見作品表意系統的衍生過程是多元的，無法由一個實存的主體駕馭。因為所謂的主體或「我」，也是無窮多元的作品構成的[22]。從此文學創作就像巴特（Roland Barthes）所宣稱的：作者已死（解除了作者的聲音及其本源），作品也不再是要「記載、充當備忘、再現或描述事實」，成為某一「內在靈魂」的表達。作品毋寧是擷取自不同文化，彼此以對話、降格、爭論的關係匯集的多重文字[23]。因此，傳統文學理論中所說的作者和讀者可以相互易位，創作和閱讀的關係可以相互交錯，從而產生遊戲的空間。而就在這一作品「互涉性」出現的同時，向來所假定文學創作的「神聖性」及「目的性」也被解構了（從此沒有人能再聲稱他所作的是具有「獨創性」的創作及他要藉作品來傳達某種思想或感情）。

再說文學批評。過去大家把文學作品看成一個封閉的實體，具有明確的意義，批評家（讀者）的任務就是去破譯它；而且經由比較，還可以許以某一作品具有「獨創性」或堪稱「第一部」的頭銜。但現在我們已經知道文學作品具有多元的意義，是意符之間無窮盡的變換花樣，永遠不可能最終固定在一個中心、一種本質或意義之上（而想據此來評價作品的優劣，自然也辦不到了）。因此，作品不可能因向作者求助就可以封閉起來，固定不變（有關作者的傳記畢竟是另外一種作品，應該賦予它任何「特權」；但這種作品也可以分解）。主宰文學的是語言而不是作者，起決定作用的是語言在文學中湧現出的所有「一詞多義」的實例。如果說出現了作品的多種多樣的含義暫時聚會在一起的情況，那麼這是由讀者而不是由作者造成的。很明顯的，這使批評實踐發生巨大的變化。好比巴特在《S/Z》一書中，將巴爾扎克（Honore de Balzac）的小說分割成若干個小單元或詞群，用五種代號命名（敍述、詮釋、文化、符號、象徵）。它們最終不是把作品「累積」爲任何一個給人以整體概念的東西；相反的，它們要展示作品的鬆散和支離破碎的狀況。巴特認爲作品更類似一個沒有盡頭的「構成」過程，而不是一個「結構」，正是文學批評本身在進行這種構成[24]。當然，巴特的批評沒有再創造出它的對象，只是大幅度地改寫和重新組織，使其面目全非（但這樣卻揭示出作品過去一直被人忽視的一面）。如果我們改從德希達觀察的角度來看，又會知道文學批評具有更進一層的意義：就是批評不是要再度製出原意或重複作品，指涉到某一外在對象、超越的意指，而是針對作者本身沒有察覺到的某層關係（不知不覺間，因運用了語言而未能把握住的層面），開啓無窮盡的符號替代，讓意符以其「重述性」與時漂流㉕。文學批評所以能做到這樣，一方面是作品中經常潛存著許多互不和諧的成分，呈現出眾多而不一致的聲音，讀者就需要洞察作者難以賦諸言語之處，掀開它潛在的意義。另一方面是讀者確實可以察及作者在創作時所未自覺、未預設的意義。以小說爲例，一部作品固然是出於作者一人之手，但作品中所傳達的意見或聲音卻是多元化的。如《咆哮山莊》，至少就包括兩個敍述者的雙重觀點。即使像《愛瑪姑娘》或《傲慢與偏見》是由一個全知全能的敍述者來敍事，它的語氣也不是從頭到尾一成不變（有時候實話實說，有時候幽默反諷）。至於像福克納的小說（如前引《亞卜瑟冷》），聲音和觀點更是不一而足了。遇到這類小說，讀者所獲致的意義可能遠多於作者所預設的。另外，在敍事詩方面，像彌爾頓（John Milton）的《失樂園》，作者開宗明義就說他寫此書旨在闡揚上帝的旨意，可是作者反而把魔鬼撒旦寫得太像英雄了㉖。

就在作品「互涉性」的表演之下，一切文類區分(包括政治宣言、戲劇、詩和菜單的區別），都是不必要的了(統統歸向「元類」）。而「文學」一名，也因此被徹底解消了。往後所有的創作，都要被看作帶著意符在進行多重的追蹤遊戲；而批評就是深入作品內部去揭示意義的不確定性、眞理的不可能性，以及所有話語的「虛假」和「僞裝」，從而造成姚斯（Hans Robert Jauss）所謂的「期望眼界」的變革㉗。

五、未來文學創作和批評的走向

文學創作從帶有「目的性」的活動，變成意符的「追蹤遊戲」，而文學批評從詮釋作品的「眞義」，變成拆穿作品的「虛假面貌」；一方將窮盡所能去從事形式的實驗，而另一方也將積極勉力去做意義的「輸入」、符號的「添補」和「替代」。這應該就是未來文學創作和批評的自然演進趨向了。然而，文學創作在失去目的而變成文字遊戲之後，是不是還會連帶使這場遊戲陷於撲朔迷離的境地？而文學批評在改換策略成爲符號的添補和替代當中，是不是也會失控使這種添補和替代變得莫名其妙？從某些跡象來看，的確讓人有點不「樂觀」。

「不樂觀」的理由，在於有人會「誤用」或「濫用」語言，而帶給讀者某種心理上的威脅（好比時下某些流行歌詞，儘管是譜了曲，聽起來依舊只是「無意義」的吶喊，徒然教人精神緊張）[28]。還有逕任多種語言在作品中交相合奏，呈現出巴赫汀（Mikhail Bakhtin）所說「眾聲喧譁」的場面（固然瓦解了普遍、單一的語言），不免使語言變得錯綜複雜，使人難以掌握和理解，結果爲語言自己建造了一座「巴貝爾塔」[29]。到了這個地步，文學創作還有什麼「意義」可言？而從作品的中心意義被解放出來以後，批評本身就像是徘徊在詮釋的荒野中（不是要將作品分解爲有效的意義，而是要跟作品進行一種質問式的對話），作品和批評者都無法像主人對待奴僕那樣取得支配權㉚，以至批評者有「理由」任意選擇對話的途徑，如模糊其詞或賣弄術語㉛，而造成一個個「語言囚房」。類似這樣的文學批評，我們又要怎樣看待它？縱然今後的文學創作和批評，已經沒有了可以約束它們的「規範」，但真要完全隨它們去發展，大家又「心有未安」。於是不得不回過頭來，再反省某些「折衷」的辦法，權爲未來文學創作和批評的依據。這也就是我們在前頭所強調這類討論勢必要成爲「規範式」的原因所在。

基本上，我們比較傾向於把文學批評也看作像李歐塔（J.F Lyotard）所說的「語言策略競賽」，目的是要製造分歧，促進批評（討論）的持續，產生更多語言遊戲的規則和空間（而不是要達到哈伯瑪斯（J. Habermas）所說的「共識」）㉜。既然是「策略競賽」，總要有一套方便討論援用的理念或理論架構。那伊格頓（Terry Eagleton）的一段話，也許可以作爲大家思考的起點：「如果我們對語言仔細審視一番，看作紙上一連串的能指詞（意符），意義最終很可能是不確定的；當我們把語言看成我們做的某件事，同我們的實際生活形式不可分離地交織在一起時，意義就成爲『確定的』，像『眞理』、『現實』、『知識』、『肯定性』等詞語就恢復了原來的力量。這當然不是說，語言因此就成爲確定的和明白易懂的了。恰恰相反，它比最徹底地『分解了的』文學文本（作品）更加晦澀和矛盾。只有這時，我們才能夠以一種實際的而不是學究的方式看到，那些東西算是明確無誤的、可信的、肯定的、眞實的、虛假的等等，並且看到在語言之外還有那些東西捲入這些界定之中。」㉝這雖然來自德希達的解構論，但它指出了言說策略的必然性，更足以發人深省（的確，我們不可能拋棄已有的種種概念，那只有宣稱它的策略性，以便言說可以繼續進行下去）。因此，往後的文學批評卽使不先聲明它的策略性（權宜性），大家也要把它當作某種策略看待。而批評者爲了取得競賽時的「優勢」，也必定要精讀作品、愼構語言，成就一種可供人比較選擇的「言說系統」（性質不同於過去的言說系統）。可以想見，批評者（讀者）將不會比作者來得輕鬆。

至於文學創作，過多後設語言所造成的「美感經驗」的中斷或幻滅[34]，可能要適可而止；而向成規挑戰的各種形式實驗，也可能要緩和下來（至少所作嘗試要遵守一般的語法及提供必要的語境），以免自絕於讀者群，而阻絕了所要傳達的某些訊息（要讀者不依成規來讀作品，也是作者所要傳達的訊息）。接下來就是各展精彩，發揮構作語言的能力，好好參與這場語言策略競賽。等到大家都熟悉這套遊戲規則後，也許這個世界就會平靜一些（最少一部分「喜歡」搞花樣的人，就不必再那樣「辛苦」和「忙碌」了）。

（本文原刊載於《臺灣文學觀察雜誌》第七期）

注釋：

❶ 大家習慣稱它爲「後現代」。而所謂「後現代」，就社會來說，就是「後工業時代」；在知識傳承的方式上，就是「電腦資訊」；在一般生活的形態上，就是「商業消費」；反映在文學藝術的創作上，就是「後現代主義」。參見羅青，《詩人之燈》（臺北，東大，一九九二年七月），頁二四五及二五四。

❷ 首當其衝的是建築〔參見陸蓉之，《後現代的藝術現象》（臺北，藝術家，一九九〇年五月），頁一七六～一八六）〕，接著是繪畫、舞蹈、文學、音樂、劇場、攝影等。參見羅青，《什麼是後現代主義》（臺北，五四書店，一九八九年十月），頁五；詹明信（Fredric Jameson），《後現代主義與文化理論》（唐小兵譯，臺北，合志，一九九〇年一月），頁一六九～二六一。

❸ 參見注❷所引羅青書，頁八～一〇；孟樊，《後現代併發症——當代臺灣社會文化批判》（臺北，桂冠，一九八九年八月），頁一三九～一四一。

❹ 佛克馬（Douwe Fokkema）說：「它起源於北美洲的文學批評，由此阿根廷作家 J. L. 博爾赫斯（J. L. Borges）便成了第一位後現代主義作家。在六〇年代，後現代主義幾乎成了一個單單發生在美國的事件。其後，後現代主義的概念擴大了：把法國的『新小說』也包括進來了，義大利作家伊塔洛·卡爾維諾（Italo Calvino）也被認爲是後現代主義者，並且連托馬斯·伯恩哈特（Thomas Berhard）、彼德·亨特克（Peter Handke）和波特·斯特勞斯（Botho Strauss）這樣的德國作家也被歸入了後現代主義作家的行列。漸漸這個概念擴大了，包括進了越來越多的不同國籍的作家，但

迄今這一概念仍然毫無例外地幾乎僅限於歐美文學界。」〔佛克馬等編，《走向後現代主義》（王寧等譯，臺北，淑馨，一九九二年九月），〈中譯本序〉，頁I～II〕佛氏追溯後現代主義文學的源頭，大致可信〔哈山（Ihab Hassan）對這點有更詳盡的敘述。見哈山，〈後現代主義觀念初探〉，收於注❷所引羅青書，頁二二～二三〕，但說到它的發展僅限於歐美文學界，卻不是事實。至少亞洲也已經出現了不少後現代主義作家（如在臺灣的夏宇、白靈、黃智溶、歐團圓、陳克華、鴻鴻、羅任玲、西西、柯順隆、路況、赫胥氏、也駝、田運良、林群盛、羅青、黃凡、張大春、蔡源煌、林燿德、葉姿麟、黃啓泰、孟樊等；在中國大陸的馬原、莫言、劉索拉、徐星、余華、格非、王朔、劉恆、孫甘露、殘雪、洪峰、蘇童、葉兆言等）。

❺ 參見蔡源煌，《從浪漫主義到後現代主義》（臺北，雅典，一九八八年八月），頁七五～七八。

❻ 同上，頁七八～七九。

❼ 後現代主義文學對寫實傳統的拒斥，跟現代主義文學一樣，也許可以看作前者承襲了後者。但是後者的表現手法（如表現主義、超現實、意識流、魔幻寫實等），無非在擴大和加深寫實效果，而前者卻從根本上揭露寫實傳統的虛幻性，彼此並不相侔。因此，與其說後現代主義文學繼承了現代主義文學對寫實主義的批判，不如說後現代主義文學徹底反對任何形式的寫實主義（包括現代主義文學那種虛構的「眞實」）。

❽ 參見張惠娟，〈臺灣後設小說試論〉，收於孟樊、林燿德編，《世紀末偏航——八〇年代臺灣文學論》（臺北，時報，一九九〇年十二月），頁二九九～三一一。

⑨ 同上，頁三一一～三一六。

⑩ 參見孟樊，〈臺灣後現代詩的理論與實際〉，收於注⑧所引孟樊、林燿德編書，頁一九二～二〇八。

按：孟文中另有一條後現代詩的特色：文類界限的泯滅（如「哲學詩」、「小說詩」、「報導詩」等，甚至還有無法歸類的「符號詩」）。然而，跨文類的現象已在後設語言嵌入時就形成了，而「符號詩」也可以看作另一種意符的遊戲，實不必單獨列出這一項。另外，框架的運用和意符的遊戲，也在後現代劇場中出現（鍾明德稱它為「反敍事結構」和「分類的意／像」）。參見鍾明德，《在後現代主義的雜音中》（臺北，書林，一九八九年七月），頁一二～一四。

⑪ 參見伊格頓（Terry Eagleton），《當代文學理論導論》（聶振雄等譯，香港，旭日，一九八七年十月），頁一二四～一二六；張漢良，《比較文學理論與實踐》（臺北，東大，一九八六年二月），頁一一九。

⑫ 我們藉用意力克遜（Erik Erickson）的認知論來說，就容易明白這個道理。意氏認為認知有三個層面：第一是「事實（現實）狀況」：可經由觀察的方法和當代技術來鑑定、查對的天下萬物的事實、資料、科技。第二是「眞實狀況」：吾人對了解事實的意識和感觸，所匯融於「事實狀況」摘要的見識。第三是「實際狀況」：由親歷其境或由個人行為參與而得的知識。理論上是這樣說，實際上事實之所以被認為事實，也只不過是依賴於不盡完善的觀察力和不盡周全的鑑定工具而已。而眞實狀況既是加諸事實狀況摘要的主觀見識，就不可能獲取合於「事實」的資料，也就沒有一個客觀標準作為確定其存在的依據（事實由於觀察力和工具、技術的改進而改變；眞實狀況的「實質」，也就隨著新事實的出現而修

正改變了）。至於實際狀況，涉及如何運用認知的方法和親歷其境，參與所欲認知的事物，此二者的交互作用；但這一體驗和原先的認知，必然會有差距，以至難以辨認體驗和認知的孰是孰非。參見李明燦，《社會科學方法論》（臺北，黎明，一九八九年二月），頁一六二～一六六。

⑬ 見注❺所引蔡源煌書，頁三二七引。

⑭ 同上，頁三二七～三二九。

⑮ 見孟悅等著，《本文的策略》（廣州，花城，一九八八年十二月），頁三二一～三四。

⑯ 同上，頁四四～四五。

⑰ 參見注❿所引孟樊文，頁一六六～一八一。

⑱ 孟樊為後現代詩開列了一張診斷書，計有如下的特色：寓言、移心、解構、延異、開放形式、複數文本、眾聲喧譁、崇高滑落、精神分裂、雌雄同體、同性戀、高貴感情喪失、魔幻寫實、文類融合、後設語言、博議、拼貼和混合、意符遊戲、意指失蹤、中心消失、圖像詩、打油詩、非利士汀氣質、即興演出、諧擬、徵引、形式與內容分離、黑色幽默、冰冷之感、消遣和無聊、會話……（同上，頁二〇九）。這容或有爭議，但也讓我們看出了將來還有新的嘗試的可能（而且不限於詩歌）。

⑲ 參見注❺所引蔡源煌書，頁二五三。

⑳ 參見葉維廉，《歷史、傳釋與美學》（臺北，東大，一九八八年三月），頁三三。

㉑ 參見廖炳惠，《解構批評論集》（臺北，東大，一九八五年九月），頁二七〇引述。

㉒ 參見注⓫所引張漢良書，頁一一九；注❺所引蔡源煌書，頁三二六。

㉓ 參見注㉑所引廖炳惠書，頁二七二引述。

㉔ 參見注⑪所引伊格頓書，頁一三四～一三五。

㉕ 參見注㉑所引廖炳惠書，頁七～八。

㉖ 參見注⑤所引蔡源煌書，頁二五一～二五二。

㉗ 「期望眼界」是我們閱讀文學作品時的一種「參照體系」。在某一特定時期，依此參照體系，可以幫助我們去判斷何者是詩（小說），何者不是；而在由詩（小說）的期望所形成的視界之內，對於如何詮釋、評判一首詩（一篇小說），批評家或一般讀者都有一定的共識（參見注⑩所引孟樊文，頁二一二～二一三引述）。顯然後現代主義文學已經有了不同於前代文學的期望眼界。

㉘ 參見注⑤所引蔡源煌書，頁三三〇～三三一。

㉙ 參見注⑩所引孟樊文，頁一八四～一八七。

㉚ 同上，頁一八七引哈特曼（Geoffrey Hartman）及艾特肯斯（Douglas Atkins）語。

㉛ 董崇選就曾指責過「新潮批評『言說』，卻常常語焉不詳，常常令人不知所云」，而黃國彬也嘗因為當代批評言談「濫用術語」而引以為憂。參見吳潛誠，〈八〇年代臺灣文學批評的衍變趨勢——一個初步觀察〉，收於注⑧所引孟樊、林燿德編書，頁四三二。

㉜ 參見路況，《後／現代及其不滿》（臺北，唐山，一九九〇年十月），頁一二～一三。

㉝ 見注⑪所引伊格頓書，頁一四二。

㉞ 就像馬森所質疑的「後設小說，讓我們看到小說是怎麼樣構思、怎麼樣編織的，就像史詩劇場有意使人生的真實幻像穿幫一樣。然而，是否讀者永遠喜歡被人戳破真實呢？這是一個問題。」（〈「臺灣後設小說試論」講評意見〉，收於注⑧所引孟樊、林燿德編書，頁三二六）這涉及美感經驗的完整性問題。

臺灣後設小說中的社會批判

——一個本體論和方法論的反省

一

後設小說，又稱新小說、元小說、反（超）小說、自覺（自反、自省）小說等。每一個命名，多少相應了該類文體局部的特徵，但都不足以概括它的所有性質。因爲這類文體所顯現的反體裁或跨文類的傾向，已經不是舊有小說所能範圍，而它還要冠上「小說」二字，當中的矛盾或衝突，顯然不是附加某些修飾語（如後設、新、元、自覺等），就能解決的。但爲了論說方便，權取一個名稱，也無可厚非。因此，這裏就選用大家比較熟悉的後設小說一名。

如果不涉及一些無謂的考證問題❶，而就後設小說自成一個範疇的現象來說，它是本世紀五〇年代才出現的新文體。這種新文體，一方面可以說是小說家自覺的直接創作，另一方面也可以說是後現代情境的間接促起。它標識著小說必須不斷地將其自身顯示爲虛構作品，以及在內部（作品中）尋求寫小說的意義何在；同時要努力捕捉事物的本來因素，對世界、對其客體和人作重新估價（但不強加給它們任何預先設定的意義）❷。這使寫實主義傳統遭遇到空前的刺激（挑戰）❸，幾乎要面臨全面瓦解（解構）的命運。

臺灣從八〇年代中期開始，也有人在嘗試後設小說的寫作，已經有不少的作品問世。其中關於批評家吳渥（Patricia Waugh）《後設小說——自覺小說的理論與實踐》一書所列後設小說的技巧，諸如自我指涉、對「異質」的贊頌、諧擬、框架的運用等等，在臺灣的後設小說裡也多所具備❹。而到目前爲止，雖然還沒有引起廣泛的迴響，但照它繼續朝前發展的態勢看來，很可能會主導此地小說的走向，值得有心人來給予關注。

現在我們以它爲討論對象，除了表示這點關懷的旨趣，還希望更深入一層，察考後設小說在質疑或批判寫實主義後，到底成就了什麼，有沒有難題存在，以及今人所該採取的因應措施。這幾項雖是限定在臺灣後設小說的領域，但它的結論（如果可信）也將可以作爲其他人（地區）對同類文體的思考依據。只是基於論題的先驗要求，我們不會（不便）找其他地區的後設小說來相互印證，以便維持論述的暢順和文體的省淨。

依照前引吳渥書所說，後設小說至少包括三類層次不同的作品：在系列的一端是以「虛構」爲探索主題的作品，另一端是完全排除寫實主義，假定世界爲一杜撰體，其中彼此對抗的語言系統，永遠不會符合物質環境；介於二者之間的，則是一些雖然已表現出形式上及本體上的不確定性，但卻允諾其解構的後果再重新使文體整合或重現自然的寫法以俾具有整體的詮釋。然而在層次不同、方法不一的這一系列作品中，其共同的趨向都在向寫實主義所認定的「實」從不同的角度加以質疑❺。這項質疑，則引出了不少的問題：

首先，寫實主義傳統認爲「語言是中性的媒介」、「語言可以準確無誤地反映客觀現實」所假定的「現實」和「主體」（人）先於（並獨立於）語言而存在這一觀念，已經不合時宜了。因爲所謂的「現實」和「主體」根本不是先於或獨立於語言而存在，反而是語言建構出來的產物。換句話說，客觀現實（混沌難明）如果不把它編排在特定語言系統內，使它標準化、社會化和客體化，就不可能被我們所認識；一旦我們能認識到客觀現實，它已經不是原本的面相，而必定是由語言編輯刪剪（扭曲、壓抑）後的結果。同樣的，主體我所建立的內心世界（思緒意念）和私有空間（生活形態），也只能運用標準化、社會化、客體化的語言來整理和編排，才可以被自己準確掌握❻。這樣寫實主義傳統所強調的文學模擬現實或再現現實，也就成了虛有的「神話」了。

其次，寫實主義傳統內部的某些調適，如不以模擬活動是複演過去的經驗或無選擇的模擬自然，而主張是主體觀照下有目的的製作（含有作家的思想和情感）❼，以及力求超越粗糙（機械）的直寫現實而進入批判現實（揭露社會矛盾現象）或社會分析（描寫人的社會經驗以及社會本身的結構）❽等等，看似可以避免語言無法模擬或再現現實的困擾，而遂行其在哲學上逐漸和唯物主義密接、在政治上傾向集體主義的「意願」（仍然擁有最接近「現實」的榮銜）。但殊不知這些理論本身依舊充滿虛構、不確定的性質，並沒有隨著方法的調整而有絲毫的改觀。畢竟人不能離開語言系統而別爲建構現實或批判分析現實，以至大家所可能想到（發掘）的秩序、意義、價值、關係、結構和條理等，都是在語言系統的制約中發生，跟實際的外在現實沒有關聯。

再次，即使把現實當作是以語言模式爲張本所建構成的，問題也還沒有結束。因爲語言所建構的這個類似外在對象的現實，固然如巴特（Roland Barthes）所說的是敍述過程所呈現的和認定的內在邏輯使然，跟實際的外在現實不必相互對應❾，但它的構成要素（語言）卻無法將某一個預期的意義完全開顯，只能停留在若有若無、似隱似現的階段，致使寫作就像德希達（Jacques Derrida）所意示的要開啓一個空間，讓這種似隱似現的意義透過一連串的追蹤運動而襯托出來。因此，一部作品或一篇書寫的成章也大可稱作一種慣例性的追蹤運動；在這種追蹤運動中，每一個語言符號內就存有其他符號的痕跡（每一個意符所指向的意指，同時又是一個意符）⑩。從此文學變成一個語言遊戲的場域，而這個場域還充滿著各種變數，不但威脅著寫實主義的文學，也威脅著任何一種後起的文學。

此外，作爲敍事文體，傳統的某些成規（如權威的作者、完整的架構、單一的詮釋、被動的讀者等）和讀者對它的期待（如人物造形的「典型化」、情節發展的「合理化」等），所鋪設而成「如眞」的面貌，也在後設小說刻意的「逆轉」（扭轉）下，變得支離破碎。它顯示出小說家對語言、文學形式以及對小說的寫作過程充分的自覺，並沒有什麼必須的規範對它起限定作用（連帶依例引導著讀者的閱讀行爲）。討論到這裏，縱使有人要宣告「小說死亡」，也不爲過。只是小說死亡了，那後設小說怎麼辦？它到底是要繼續揭示小說爲語言遊戲的本質，還是改絃易轍回歸小說的流派而再開拓新的境界？如果是前者，就沒有小說非小說的問題（一切都歸向「元類」，沒有再作分類的必要）；如果是後者，就沒有後設不後設的問題（一切都回到起點，重新「出發」）。顯然我們得先把這一點加以釐清，才有可能接到論題上去。

基本上，我們不那麼快就判定小說的死亡，而儘量尋找可以商量的空間，讓小說先佔一個位置，然後再探討相關的問題，這樣或許可以免去一些無益的爭辯⑪。現在我們的考慮是，當語言被人類初創時，可能是以它來「指涉」（對應）客觀現實；但當語言被人類自己使用後，它就不再指涉客觀現實，而成了「自我指涉」（如「日」指「太陽」，「太陽」又指「恒星」……永無止盡）。這一點，過去大家都沒有察覺（還滿以為「日」指著實際存在的那個會發光的球體），而後設小說的出現，正好提醒了我們。因此，我們只要把敍事文體所模擬或再現的現實，看作語言的構設，依然可以掌握理解那些敍事文體。而其實，所有的敍事文體（包括極端的自然主義作品、絕對的寫實主義作品、超現實或魔幻寫實主義作品等），並不止於模擬或再現現實而已，它最終的目的還在於批判現實⑫。

既然所有的敍事文體都不指涉客觀現實（客觀現實的眞相無人能知，所可知的是經人詮釋的部分），那後設小說所能質疑或議論的，就只有存在人腦海中一些對現實的錯誤認知，而不關那些敍事文體本身。如果它連敍事文體所構設的現實也要反對，就會落入它自己所設的陷阱中。因為它也得擬構一個具體事實作為討論的依據，而這種擬構跟其他敍事文體的作法並沒有兩樣。再說後設小說對「現實」的處理，也仍然以批判終結（並不停留在擬構階段），絲毫沒有超越其他敍事文體的地方（這只要排除後設小說的後設語言部分，立刻就可以察覺）。至於後設小說所要逆轉的某些成規和讀者期待，也可以在大家改變觀念後（不再以武斷的態度對待它），失去它的「問題」意義（沒有被討論的價值）。

這樣說來，今人所宣稱的寫實主義傳統已經過時而後設小說即將開出一條生路⑬，恐怕還言之過早。而先前大家所看到的後設小說對寫實主義傳統的衝擊，也諒必在「識者」不斷地檢討下，而逐漸趨於緩和，甚至消弭於無形。現在我們選擇此地的後設小說來討論，正有預估它終將回歸小說流派的意思。而我們所要關照的層面，將是構成後設小說的「本體」（本質）以及使「本體」成爲可能的「方法」兩部分。前者可以看出後設小說和其他敍事文體並沒有本質上的差異，後者可以看出後設小說具有「階段性策略」方面的意義。而綜合兩者，自然能勾勒出我們應有的對應辦法。

三

不論理論上如何區分寫實的種類或派別，都不能否認小說所具備的敍事特性。由於有這個特性，小說在低層次上就「擔負」著模擬或再現現實的功能；又因爲現實已經特定語言系統的編排，不可能不摻雜小說家個人的好惡和企圖，以至小說必然在高層次上又「自許」著批判現實的任務（所以小說同時兼有寫實和浪漫的成分）。而在實際運作上，小說的批判性不一定要「明示」，就它所敍述的事件便足以承載小說家「轉化社會」的願力，而影響讀者對某些事物作出有利或不利的價值判斷（進而採取必要的「行動」）[14]。因此，批判現實就成了小說的重心。而如果說作爲事物重心的東西便是該事物的「本體」，那小說的本體當然就是現實批判了。

一般小說是這樣，後設小說也是這樣。前者不必我們再煩爲舉例，大家應該不難意會；後者還少有人注意到，正是此刻我們所要努力辨明的。而基於「詞語避免重複使用」原則，我們也將間為採用社會批判一詞(所謂社會,指的是「人類結合的基本事實」這一常見用法⑮),它跟現實批判沒有意義上的差別,卻有較高的「熟悉度」,也許有助於理解或想像的提昇(標題那樣使用,所考慮的也是這一點)。至於實際的分辨工作,我們將藉「明示式的社會批判」和「隱含式的社會批判」兩組概念來作說明,以便容易審視後設小說的批判本質。

所謂「明示式的社會批判」,是指不經轉折而直接就社會現實加以批判。這一部分,可以舉黃凡〈如何測量水溝的寬度〉、張大春〈走路人〉和〈寫作百無聊賴的方法〉、林燿德〈迷路呂柔〉、葉姿麟〈有一天,我掉過臉去〉等⑯為例:

黃凡〈如何測量水溝的寬度〉,藉著主角謝明敏一心想要測量水溝的寬度,而「揭發」整座城市居然沒有人關心那些在核戰爆發時可以拯救多少人的水溝的事實。它一方面批判現代人的靈魂不夠寬(只知道設水溝排泄廢水,卻不知道讓它保持暢通以及發揮其他緊急時的用途),一方面批判現代人危機意識的缺乏(總要等到危機發生後,才去「亡羊補牢」,而不能事先防範)。而更使人洩氣的是:當有人(如本文的主角或敍述者本人)發現問題的嚴重性而想尋求補救時,不但沒被視為「先知」,反而遭受「瘋狂」(如「核戰恐懼狂」之類)的指控,這對當代人心可說嘲諷到家了。

張大春〈走路人〉,藉著主角和喬奇(在倫理上是連襟關係,在政治上是上司部屬關係)一起奉命追蹤山地「走路人」過程中,前者(主角)對後者(喬奇)的猜忌和敵視,而引發一連串孤獨、絕望、恐懼、死亡的情緒和危機，來批判人間類此互不信任而造成的一座座煉獄（一如黑暗的森林）。這一座座煉獄，固然緣於社會關係走向階層劃分（導致人際疏離）必有或難免的現象，但更不幸的是人性的「墮落」（不肯相互扶持）使得它更加堅固（這在「走路人」師徒倆那裏就不成問題）。文中一句「使我們病痛的不是社會階級，而是我們爲鞏固階級社會而抗拒自然的機心——那些我們精巧編織而使之合理的機心。」（頁七六）「罵」來毫不留情。

另一篇〈寫作百無聊賴的方法〉，藉著試管嬰兒賴伯勞（百無聊賴）的遭遇，批判科技發達所帶來的不人道制度（如專設機構控管試管嬰兒的生活）和對倫理生活的破壞（如出現「亂倫」或「單親家庭」）以及人和時代的矛盾（如前行的試管嬰兒必定不如後出的試管嬰兒受重視，而不斷造成人對時代的疏離感）等。當然，這裏對於那些分得科技「餘羹」的人（如科技中心各學科的專家）習慣大言不慚或空談理論，也不忘加以挖苦；而對於科技能造人卻無法保證品質（如文中這名試管嬰兒平凡得不能再平凡），更是大爲調侃。尤其後者，簡直像在宣告科技的死刑：「百無聊賴的芝麻小事多了，大部分都簡單、無趣、缺乏自省、沒有嚴重的衝突。強烈地反映出他受孕、成胎期間那個傳統科技時代世人無聊的局面。」（頁一一八）其實，現代科技也沒有高明到那裏去。

林燿德〈迷路呂柔〉，藉著女主角呂柔遭到強暴而爲自衞失手打死強暴者後不敢面對「法律制裁」（一方面是男友張穎的力阻）的事件，控告整個社會對於被強暴者不但不能助其袪除心裡的悸痛和慚疚，還要施加二度甚至無數度的傷害。假如女主角出面投案，結果很可能是這樣：「爲了證明妳被強暴，而做爲正當防衛的理由，妳必須到醫院驗傷；甚至要讓警員拍攝妳的裸體作爲證據。」（頁八二）、「不只是這樣，在法庭上妳還必須對著許多許多的人陳述妳的遭遇，檢察官甚至會不留餘地逼問每一個動作和細節。」（同上）、「妳還能忍受新聞界對妳名譽和私生活的渲染？」、（同上）「就算妳得到無罪的判決好了，以後妳如何在社會上立足？」（頁八三），這等於要被強暴者無地自容（也許會因此走上絕路）。本文對此事的批判，不可說不夠嚴厲。

葉姿麟〈有一天，我掉過臉去〉，藉著男主角極欲跟女友（紫）共譜一段不尋常的戀曲而不可得（他的女友正在構思寫作一個男醫師和國中女教師結合的浪漫而快樂的愛情故事），諷刺現實中人只會編織幻夢而不懂實際生活。所謂「小說反應人生，反應各種生活面貌，但是人仍然在現世的生活裏掙扎」（頁四四），這裏的「反應（映）人生」如果把它當作小說家的幻設（擬構），而於實際人生沒有啓發作用，那就眞的應了前面所說「現實中人只會編織幻夢而不懂實際生活」的話。本文同時對於社會中普遍存在的一些觀念（如「生意人與生意人湊、文化人與文化人聚、上等人配上等人」），也深表不滿：「這是一個荒謬的世界，爲什麼不能有一個荒謬的故事？事事都一定要合邏輯嗎？灰姑娘的故事無邏輯可尋。根據一雙玻璃鞋——我的腳這麼小，如果讓我試穿也可能就是我。王子和公主從此以後過著幸福快樂的生活。」（頁五四）這樣的批判也很新鮮帶勁。

所謂「隱含式的社會批判」，是指輾轉經過一番程序而就社會現實加以批判。這一部分，可以舉蔡源煌〈錯誤〉、黃凡〈小說實驗〉、張大春〈公寓導遊〉和〈透明人〉等[17]爲例：

蔡源煌〈錯誤〉，透過敍述者刻意編排一個陳腐（俗套）的愛情故事，指出一連串的「錯誤」：張玉綢賣淫爲母籌措醫藥費而終身忍受羞慚；臺中仔玩弄感情而最後被感情所「累」（他不得不面對張玉綢的眞情）；作家學習小說成規（兼及揣摹讀者口味）而不免四處受困；讀者期待小說寫「眞」而卻經常受騙上當等。而它所要批判的是現實環境所給人的束縛。這種束縛，會隨著現實環境中的「觀見」紛歧（或說人自己所接受的信息增多）而加深。以上四種角色就正歷演了這樣的境況：張玉綢（女性代表）在爲賣淫事「有人同情」、「有人厭惡」而難以自處；臺中仔（男性代表）在爲「可以逢場作戲」、「不可以逢場作戲」而大費周章；作家在爲「接受成規並滿足讀者期待」、「不接受成規並不滿足讀者期待」而舉棋不定；讀者在爲「相信小說及作者」、「不相小說及作者」而費心斟酌。因此，人不但無所逃於天地之間，也無所逃於自設的現實環境。本文雖然沒有直接指出這一點，但也不難體會得到。

黃凡〈小說實驗〉，透過主角黃凡和敍述者黃孝忠（黃凡本名）偶然捲入一場謀殺案而決定依循黃凡正在寫的小說情節進行以圖恢復清白一事，正面點出「人生的意義」就在「不斷地突破自我」（頁一七九）。而它的見證就是本文所作的「小說實驗」。所謂「小說中所描寫的人生是，既眞實又虛僞，既有趣又悲哀，所以換個角度看，小說實驗其實就是人的生活實驗。」（頁一八五）可說是個貼切的注腳。而它的反面是「被習慣的自我、怯懦的自我限制」（這是本文的推測（見頁一七九），眞正的原因可能更複雜）而無所開展的庸碌人生。可以想見整個社會充斥不肯或無力突破自我的人越多，就越混亂（也越悲哀），最後豈是一個「光怪陸離」了得！這應該就是本文所「處心積慮」要批判的。

張大春〈公寓導遊〉，透過主角引導一批遊客「參觀」一幢普通的十二層樓公寓的過程，暴露了公寓中人的起居作息、脾性嗜好、糾纏衝突等等尋常或離奇事。「其實一旦我們開始認識這幢大厦的每一個成員，就會發現他們之間有多麼地親密了。」（頁一九八）內文冒出這一句，顯得諷刺味道十足。而末尾所附加的「如果各位不願意目睹悲慘的事件發生，可以站在富禮大厦的北側，那裡有充足的陽光、林蔭大道、就近步行上學的孩童、到超級市場採買新鮮蔬菜的明豔婦女，還有一片廣大的公園綠地，都是這個城市裏最美好的一面」（頁二一九）一段話，更有爲前面的諷刺「添料」的作用。其實，這是本文藉來批判社會區隔化（倫理區隔、政治區隔、環境區隔）而造成人和人的疏離及無奈（整幢公寓正是這個現象的象徵）。

另一篇〈透明人〉，透過主角張敦爲唐叔（來路不明）偵查蒐集周遭人的資料，而凸顯出一個內向、愛幻想又自命不凡的人在社會中所發揮的負面功能。他所注視的是「每一個可疑的人的事，還有每一個人的可疑的事」（頁一三四），而他所自我期許的是代表「社會良心」、「正義良知」（頁一三五）。結果他變成誰也不信任而逐漸喪失理智的「精神病患」，最後被關進了療養院。文末有一段他的自白：「目前我正處於極大的危險之中，而且沒有任何人能提供幫助。因爲我一直是個非常瘦弱、矮醜、孤獨、正直、有良知血性、身繫絕對機密、秉賦超級能力而且胸懷淑世救民大志的透明人。」（頁一六二）竟然把療養院當成「敵區」（險地），而且不悔自己的「淑世救民」大業，眞是精神異常得過頭了。本文藉它來批判存在現實社會中專門使人一切作爲無所遁形的機構及從業人士，不過是個「無聊」或「可悲」的代名詞。因爲極力探求別人的隱私，結果也使自己成了可憐的「透明人」。唐叔和張敦就是整個現象的縮影（前者可代表類似機構中的策畫者，後者可代表類似機構中的執行者）。

四

從整體來看，小說的一切設計（題材的選擇、人物的造型、情節的安排等），都是爲了「明示」或「隱含」它的社會批判。這在後設小說中，因爲有後設語言的嵌入而更容易「彰顯」出來。前面的舉例，應該足以供給大家所需要的信息。如果沒有例外的情形，我們就可以進一步探討使後設小說中的社會批判成爲可能的依據以及所要達致的目標，也就是「方法」的問題。

大致上，一般小說是以「明構」或「暗構」一個理想情境（現實）作爲批判的依據（或標準）[18]，後設小說也不例外。如張大春〈走路人〉、葉姿麟〈有一天，我掉過臉去〉、黃凡〈小說實驗〉等，就是「明構」一個理想情境來批判現實社會：以「走路人」的相互信賴對照「追蹤者」的相互猜疑，以魏以賢跟女友締結良緣對照男主角跟紫的貌合神離，以黃凡的勇於突破現狀對照常人安於現狀。又如黃凡〈如何測量水溝的寬度〉、張大春〈寫作百無聊賴的方法〉、林燿德〈迷路呂柔〉、蔡源煌〈錯誤〉、張大春〈公寓導遊〉、張大春〈透明人〉等，就是「暗構」一個理想情境（不出現在小說中）來批判現實社會：以良好的水溝規畫對照目前的雜亂無章，以無需科技或有效的科技對照害人的科技或無效的科技，以美善的制度保障婦女安全對照當今婦女的人人自危，以可以自由馳騁的生活空間對照處處設限的生活空間，以非區隔化的社會形態對照區隔化的社會形態，以有充分的隱私權或自主權對照時下的「白色恐懼」。這些批判依據，就小說家來說，自然會確定它的「合理性」（如果小說家不信賴自己所設定的依據，那就很可怪了）；但就讀者來說，可能要先繩以邏輯或理論，才給會予認同或贊許⑲。因此，這點我們就不便再發言（留給個別讀者去評判）。

接著我們要看的是後設小說中的社會批判所要達致的目標（有這一部分，後設小說中的社會批判才有意義有價值）。在一般小說中，可能緣於小說家較強烈的「轉化社會」的使命感，所作的社會批判多半傾向於欲使「社會合理化」（或達到某種「共識」）；但在後設小說中，小說家已經感受到後現代情境的懾人，所作的社會批判減去不少先前的色彩而較有意於開啓多元的價值觀⑳。這看來好像跟前面所提到後設小說構設一個理想情境作爲批判依據相衝突（該理想情境就是「社會合理化」的保證）。但又不然，後設小說往往把該理想情境當作「權宜性」的指標，目的在引發相似或更具體的情境的追求。如黃凡〈如何測量水溝的寬度〉，雖然在關心水溝可以救人的課題上沒有什麼成效，但它所要激起人們拓寬靈魂廣度（好比能領悟水溝這種「微不足道」卻可能有「大作用」的事之類）的努力，就不容忽視；而他另外一篇〈小說實驗〉，殷殷致意於人們仿傚小說家（黃凡）突破現狀以便追求人生的意義（縱然要忍受許多煎熬）的企圖，也有可看性。又如葉姿麟〈有一天，我掉過臉去〉，把魏以賢跟女友的結合方式當作引子（期盼人們思考更好或更有效的途徑），蔡源煌〈錯誤〉，把各種角色想要脫困當作一種呼求（大家力謀擺脫環境束縛的具體對策）等，也很值得注意。在這一點上，後設小說多少有超越一般小說的地方。只是作爲使小說本體成爲可能的方法考慮，兩者的作法都是有效的，很難再分軒輊（剩下來的，就看讀者信或不信了）。

五

倘若以上的論說沒有太過離譜的話，我們就可以準備撤銷後設小說對「寫實」一事的疑慮或否定（畢竟後設小說也不能在「寫實」外另闢天地），而它所用來質疑或批判寫實主義傳統的後設語言（也可以看作它的一部分方法運作），也將在前項問題解決後失去它的必要性。換句話說，後設小說終究要回歸小說的流派（這是它比較正常的走向）。不然，它就得面對它所作社會批判及其依據都不可能等困境（目前後設小說家似乎還未意識到這個事實）。雖是這樣，後設小說揭發了語言構設現實以及小說家掌控小說寫作（不是什麼成規在制約）等事，可以說是它給小說理論或敍事理論的貢獻。

由於後設小說所批判的社會現實，也必然無從取得客觀情境的印證，而完全看讀者的相信與否，所以在回歸小說流派後，小說家應該再思考如何強化所構設現實的內在邏輯性以及所作批判的使人信服度。如果今後的小說眞能朝這個方向去努力，「前程看好」是大可期待的，而類似今人這樣的憂慮：「（後設）小說佔有了其他體裁（自注：詩、散文、哲學本文等）領域，卻獨獨喪失自己的領地。它不再講故事，不再敍述，它已退化成一種語言的斷片的隨意聚合。小說終於徹底對傳統美學加以反叛，它不僅割裂了與時代的聯繫，而且也拒絕了它的讀者大眾。與此同時，小說也在自戕行爲中變得步履蹣跚。」㉑也可以舒緩或去除了。

當然，在我們能夠從反省後設小說後再出發的同時，也不能忘掉解構學派所指出語言的「延異性」，它很可能會瓦解小說的本體說（甚至方法說），而壞了我們此處所完成的「理論建構」。但這一切都可以在宣稱言說的「權宜性」或「策略性」下獲得解決㉒。換句話說，我們既然不能免於言說，那只有把所言說的對象及背後的意識形態（思想觀念），看成如實的存在，而姑且以「本體」、「方法」等名目來指稱，好讓言說可以順利進行下去。以上這些條理，也應該可以提供一次此地仍執著於後設小說寫作者自我省察的機會。

（本文原發表於中正大學歷史研究所主辦第二屆「臺灣經驗研討會」）

注釋：

❶ 有人認爲小說中運用後設語言的傾向，可以上溯到十八世紀（如西方的《崔斯騰·先迪》、中國的《紅樓夢》等），甚至更早；而當代所有實驗作品，也幾乎都展露出後設小說的策略。參見蔡源煌，《從浪漫主義到後現代主義》（臺北，雅典，一九八八年八月），頁一九四；張惠娟，〈臺灣後設小說試論〉，收於孟樊、林燿德編，《世紀末偏航——八〇年代臺灣文學論》（臺北，時報，一九九〇年十二月），頁二九九；馬森，〈「臺灣後設小說試論」講評意見〉，同上，頁三二四。但這樣的考證，除了滿足少許的「知欲」，對於實際論說卻沒有什麼幫助。這就是我們稱它爲「無謂」的主要原因。

❷ 參見佛克馬（Douwe Fokkema）、伯頓斯（Hans Bertens）編，《走向後現代主義》（王寧等譯，臺北，淑馨，一九九二年九月），頁四八～四九。

❸ 先前現代主義者已經批判過它的模擬論或再現論（參見注❶所引蔡源煌書，頁三二六～三二七），但仍不及後現代主義者（表現在小說的就是後設小說）所作的批判深刻（徹底）。參見周慶華，〈形式與意

義的全方位開放——後現代主義文學評述〉，刊於《臺灣文學觀察雜誌》第七期（一九九三年六月），頁四二～四四。

❹參見注❶所引張惠娟文，頁二九九～三一六。

❺參見注❶所引馬森文，頁三二三～三二四引述。

❻參見周華山，《意義——詮釋學的啓迪》（臺北，商務，一九九三年三月），頁一八〇～一九四。

❼參見姚一葦，《藝術的奧祕》（臺北，開明，一九八五年十月），頁九六～九九。

❽參見鄭明娳、林燿德編著，《時代之風——當代文學入門》（臺北，幼獅，一九九一年七月），頁二一～七。

❾參見高辛勇，《形名學與敍事理論——結構主義的小說分析法》（臺北，聯經，一九八七年十一月），頁一四二～一四三引述。

❿參見蔡源煌，《當代文學論集》（臺北，書林，一九八六年八月），頁二二九～二三〇引述。

⓫蔡源煌曾經假設一個狀況：「假如有人認爲這種文字遊戲（描摩一個虛構的世界）沒有社會意義，那麼，他不妨讀讀勾德曼（Lucien Goldmann）的《小說的社會學》一書。勾德曼算是宗奉馬克斯思想的一個學者，他在探討霍氏及薩侯娣的小說時，也毫不猶豫地說：新小說的手法完全符合現實原則，因爲『人間現實的本質是動態的，而不時地隨著歷史在變』——新小說家至少是嘗試去捕捉這種本質。」（見注❶所引蔡源煌書，頁一七四）類似的對立（爭辯）如果成爲事實，我們會發現雙方都將白費力氣：不但論辯沒有交集，連此一課題的重點（小說的「出路」）也沒有觸及。倒是順著我們所擬定的方

向去思考，會比較實在些。

⑫ 參見黃瑞祺編著，《批判理論與現代社會學（增訂版）》（臺北，巨流，一九八六年十一月），頁二八七～二九〇。這點我們後面會再詳論。

⑬ 見注❶所引蔡源煌書，頁一八〇～一八一，張惠娟文，頁三一七。

⑭ 參見徐道鄰，《語意學概要》（香港，友聯，一九八〇年元月），頁一七〇～一七二。

⑮ 參見龍冠海，《社會學》（臺北，三民，一九八七年十一月），頁七八。

⑯ 分別收於瘂弦主編，《如何測量水溝的寬度》（臺北，聯合文學，一九八七年五月），頁一～一九；張大春，《公寓導遊》（臺北，時報，一九九二年十一月），頁五六～八三、九六～一二八；林燿德，《惡地形》（臺北，希代，一九八八年十月），頁六一～八六；葉姿麟，《都市的雲》（臺北，時報，一九八八年七月），頁三九～六五。

⑰ 分別收於注⑯所引瘂弦主編書，頁一四五～一六二；黃凡，《曼娜舞蹈教室》（臺北，聯合文學，一九九〇年五月），頁一四五～一八六；注⑯所引張大春書，頁一九七～二二〇、二二九～二六二。

⑱ 著名的例子，像《水滸傳》、《紅樓夢》、卡夫卡（Franz Kafka）《蛻變》、契柯夫（Anton Chekhov）《六號病房》等。

⑲ 就以黃凡〈如何測量水溝的寬度〉來說，它所關心的水溝在核戰爆發時可以拯救人一事，就很可疑。我們知道核彈爆炸後，飲水、食物等都會遭受輻射污染，人可以在水溝中暫時躲過傷害，卻無法不面對立刻來臨的死亡威脅。因此，把關心水溝定位在爲防範核爆對人的傷害上，就有些不切「實際」了（當然

也難以贊許它有什麼「合理性」）。

⑳ 這種情況，李歐塔（Jean-Francois Lyotard）和哈伯瑪斯（Jurgen Habermas）在後現代論述方面的論爭，頗可以作爲對照。參見哈山（Ihab Hassan），《後現代的轉向——後現代理論與文化論文集》（劉象愚譯，臺北，時報，一九九三年元月），頁三〇〇；路況，《後／現代及其不滿》（臺北，唐山，一九九〇年十月），頁一二～一四。

㉑ 見王岳川，《後現代主義文化研究》（臺北，淑馨，一九九三年二月），頁二九八。

㉒ 參見注❸所引周慶華文，頁四九。

批判多於建樹

——一九九二年臺灣的文學批評理論

一

過去一年，臺灣學界仍有爲數不少文學或美學會議的舉辦，如由中國文藝協會主辦、文訊雜誌社及中華日報社協辦的「當前文藝論評發展研討會」（元月十一日），師大人文教育中心舉辦的「西方美學理論與方法學術討論會」（四月一日），中國古典文學研究會和空中大學合辦的「文學與傳播關係研討會」（四月二十五～二十六日），臺北市立美術館舉辦的「東方美學與現代美術國際研討會」（四月二十七～二十九日），中國古典文學研究會和東海大學中文系合辦的「區域特性與文學傳統研討會」（五月二～三日），彰化師大舉辦的「中國詩學會議」（十月三日），國家劇院、音樂廳及聯合文學雜誌社合辦的「湯顯祖與崑曲藝術研討會」（十月四～五日），及中國青年寫作協會、時報文化出版公司主辦和文殊院寫作協會、《自由時報》副刊協辦的「當代臺灣女性文學研討會」（十二月二十五～二十七日）等。雖然有少數人對這些會議的功能有所懷疑，但大多數人仍肯定它在激發學術研究興趣或討論風氣方面的作用❶。此外，有部分文學雜誌以專題方式，譯介、評論文學思潮或檢討文學研究成果，如《中外文學》於一九九二年五月號、七月號、九月號推出的「新歷史主義」、「中西文學典律的形成與文學教學」、「文化屬性與文學表現」等專號，及《文訊》於一九九二年五月號推出的「文學研究的回顧與前瞻」專題等。這像是一場場紙上文學研討會，功能應該也不下於前者。至於各報刊、雜誌零散刊載的文學批評或專論，數量雖然不易統計，但也可以想見它們所發揮熱絡討論氣氛的成效。

面對如此眾多會議、雜誌、報刊所發表的文章，想從中理出一些頭緒已經相當困難，更別說進一步去加以批判了。因此，任何人想探究去年臺灣文學批評的情況，勢必要有所選擇，也就是針對某一特定主題或某一特殊問題，探勘它所以發生的緣由，以及推測它在演繹推論上的效果，才能展現自己的「見識」和所發議論的「意義」或「價值」。在這個前提下，我們擇取了一項特徵較為明顯而具有方法論意涵的文學批評理論作為考察對象。一來可藉以瞭解國人在關心些什麼問題，以及處理了那些問題；二來也可藉以追究還有什麼未盡的問題，以及未來發展的方向。這應該比探討實際批評或理論譯介，更能獲得某些有「參考性」或「引導性」的結論。

二

綜合看來，去年臺灣的文學批評理論，呈現了反省前行批評方法或論述內涵的一致特性。這本來要歸到「文學批評的實際批評」範圍去討論，但各家論說很少直接就前行批評方法或論述內涵加以分析評判，而是從理論層面檢討該批評方法是否妥適或該論述內涵是否偏頗，然後提出對治辦法，形成一個（類似）新的批評理論的建構，所以我們就統以批評理論看待。

在各家的論說中，我們略可依所論性質分爲「泛論」和「專論」兩類。前者，如簡政珍〈批評視野——一首文學界和學術界的哀歌〉❷，提出批評或理論的眞正意義，在對語言哲學式的思考，以對治臺灣學術界（尤其是中文系）向來只就某一作家或作品批、評、討論、詮釋等批評方案的偏失；李正治〈四十年來文學研究理論之探討〉❸，提出在西方理論雜陳的現代，想在才氣過人的理論家間自出新意，創建一家之言，除卻主體融攝途徑的尋求，其餘大概都是隨人腳跟，亦步亦趨而已；龔鵬程〈區域特性與文學傳統〉❹，提出以地域特性申論某地文學發展狀況和風格特徵，僅能以寬泛鬆散的方式來運用，而無法視爲一嚴格的方法，而且運用時也要注意它的效能和限制。後者，如馬森〈「臺灣文學」的中國結與臺灣結——以小說爲例〉❺，提出作家的創作自由和政治超然，以扭轉臺灣文學日漸追求具有排他性的「本土意識」；游喚〈八十年代臺灣文學論述之變質〉[6]，提出臺灣文學論述要多元並存，並將文化、文學和政治的問題作辯證式思考，還有走向超越利益、體制和黨派的文學靈視觀點，以及保留任何詮釋策略作爲權力的可能；呂正惠〈臺灣文學研究在臺灣〉[7]，提出想對臺灣文學有正確和完整的認識，必須拋除特定的意識形態和政治立場，而以中國現代文學的背景作爲對照；邱貴芬〈「發現臺灣」：建構臺灣後殖民論述〉[8]，提出抵制殖民文化透過強勢政治運作，在臺灣建立的文學典律，以及拒絕激進倡導抵制殖民文化運動者所提「回歸殖民前文化語言」的論調；林燿德〈掙脫僞殼——論臺灣的當代大陸文學研究〉[9]，提出擺脫「外緣研究」的框框，以嶄新視野（如「探源式批評」觀點之類）重建我們對當代大陸文學研究的整體觀照。

以上不論泛論文學批評的本質、文學本體研究的途徑、文學區域研究的方式，或專論有關臺灣文學和大陸文學的論述典範、意識糾結等，都明顯的透露方法論的信息，相當值得我們注意：第一，一般方法論所討論人解決問題和建立理論所牽涉到的基本假定、取捨安排和評鑑標準等[10]，在這裡也應該有所交代，才能被我們掌握和理解；第二，就一方法論的對象爲已定論說所用的方法來說，多少含有「典範更替」的考慮，以至各家論說能否變成新的範例，就成了我們最該關心的事。底下我們就從各家論說何以發生探討起，然後看它處理問題的理論依據是什麼，以及處理問題的成效如何，以便我們作最後的判斷。

三

如果我們把文學研究暫分爲「外緣研究」和「內在研究」兩種形態[11]，那前述歸在「泛論」範圍的龔文和李文，就分屬這兩種形態；而以流行批評爲責難對象的簡文，也可勉強算是「內在研究」。因此，有關「外緣研究」的前提：文學是現實社會的產物[12]，及「內在研究」的前提：文學是主體心靈的表現[13]，就是我們檢驗各家論述的最佳準則。換句話說，以「外緣研究」和「內在研究」的前提，來衡量各家論述所批判的對象和他自己的論證，再便利也不過了。

就文學傳統和區域特性的關係來說，不論前行論說是從自然地理區域、人際聯繫來討論，或是從歷史文化傳統來討論，都預設了文學是由外在因素促成的。但問題並沒這麼簡單，從龔文的掘發論辯看來，這些外在因素都很難確說鑿指（也許只是史家所虛構的神話），不能用簡單的繫聯辦法把它跟文學拉在一塊。顯然龔文對文學的「外緣研究」是有所質疑的。而這項質疑的出發點，正是爲了期待一個有更新面貌的文學「外緣研究」。再就文學是主體融攝的表現來說，這是李文從考察當代西方文學被客觀分析的導向分割到以語言、符號爲理論中心，而我們的理論家卻都是回歸主體心靈爲切近人類經驗所貞定的。這就預設了文學是由內在因素促成的（既不受外在因素的拘限，也不受語言系統的制約）。而這內在因素並不是可觀察的「既定」，而是有待開發的「未定」（每一個開發都可能成就一個有價值的主體融攝的成果）。因此，李文的出現，就有爲激發更多類似理論建構的動機可理解了。此外，簡文所悲哀的時下批評家爲了套用理論而完全捐棄所有的美學感受和素養，以及忽視文學是透過語言來沈思生命，它所預設的文學是由內在因素促成和要藉這論說來轉變文學批評風氣的目的，也是昭然若揭了。

至於前述歸在「專論」範圍的各家論說，雖然專就某一主題或某一問題立論，但本質上跟「泛論」中各篇沒有不同，仍然可以依「外緣研究」和「內在研究」的前提來檢驗。就臺灣文學是否要追求「本土性」來說，馬文從追求本土性必以排除非本土性爲代價的角度觀察，認爲前者思想偏執狹隘，無異自設樊籠；而游文從臺灣文學本具有多義性的角度觀察，認爲不必從某種意識形態和政治立場去圈定它，儘讓臺灣文學攤開在主體閱讀的情境中，展現閱讀策略的選擇可能。前者涉及創作問題，後者涉及閱讀問題，彼此的著重點雖然不同，但各自所預設的文學是由內在因素促成和呼籲該內在因素不宜被限定（窄化）的旨意，卻是一致的。再就臺灣文學的論述或研究的依據來說，邱文認爲文學典律的形成不取決於任何個人的品味或利益團體的壟斷，卻和文化產品的創作、再製及市場消費有必然關係，因此，有關臺灣文學典律的重建，也必定不能脫離臺灣的被殖民經驗而最後不得不以後殖民論述（抵中心）爲依歸；而呂文認爲把臺灣文學研究限制在一個狹窄的傳統的認同和追尋上，勢必無法看清臺灣文學的複雜面相，而要改從中國現代文學的歷史背景觀看才有可能。這裏所涉及的問題跟前面相類，但所含的預設和目的卻大異其趣。邱文和呂文都預設了文學是由外在因素促成的，但前者的視點僅限於臺灣一地的社會體制，而後者的視點還擴及近代中國（大陸）的歷史處境。以至二者想要改造臺灣文學論述或研究模式的企圖，略有歸趨上的差異。此外，現今另一個熱門的課題：當代大陸文學研究，經由林文的展示來看，浮濫地以政治、社會、經濟環境作爲考察文學的指標（或脫離時代現場，純以陳舊的新批評模式進行形式分析），不免有偏執的缺失，因此，當務之急就在方法論的重建、臺灣學派的成形、解釋權的掌握和博大胸懷的醞釀。這同時預設了文學是由內外在因素促成，以及展望未來的大陸文學研究能有全面而深入的觀照。

四

從上面的爬梳中，我們不難了解各家的論說，無不是爲了深化或拓廣文學的論述或研究而設。而我們以「外緣研究」和「內在研究」一組概念來解說，純粹基於辨析上的方便，並沒有隱含各家論說如只預設其中一端就有偏廢的遺憾，也沒有暗示各家論說不同預設可以相互「對抗」的意思。這主要是「外緣研究」或「內在研究」都是權宜設施（不是先驗上有的理則），而各家論說也不見「強調」當中一項研究而「排斥」另一項研究的現象。於是在我們藉這一組概念辨明各家論說所以發生的原委後，就不必再費力去討論該組概念間可能存在的「矛盾」或「衝突」，而可以直接考察各家論說所藉以處理問題的依據，以及處理問題的效果。

大體上，各家論說是從文學論述或研究具有多元特性的立場，來破解試圖或已經壟斷該論述或研究的作爲。因此，破解試圖或已經壟斷文學論述或研究的作爲，就是各家論說所要處理的問題；而文學論述或研究具有多元特性，就是各家論說處理該問題的主要根據。這不論在各家論說「泛論」文學的區域研究、文學的主體融攝、文學的哲學思考，或「專論」臺灣文學的多義性、臺灣文學的後殖民論述、臺灣文學和中國現代文學的因依關係、當代大陸文學研究的方法論重建等，都展現了同樣的質性。前者，涉及文學成就和區域特性關係的討論不宜簡化的問題，正說明了文學和現實社會的多元關聯；而涉及文學的主體融攝可以繼續開展和文學的哲學思考有待大力發揮等問題，也說明了文學和主體心靈的多元關聯。後者，除了涉及抵制殖民論述的問題，其他所涉及的課題也無不是植基在文學和主體心靈或文學和現實社會或文學和主體心靈及現實社會的多元關聯上。雖然如此，臺灣文學的抵制殖民論述所預設的「文化差異」，也恰好驗證了文學和現實社會所具有的多元關聯性。

到這裏我們終於明白：各家論說所以可能，是建立在文學是由內在或外在或內外在因素促成，而這內在或外在或內外在因素具有多元特性等前提上。第一個前提容或有爭議（見後），第二個前提卻無可反駁（如被各家論說所批判的對象也根據第一個前提）。因爲各家論說所指的已有文學論述或研究所據前提爲一元特性，根本沒有可以成立的必要條件和充分條件，自然也沒有理由再來跟各家論說抗衡。這樣看來，各家論說所要破解試圖或已經壟斷文學論述或研究作爲的目的，可以說是達到了[14]。換句話說，被各家論說所批判的試圖或已經壟斷文學論述或研究的作爲，照理是不能再被「承襲」，否則就要貽笑大方了。

當然，我們在審視各家論說處理問題的成效後，對於各家論說本身所呈現的特性，也不能輕易的略過。如果我們不過分苛求，僅憑各家論說所展示的批判本事，也足夠給予肯定了。但基於後設理論的效能考慮，各家論說到底又有什麼建樹，就不能不再追問。以這一點來說，我們實在無法「樂觀」。因爲像邱文從後現代主義理論汲取養分所建構的臺灣文學典律[15]，或像龔文從文學史研究和文學批評史研究不得不顧空間差異所確定文學的區域研究的必要地位，類似這種具體可辨的方案太少見了，以至我們不敢遽下判定各家論說都能取代舊有論說成爲新的範例。畢竟各家論說要成爲新的範例，不僅是看它們的「批判策略」是否成功（被它們批判的對象無從反批判），或是看它們提出什麼具體可辨的方案，最重要的是還要看它們能否禁得起其他理論的考驗。現在各家論說連具體可辨的方案都難以「全具」（而缺少可跟其他理論相互比較的「據點」），更遑論它們可以「勝過」其他理論，而變成一個個眞正可被接受的新範例？

五

我們所以這樣說，是有緣故的。當今由結構主義和解構主義所引起的批評風潮，把已有的所有理論（不論主張文學是主體心靈的表現或主張文學是現實社會的產物）掃蕩得「殘敗不堪」。凡是再順著已有的理論再論說的人，儘管如何的爲已有的理論加深拓廣，都不能不在新理論面前失去「抗衡」的籌碼。由於新理論證實了文學只是一個語言事實，它的意義來自語言符號的交互運作，而不來自語言符號和外在眞實之間的關係。因此，舊理論所認定的文學有指涉（反映）現實社會或表現主體心靈的功能，都成了不可信賴的幻設，而爲舊理論整補的任何論說，如果不能先對新理論作一些（有效的）迴應，也難保不會徒勞無功。爲什麼是這樣？這我們得從新理論說起。

先是結構主義響應索緒爾（Ferdinand de Saussure）的語言理論，認定文學本質上是一個語言符號的結構體，這個結構體是自足、自明的，是不假外求、不牽涉本身以外的因素的。用結構主義大家巴特（Roland Barthes）的話來說：「是語言，不是作者在說話。」（〈作者之死〉）因此，「寫作就是各種聲音、各個原始起點的消失泯滅。」（同上）巴特以爲只有在聲音失去其源頭，通過無我的先決條件而到達只有語言在運作、在「表演」的地點，寫作才眞正開始。一般人認爲作者孕育了作品，先於作品存在；而巴特反對這種以作者爲核心的傳統看法，他甚至一改習俗，把作者稱作書寫者，他說書寫者和作品同時出生，作者不具備一個先於書寫的存在。巴特不僅否定文學的表現說，也否定文學的模仿論（反映論）。他指出如果有人希冀表達他自己或反映外在事物，他至少必須明白他所想要加以詮釋或迻譯的內外在事實本身，就是一部早已形成的辭典，當中的字詞只有藉由其他字詞才可解釋，而其他字詞又得借助別的字詞才能說明。依此類推，永無止盡。換句話說，文學中的語言不屬於作者或書寫者，而是摘取自語言貯存庫中的一系列的意符⑯。

後是解構主義從結構主義所確立的語言體系中，去其封閉、穩定性的一面，保留（意符）差異性的一面，而開啓意符無窮耽延和變異的觀念。在耽延和變異中，意符沒有指涉（意指）。因爲指涉只有從意指才能知道，而意指本身就是一個意符；該意符又跟其他有差別的意符相串連，永不停息。從此，解構主義大家德希達（Jacques Derrida）主張以書寫來代表語言模式（一方面拒斥現呈以及先驗存在的概念；另一方面否定意指在意符之上的觀念）；而在書寫的正文中，符徵作用永遠不可能歇止在一個絕對的「現呈」上，它沒有固定的始源、可資辨認的中心或終極的指涉，也就是說，它的意義是無從確定的（任何一個符號或一系列符號都不可能有確定的意義）⑰。

面對這一「強勢」的新理論，各家論說有什麼理由不加理會或直斥爲「虛妄」（這是順著各家論說的話尾來說)?因爲各家論說所接受的前提(文學是主體心靈的表現或文學是現實社會的產物等),正是新理論所要排除的;而在那些前提被新理論排除後,各家論說無法再據以爲立論的根據(他們必須能夠在語言外舉出所謂的「主體心靈」或「現實社會」才有可能,可是他們辦不到)。這樣一來,各家論說要成爲新的範例,就不是只靠目前對已有理論的批判或兼提出某些實踐的方案,就可以辦到;它還得反省自己的基本前提如何可能,才有希望達到目的。

其實,新理論縱是對文學論述或研究造成很大衝擊,卻不至於完全「瓦解」舊理論的種種預設。因爲舊理論所說的「主體心靈」或「現實社會」,本來就以語言形式存在(只是過去大家很少意識到而已),所以當新理論在否定該預設時,不過喚醒大家重新加以確認,並不足以「推翻」它。比較麻煩的是新理論所提出的「延異」觀念,它幾乎可以讓各種預設不成其預設(各種主張不成其主張),完全解除寫作的「目的性」和「神聖性」。但這個「危機」也不盡不可化解,只要宣稱文學論述或研究的「策略性」(權宜性),一切仍可「照常」進行,而不礙其爲文學論述或研究[18]。因此,各家論說要取代舊有理論,就必須在批判完舊有理論後,繼續思考文學論述或研究的策略性,證明它何以「優」於舊的策略,以及保證它確能「勝」過舊的策略,才能被人「廣」爲採納。而這恐怕要比先前的批判工作艱難,但卻是唯一能有建樹的機會。後起(繼)者也勢必朝這個方向努力,才可望締造新的成績。

一九九三年五月

注釋：

❶ 一九九三年二月號《文訊》，曾製作一個專題，名爲「『學術會議』的反省」，請王熙元、黃俊傑、龔鵬程、林安梧等學者發表書面意見，以及專訪林慶彰、許木柱、張漢良、鄭明娳等學者錄製口頭意見。除了少數責難會議過多流於浮濫而倡議少辦（精辦），多數仍看出帶動研究風氣和培養人才的「一片遠景」（有人甚至主張要多辦這類會議）。

❷ 該文刊於《聯合文學》第九卷第二期（一九九二年十二月），頁一五九～一六二。

❸ 該文刊於《文訊》革新號第四十期（一九九二年五月），頁五～一三。

❹ 該文收於中國古典文學研究會主編，《古典文學》第十二集（臺北，學生，一九九二年十月），頁一～二三。

❺ 該文刊於《聯合文學》第八卷第五期（一九九二年三月），頁一七二～一九一。

❻ 該文刊於《臺灣文學觀察雜誌》第五期（一九九二年七月），頁二九～五〇。

❼ 該文刊於《文訊》革新號第四十期，頁一四～一八。

❽ 該文刊於《中外文學》第二十一卷第二期（一九九二年七月），頁一五一～一六三。

❾ 該文刊於《文訊》革新號第四十期，頁一九～二五。

❿ 這包括問題怎麼提出，問題所在的脈絡爲何，問題表現的形式怎樣；所用的語言有何特質，使用的推論規律怎樣；怎樣算是解決了問題，解決問題後到底成就了什麼知識，增廣或加深了什麼經驗；我們怎樣安排人類經驗，怎樣將知識加以系統化而成爲理論；理論的構作要素如何，它的成立條件怎樣；人類接

受理論、修正理論和排斥理論的理由根據如何，這些理由根據本身又要如何加以反省和批判……等等這類原理性、基礎性，甚至可以說哲學性的問題。參見何秀煌，《文化‧哲學與方法》（臺北，東大，一九八八年元月），頁五五。

⑪ 參見蔡源煌，《文學的信念》（臺北，時報，一九八三年十一月），頁一二一～一二三。

⑫ 參見何金蘭，《文學社會學》（臺北，桂冠，一九八九年八月），頁一～八。

⑬ 參見錢谷融、魯樞元，《文學心理學》（臺北，新學識，一九九〇年九月），頁一九一～二〇四。

⑭ 在理論上這點是不容置疑的。在實際上這點是否會被所有人接受，我們就不敢保證了。好比現在仍有人「情緒化」的主張「只有用臺語寫作的文學才是臺灣文學」（這比先前一些「凡是臺灣人寫的或寫臺灣經驗的文學都是臺灣文學」的主張還要「窄化」），這就不是純靠理論分辨所能化解的。參見周慶華，〈臺語文學的過去現在與未來〉，收於《古典文學》第十二集，頁三三九～三五二。

⑮ 縱然有人一再質疑這個典律的理論基礎和可行性（見廖朝陽，〈評邱貴芬「發現臺灣：建構臺灣後殖民論述」〉、〈是四不像，還是虎豹獅象？——再與邱貴芬談臺灣文化〉，同時刊於《中外文學》第二十一卷第三期（一九九二年八月），頁四三～四六及頁四八～五七），但它比起已有的相關的主張要前進多了。

⑯ 參見吳潛誠，《詩人不撒謊》（臺北，圓神，一九八八年三月），頁一二七～一二九引述。

⑰ 同上，頁一三八～一三九引述。

⑱ 我已有兩篇文章〈形式與意義的全方位開放——後現代主義文學評述〉、〈作者已死？——作者死亡論的檢討〉（分別刊於《臺灣文學觀察雜誌》第七期、《淡江大學中文學報》第二期），專門討論這些問題，這裡不再贅述。

作者已死？

——作者死亡論的檢討

一、作者死亡論的提出

近代以來，試圖解除作者的聲音或作者和作品的關係的言論，可說層出不窮。先有奧特嘉（Gassety Ortega）於一九二五年發表〈藝術的非人性化〉，宣示現代藝術是一種非人性化的藝術，以此徹底否定創作活動中的人性要素（不論是個人情感或是外在世界）❶。接著有新批評家溫沙特（W. K. Wimsatt）和畢德斯力（Monroe C. Beardsley）合作於一九四六年發表〈意圖謬誤〉，強調作品的意義須求諸作品的內在結構，不必假借任何外在因素（包括作者的意圖）❷。再來有巴特（Roland Barthes）於一九六八年發表〈作者之死〉，聲稱寫作是各種聲音、各個原始起點的消失泯滅，進而剝除作者的創造機能（巴特還引述馬拉美（Stephane Mallarmé）、梵樂希（Paul Valéry）和普魯斯特（Marcel Proust）等人的創作理念來烘襯他的論點）❸。巴特稍後，有傅柯（Michel Foucault）發表〈何爲作者？〉主張寫作是符號的交互運作，及德希達（Jacques Derrida）發表《書寫與差異》主張寫作是一連串意符的延異，分別解消及否定作者和作品的關聯❹。以後引述或附和上面各家言論的人，又不知凡幾。

雖然從奧特嘉以下，解除作者地位的呼聲日益高漲，但彼此對於作者的「去處」仍有不同的看法，有必要先略加分辨。就奧特嘉的論述來說，文學創作的意義或價值依然保留在語言文字的構築活動中，而作者還是這個語言文字構築活動的主導者，並沒有完全喪失他的創造力。而新批評家固然極力排斥作者意圖成爲作品意義的判準，但也無法否認作者意圖可以在作品內或作品外存在，以至作者仍有資格充當作品意義的見證人（只是不再具有絕對的權威）。眞正剝除作者和作品的因依關係，使作品自成一個獨立自足的體系，是從結構主義開始的：它以索緒爾（Ferdinand de Saussure）的語言學理論爲張本，認定文學作品本質上是一個語言符號的結構體，不牽涉本身以外的任何因素。因此，屬意於作品的語言不歸作者而是擷取自語言貯存庫中一系列意符的巴特，他所宣告「作者死亡」的言論，就成了一道明顯的分水嶺。至於像傅柯、德希達這些後結構主義或解構主義大家所倡議寫作只是意符的串連或追蹤遊戲❺，不過是在爲上一言論推波助瀾而已。

儘管有這兩種形態的作者死亡論（一個仍肯定作者擁有創作能力及作品本身具有意義和價值；一個連作者的創作能力及作品本身的意義和價值都否定了），但它們被用來破解古典主義所說的「模擬論」和浪漫主義所說的「表現論」，卻都具有相同的效力，而給人耳目一新的感覺。然而，在作者死亡論甚囂塵上的當頭，我們是否該冷靜的想想：作者死亡是誰判定的？而相對的先前作者存在又是誰判定的？如果先前作者存在並不擔負對作品完全的控制權，只是讀者（批評家）逕行假定作者擁有這一控制權，而現在反過來宣告作者死亡，豈不是讀者（批評家）在自導自演一場作者死亡「遊戲」，而跟實際作者是否死亡毫不相干？還有作者死亡後，所遺留的空間是否就能由讀者填補？而這種填補跟作者自行解釋作品又有什麼必要區別的差異？最後作者在經歷這一番「折騰」後，他還有什麼權利可言？這些問題在論說作者死亡的理論家那裡，似乎還沒有受到應有的重視，現在由我們來作一較深入的反省，也許能獲得某種程度的澄清，而有助於相關理論的建樹。

二、作者死亡論的理論依據

在探討上面這些問題前，不妨先來看看各家判斷作者死亡的理論依據是什麼。大致上，奧特嘉所力辯的藝術非人性化，是他考察現代藝術而得出的結論。根據奧特嘉的說法，人所以喜歡藝術作品，主要是因爲藝術作品揭示人的意象和人的情慾，從而可以透過作品理解人類自身的處境和人類共通的命運；但是現代音樂和現代繪畫卻有意剝除這種「參與感」（這並不意謂現代藝術的侷限性，而是標示一種新的藝術風格的開始），讓人只存對於藝術形式的覺知和感受。由這點推出文學創作也要像音樂或繪畫一樣，純粹是文字聲音的一種構築活動，而作者和讀者就在這種形式的構築活動中尋得「美感的愉悅和滿足」。可見奧特嘉的非人性化藝術論說，是建立在人對藝術形式的覺知感受和對具體世界的覺知感受不能並存的基礎上。

至於新批評家排斥作者的意圖，主要是察覺作者的意圖無從干擾讀者對作品的解釋和評價（向來有一種主張作者意圖應該左右讀者的判斷）❻。因爲作者個人所宣示或希冀的，不定就是他所表達的；他實際完成的意圖只存在於作品的內在證據中。既然這樣，讀者只須從語言事實著手，經由作品的語法、語意結構和讀者自己對語言約定俗成的認識，以及借重文法、字典和構成字典的一切文獻，去從事作品意義的考察和追索，而不必考慮作者的原始意圖。同樣的，以作者意圖作爲作品成功與否的判準，也是無效的（一來作品不是作者的意願所能控制；二來作品的價值在於作品本身的性質，而跟作者意圖表達是否成功無關）❼。可見新批評家把作者排除在作品外的論說，是建立在作者對於讀者理解作品時沒有實質助益的基礎上。

以上兩種論說，都是在作品完成後，才依其作者必須退出的理論要求，而斬斷作者和作品的關係。這從結構主義以後，開始有了大轉變，他們（結構學家）在源頭就切斷作者對於作品的控制權。原因是作品只是純粹的語言的符徵體系，它的作用完全來自該體系的構成因素（有差異原則）的互動關係，而不是來自符徵和外在眞實的關係。因此，巴特才會宣稱寫作解除了作者的聲音及其本源，而作品也不再是要「記載、充當備忘、再現或描述事實」，成爲某一「內在靈魂」的表達；它毋寧是擷取自不同文化，彼此以對話、降格、爭論等關係交匯的多重文字[8]；而傅柯也說寫作只是指向本身，它像一場遊戲般呈現，不斷地違反自己的規則及超越自己的限制，而在寫作中「重點不是要顯示或提升寫作的行爲，也不是要把主體固定在語言中，而是要創造一個空間給寫作主體經常地消失的問題。」[9]可見結構學家宣布作者死亡，是建立在作品的語言屬於語言系統而不屬於作者的基礎上。

這一點到了解構學家德希達那裏，更把它推到極端：他認爲作者是語言中的差異的自由遊戲運作所產生的效果，恆在語言的汪洋大海中載浮載沈，不知所始，也不知所終；沒有起源，沒有終極目的，也沒有中心。於是所謂的作者，不過是一個名字，不過是擺列在一份文本前頭或末尾的一個符號標記而已。因爲只有文本，別無其他（文本背後從來就沒有任何東西，只有替補，只有在一系列的差異指涉中才能出現的替代的示意作用）[10]。雖然德希達所抱持作品（一連串意符的延異）指意無從確定的見解，完全不同於結構學家的論說（作品指意可以確定），但彼此在否定作者的創造力（連帶否定作品的價值）方面的意見，仍是一致的。換句話說，德希達排除作者，也是建立在作品的語言屬於語言系統（這裏指開放的系統，有別於前面封閉的系統）而不屬於作者的基礎上。

三、作者死亡論的問題分辨

從表面看來，各家要作者退位的理由，都可以成立；而且各家的出發點不同，所作論說上的差異，也無法衡斷彼此的是非。然而，這並不表示他們所說的都沒有問題，而我們也可以據為議論作者的死亡；那裏頭仍潛藏著不少癥結有待清理。現在我們就順著各家的論述，分別辨析它們的問題所在。

先說奧特嘉的非人性化藝術論。奧特嘉把作品的美感價值定在「形式」部分，而排除作者所賦予作品意義的「內容」部分。這種「形式」、「內容」二分的作法，基本上不符合實際的情況。因為作品的語言本身不起美學效果，能起美學效果的是聲音和意義⑪，而聲音和意義（包括社會、歷史事件和作者思想、情感等）要在組構語言中才能顯現。這樣就沒有「形式」和「內容」的對立，以及可不依賴「內容」（特別指「意義」部分）而還能獲得「美感的愉悅和滿足」的純「形式」感知的成立（這只要把作品的語言改換作其他符號而不變更形式，就可以印證作品的形式不起美學效果的說法）。因此，奧特嘉主張藝術的非人性化，固然沒有什麼可議的地方（他儘可以這樣主張），但要把它「擴充」為普遍性的命題（可作為解釋藝術現象的依據），我們就不能苟同了。

再說新批評家的意圖謬誤說。新批評家假定作品完成前有作者意圖的存在，而作品完成後作者意圖可在作品內，也可不在作品內（當作者無法控制作品時）；既然有作者不能控制作品的情況，讀者也就不須費心去尋找意圖，而儘管把作者逐出作品以外。新批評家這種宣稱看來很順理成章，實際卻掩蓋了某些「事實」：第一，在新批評家以前，有關作者和作品的關係的假定，並不只有作品是作者意圖的表達一種[12]，還有作品不定是作者意圖的表達一種[13]。現在新批評家只提前面那種情況，而忽略後面這種情況。第二，就讀者來說，雖然也有以發掘作者意圖爲閱讀目的的現象，但大多時候是不會計較作者意圖的[14]。而新批評家卻只執著前者加以批判，殊不知人家並不那麼看重作者的意圖。從這裏可以看出，新批評家要反駁作者和作品的關係，只在作品是作者意圖的表達而讀者也以作者意圖爲探討對象的假定下才有效。可是這種假定卻不合「實情」（大家並不都這麼認爲），以至新批評家的論說就不是十分可靠。

最後說結構學家和解構學家的作者幻滅觀。結構學家認爲作品中的語言符號是意符（音象）和意指（概念）組成的，意符和意指並無特定關係（是約定俗成、武斷的）；而意符所以還能發生示意作用，那是由於每個意符都跟整個語言體系中的其他意符有所不同造成的（如「貓」不是「帽」也不是「苗」）。因此，結構學家完全否定作品有指涉或反映事實的功能，更不可能承認作品是在傳達作者個人的理念（思想）。這似乎也能「言之成理」，但仔細考察後，卻又發現事實不是這樣。因爲一般所說的「外在眞實」(包括現實事件和個人理念)，是經由人的詮釋所得而以語言的形式存在⑮，並無不藉由語言而可以辨識的「外在眞實」。現在結構學家先假定有所謂前人所指的「外在眞實」，而後察覺語言並不對應(指涉)這些「外在眞實」，終而判定語言不具有「反映」事實、「表現」理念的功能；全然不顧大家所用的「反映」、「表現」等概念，可能也是指反映、表現以語言形式存在的事實和理念。這就使他所要攻擊的對象，不免變成了「空靶子」，而逐不出作者於作品以外。根據我們的觀察，眞正威脅到作者對作品控制權的是解構學家的論說：解構學家所提語言的「延異」觀念，破除了意符可以追到意指的神話(這一點我們只要想想查字典的經驗就可以了解：如「紅」指「顏色」，而「顏色」又指其他意思，一一追查下去，永無止盡)，使所要「反映」的事實不成爲事實、所要「表現」的理念不成爲理念，而教作者從此對作品「三緘其口」。然而，解構學家在排除作者後，卻無法解釋各作品的語言結構何以不同(如詩跟戲劇、菜單、政治宣言的差別)，以及各作品的美感價值爲何有異(我們讀詩讀戲劇和讀菜單讀政治宣言的感受迥然不同)，以至不得不把作品重新繫在作者底下，再考慮作者對作品的某些控制權，而解除解構學家的隔離「禁令」。

四、作者死亡論在推理上的盲點

如果我們不急著援用上面的辨析結果，來裁定各家論說的無效，應該還會發現各家論說的目的不在「強要」作者消失，而在「催促」讀者誕生（正如巴特在〈作者之死〉中說的「讀者的誕生，必須以作者的死亡作代價」）。換句話說，他們要把作品的解釋權，從作者那裏取來給讀者，而讓讀者有更大的空間自由「馳騁」。這不論是奧特嘉強調對於藝術形式的覺知感受，還是新批評家排斥作者意圖於解釋和評價外，或是結構學家和解構學家解消作品的創作源頭，都顯示了作者必須「退讓」而讀者必須「出頭」的信息。只是從「作者死亡」到「讀者誕生」這條路上，仍有許多轇轕沒被正視，而模糊（妨礙）了我們對整個問題的理解，實在需要詳加考辨，才能確定作者是否該死，以及讀者是否就能誕生。

現在除了奧特嘉的論說明顯缺乏解釋效力，我們可以不予討論，其餘都得細加考究。以新批評家來說，他們認爲作品的意義存在作品的組織結構中，跟作者的意圖沒有決然的關聯。這是假定了作者寫作前有清楚的意圖要表達，或限於個人的能力，或礙於語言的限制[16]，而沒有必然或充分在作品中體現，於是讀者也不必在意作者的意圖。我們先不要管當讀者解釋作品意義時，可能有歧異而如何處理這種歧異的問題，就看前半段假定是否能成立。向來有所謂文章出於偶然的

「興會」（靈感）[17]，以及爲求多義而有比興（明喻和隱喻）等技巧的運用[18]。並不如新批評家所說的作者都有確定的意圖，以及作品都以表達該確定的意圖爲鵠的。這樣就不能推出作者要喪失作品的控制權而改由讀者來接掌的結論。因爲原先作者並沒有擔負完全控制作品的任務，自然也沒有要被解除該任務的疑慮。新批評家爲了排除外緣因素在作品的解釋和評價中的「攪擾」，而力闢作者意圖和作品意義的關係，顯然沒有成功。再說讀者取代作者對於作品的解釋權，也不能就這麼推及作者應該退出的結論。因爲作者眞正擁有的不是作品的解釋權，而是作品的組構權（創作權），當然也沒有要轉移解釋權的問題。新批評家所作的種種假定，都缺乏事實根據，其可信度也就不言而喻了。

又以結構學家和解構學家來說，前者否定作者孕育作品的傳統看法，而把作者稱爲書寫者；書寫者跟作品同時出生。同時書寫也不是記錄、呈現或描述作者的內在心靈，更不是反映預先存在的生命或現實，而是一種表演式的語文形式；在這種形式中，除了抒發吐露的行爲外別無其他內容。而作品又以「交互指涉」的方式，形成一種「多重性」；而處理這種「多重性」的重點就在讀者身上（不在作者身上）。後者的書寫觀更否定作者跟作品的關聯，一切的書寫都是延異和替補，而任何的閱讀詮釋也是延異和替補的功夫（是在以一系列的符號取代另一系列的符號的律動中永不停止地耽延）。因此，傳統理論中所說的作者和讀者可以相互易位，寫作和閱讀的關係可以相互交錯，從而產生遊戲的空間。顯然前者是顧慮如果把作品附屬於作者，就等於施加給作品一種限制（賦予它一個「最終的意指」），而封閉了書寫。不過，這種推論也犯了跟新批評家的推論一樣的毛病：作者並不擁有作品的控制權，何來阻礙讀者對作品的解釋[19]？再說讀者擁有作品的解釋權後，也不能就這樣推出作者該死的結論。因為沒有作者組構作品，何來讀者的閱讀詮釋？如果是要作者不再宣稱他要藉作品來表現某些理念或反映某些事實，而只是在進行一種「符號的交互運作」遊戲，那也只能說自己在嘗試建立新的作者觀，而跟原先作者是否死亡無關。這點在後者提出寫作是「意符的追蹤遊戲」時，我們就能感受得到：向來大家所認定的作者觀確是需要改變了。但這仍不至於要宣判作者的死刑。因為讀者儘管作他的「意義的輸入，符號的添補和替代」工作，而作者也儘管玩他的「意符的追蹤遊戲」，彼此可以毫不妨礙對方，自然也沒有所謂「作者已死」而「讀者方生」的問題發生。

五、作者所有權的重新確認

就人使用語言的經驗來說，除了傳達語言面的意義（語言由於結構而有的「內在關係」和指涉在外的「事物」），也傳達非語言面的意義（伴隨語言的「情感」、「意圖」、「世界觀」、「存在處境」、「個人潛意識」、「集體潛意識」等）[20]，而後者又有自覺（如「情感」、「意圖」、「世界觀」、「存在處境」等）和不自覺（如「個人潛意識」、「集體潛意識」等）兩種情況。這是無法抹煞的事實；而說實在的，人也不願它被抹煞。現在極端的作者死亡論者（指結構學家和解構學家的言論），把這些語言面的意義和非語言面的意義，劃歸符徵體系的作用結果或符號耽延的某一定點，的確給人相當大的刺激。一方面我們終於體認到作品所指涉或所傳達的一切東西，都不能不先以語言形式存在，而寫作和閱讀就是在重組或替代這個語言形式。結構學家想據這點批判過去的寫作觀，雖然沒有什麼成效（見前），卻無意中「暴露」了我們意識的不足和缺漏。二方面我們又更進一步覺知作品所指涉或所傳達的一切東西，都不可能固定在某一個中心或焦點上，它勢必要無限制的向前延伸和變異。而解構學家雖然無法就這樣否定作者的功能（見前），但也強烈的引發我們重新思考作者所有權的問題。

大致上，只要作者不執著或沈醉於作品的控制或成就（如「言爲心聲」或「文章爲經國之大業，不朽之盛事」之類），我們就可以說作者對作品仍擁有不會被取代的「相對的解釋權」（讀者也是一樣），這是首先要肯定的。其次，在我們還沒有辦法處理讀者的「詮釋差異」問題前，作者也仍擁有作品的「辯護權」或跟讀者的「對話權」（不論能不能發揮「祛疑解惑」的功效），這也應該不容置疑。再次，最重要的一點，作者永遠擁有作品的「組構權」（經讀者再書寫過的，已經不同於原作品，雖可「並列而談」），這點不該也不能被取消。至於各作品語言結構的不同，有語言成規的「消極限定」和作者心理、意識形態等「積極促發」[21]作了保證；而各作品美感價值的差異，也有語言結構的不同和讀者品味的殊別居中作用，都可以再深入探討，以便建立更有周延性的寫作和閱讀理論。而像近人這樣未能掌握「全盤」狀況，就「輕」下作者死亡的斷言，似乎也該改絃更張，不能再拿來矇人或唬人了。

（本文原刊載於《淡江大學中文學報》第二期）

注釋：

❶ 參見蔡英俊，〈非人性化藝術的美學觀〉，收於淡江大學中研所主編，《文學與美學》第二集（臺北，文史哲，一九九一年十月），頁四一五～四二一引述。

❷ 參見吳潛誠，《詩人不撒謊》（臺北，圓神，一九八八年三月），頁一一二～一一三引述。

❸ 參見注❶所引蔡英俊文，頁四三〇引述。

❹ 參見注❷所引吳潛誠書，頁一三〇～一四〇引述。

❺ 其中傅柯比較特殊，他雖然贊成解消作者的生平經歷和心理動機的牽扯，但他不同意其他結構主義家所作的完全丟棄作者於不顧。他認爲我們應該找出因作者消失所留下的空間，仔細研究其縫隙和破綻的分布，並注意由這種消失所釋放出來的流動性功能。詳見傅柯，〈何爲作者？〉，收於朱耀偉編譯，《當代西方文學批評理論》（臺北，駱駝，一九九二年四月），頁五六～七〇。

❻ 新批評家強調「意圖謬誤」，只涉及解釋和評價，而忽略在定義作品時涉及作者情感經驗或人格的那種謬誤。這一點已經有人指出來了。見劉昌元，《西方美學導論》（臺北，聯經，一九八七年八月），頁二三二。

❼ 詳見溫沙特、畢德斯力，〈意圖謬誤〉，收於胡經之、張首映主編，《西方二十世紀文論選》（北京，中國社會科學，一九八九年九月），頁二五一～二六八。

❽ 巴特還認為接觸作品的「我」，已是多種其他作品的產品，所以世人不能再蹈「關係考證神話」的覆轍：「由於本身是另一作品的指涉作品，每部作品均屬『交互指涉』，而這不能跟作品的本源混為一談：找尋作品的『根據』和『影響』，只是滿足了關係考證的神話。用來組成作品的引用文字乃不知名、無以挽回，但卻已經讀過：它們是不用引號的引文。」（〈從作品到文本〉）參見廖炳惠，《解構批評論集》（臺北，東大，一九八五年九月），頁二七二～二七三引述。

❾ 見注❺所引傅柯文，頁五七。

❿ 德希達跟結構學家所論不同的地方，在於結構學家認為作品所以能被了解，是因為內裏有一個封閉的、穩定的、實存的（有差異原則）的語言系統；而德希達認為那個系統是開放的、不定的、自我解構的一種創造力，因此作品也成了一個衍生力量的表演場所或空間。參見張漢良，《比較文學理論與實踐》（臺北，東大，一九八六年二月），頁一一九。

⓫ 參見韋勒克（Wellek）、華倫（Warren），《文學理論》（梁伯傑譯，臺北，水牛，一九八七年六月），頁二〇〇。

⓬ 溫沙特、畢德斯力在〈意圖謬誤〉一文中，所舉朗吉努斯（Longinus）的話「崇高是偉大靈魂的迴聲」及歌德（Goethe）的話「作者打算做什麼？……他在多大程度上成功地實現了他的計畫？」（同注❼，頁二五四），指的就是這種情況。

⓭ 在我國固然有甚多「詩言志」（《尚書・堯典》）、「言盡意」（歐陽建，〈言盡意論〉，收於《藝文類聚》卷十九）、「意授於思，言授於意」（劉勰，《文心雕龍・神思篇》）等有關作品是作者意圖（意向）的表達的假定；也還有不少「言不盡意」（《易・繫辭傳》）、書（文）為「古人之糟粕」（《莊子・天道篇》）、「恆患意不稱物，文不逮意」（陸機，〈文賦・序〉）等有關作品不定是作者意圖的表達的假定。後面這種說法，在西方也所見多有〔參見錢鍾書，《管錐篇》（未著出版社、出版年月），第三冊，頁一一七六～一一七九〕。

⓮ 劉子春〈石園詩話序〉說：「雖然作者之意，豈能必讀者之意而悉解之？解而得與解而不得，則姑聽於讀者之意見，不必深求之也。」〔郭紹虞編，《清詩話續編》（臺北，木鐸，一九八三年十二月），頁一七三六〕袁枚〈程綿莊詩說序〉說：「作詩者以詩傳，說詩者以說傳。傳者傳其說之是，而不必其盡合於作者也。」〔吳宏一、葉慶炳編，《清代文學批評資料彙編》（臺北，成文，一九七九年九月），下集，頁四六四〕譚獻《復堂詞話》說：「作者之用心未必然，而讀者之用心何必不然。」〔唐圭璋編，《詞話叢編》（臺北，新文豐，一九八八年二月），頁三九七八〕這比起「以意逆志」（《孟子・萬章篇》）、「披文以入情」（劉勰，《文心雕龍・知音篇》）等較早的說法，恐怕要普遍受人贊同。其實，在西方也有不以作者意圖為探討對象的議論（參見注❻所引劉昌元書，頁二二五～二二七）。

⓯ 有關這類問題，古來大家已經討論了很多，逐漸要形成一些共識。參見殷鼎，《理解的命運》（臺北，

東大，一九九〇年元月），頁一五一～一六七；黃宣範，《語言哲學》（臺北，文鶴，一九八三年十二月），頁八七～一一八。

⑯語言有「本質上的限制」（無法表達人類深刻的經驗和最終的實在）和「結構上的限制」（在語法、語意和語用上的限制）。參見沈清松，《現代哲學論衡》（臺北，黎明，一九八六年十月），頁七七～八一。

⑰如袁枚所說的「人有興會標舉，景物呈觸，偶然成詩，及時移地改，雖復冥心追溯，求其前所以爲詩之故而不得」（見注⑭所引袁枚文，頁四六五），這應該包含作者不確定其意圖那種情況。

⑱鍾嶸〈詩品・序〉說：「文已盡而意有餘，興也。因物喩志，比也。直書其事，寓言寫物，賦也。」比興既然不同於直敘而借物明喩或隱喩，就難免有多義（或意義不明確）的現象。

⑲其實結構學家也不盡都沒有想到這一點，像傅柯就說：「作者不是塡塞作品的無止境含義的泉源。作者並不存在於作品之前，他是一種我們用來在我們的文化中作限制、排除及選擇的某種運作原則。簡言之，那是人們用來阻礙虛構體的自由流傳、自由利用、自由組成、解組及重組的。」（見注⑤所引傅柯文，頁六六九）這段話顯然含有作者是一個被大家利用的對象的意思，不全是作者主觀的認定他對作品的控制權。因此，結構學家要批駁作者，就得先釐清這個「事實」。

⑳參見朱光潛，《詩論》（臺北，德華，一九八一年元月），頁九四～一〇〇；沈清松，〈解釋、理解、批判——詮釋學方法的原理及其應用〉，收於臺大哲學系主編，《當代西方哲學與方法論》（臺北，東大，一九八八年三月），頁二一～二七。這樣區分語言的意義，遠比前面所引各家泛說「事實」、「理念」等清楚而可從。

㉑參見蔡源煌，《從浪漫主義到後現代主義》（臺北，雅典，一九八八年八月），頁二四九～二五〇。

審美語言的意義問題

一

試比較「窗外在下雨」、「道是萬物生成的總原理」、「人類應該相親相愛」、「這首詩美極了」四個語句，我們會發現它們給人的感受各有不同：第一句可以憑經驗證明它的眞假；第二句只能靠推理猜測它的有無；第三句必須用信念支持它的成立；第四句卻得以心靈設想它的境況。這種不同，固然有主觀智能從中起分別作用，但重要的是語句本身的特性使然。

過去邏輯實證論者認爲只有在經驗上可以檢證或在數學上和邏輯上具有必然性的陳述，才是有意義的陳述[1]。這樣一來，所有形上學語言、道德語言、宗教語言、審美語言，以及部分社會科學中的語言，就都得排除在意義以外。而我們前面所舉「道是萬物生成的總原理」以下等語句

（陳述），因爲含有形上學語言（道）、道德語言（親愛）、審美語言（美），也必然要被判定爲沒有意義。可是這些語句卻是我們所常用的，如果說它們沒有意義，那我們又怎能藉它們來跟人溝通或產生影響？再說這些語句所以無法檢證，不一定全是經驗上的問題，也可能是語言上的問題，豈能執著一個標準加以衡量？顯然邏輯實證論者錯看了語言的意義問題❷。

其實，語言是否有意義，並不來自某一先驗法則的決定，而是緣於使用需求的後驗約制。由於有這個約制的事實存在，所以促使人更往諸如「意義的意義」、「意義的判準」等更基本的課題去思考，期望對語言有全面而深入的掌握。這在奧格登（C. K. Ogden）、李察茲（I. R. Richards）《意義的意義》一書所陳列十六種意義的定義❸，以及邏輯實證論者後來區分「認知意義」和「情緒意義」所作的彌縫❹，已經可以看出一點端倪。爾後再出現的所有語意學或語言哲學的書，或多或少都要深化既有的論述，也是可預期的事。現在我們選擇關係文學創作或文學批評的審美語言一項來討論，正是要在前人的論述基礎上另尋開展，以爲文學創作或文學批評奠立一點理論根基。

二

邏輯實證論者所提出的檢證原則，普遍被認爲過於獨斷，因爲它本身也無從檢證。這可以杜普瑞（L. Duprè）的批評爲代表：「爲何有意義的事物應該侷限於經驗上可檢證的事物？這在文化史上從來就是行不通的。這種限制原則將來也無法大行其道。實證論者所謂的檢證，是構成意義的可能條件之一。但它並非唯一的可能條件。」[5]實際上還不止這樣，有些無法當下檢證的語句，卻無妨它在原則上是「可能」檢證的。正如萊興巴哈（H. Reichenbach）所指出的「技術上的可能性」、「物理上的可能性」、「邏輯上的可能性」、「超驗上的可能性」等多種檢證方式[6]，都足以判定語句爲有意義。

雖然邏輯實證論者後來也承認那些無法檢證的語句可能有意義（特指情緒意義，以有別於可檢證語句所具有的認知意義），但這一區分又引起了別的問題：那些有認知意義的語句也兼有情緒意義，又該怎麼辦？卡尼（J. D. Carney）、雪爾（R. K. Scheer）《初級邏輯》一書就舉了一個例子：「比如一個細雨濛濛的春天的早晨，弟弟用報告的口氣說：『天下雨了！』用焦慮的語氣，他的姊姊說：『天下雨了！』他們的父親，用命令的口氣說：『天下雨了！』同樣是『天下雨了！』由於他們的用法與聲調不同，弟弟可能只是傳知的，報導下雨的消息；姊姊卻可能是表情的，表現她可能不能去赴野宴的約會；而父親可能是實效的，命令他的兒女，雨天不許外出。」[7]不論是表情的還是實效的，都屬於情緒意義，而它卻由有認知意義的一個「天下雨了」語句所傳達。這樣又何必強分語句的認知意義和情緒意義？可見邏輯實證論者爲他們原先論說所作的彌補，仍然是缺乏實質的效果。

從方法論的立場來看，邏輯實證論的主張，是一種建立在對立概念上的眞值意義理論。這種理論的目的是要解釋我們如何藉語言知識而認知世界；它的解釋方法是說我們了解語句的意義等於了解語句的眞值條件。只是這種意義理論有不少的缺失（如前所述），而引發許多語言學家對它的批評和修正。其中順著維根斯坦（L. Wittgenstein）的「意義卽用法」說而提倡「言語行爲」說的奧斯汀（J.L. Austin），他的評論最爲可觀。後人歸結他用來對治邏輯實證論的主張，是一種建立在用意或意圖概念上的言語行爲理論。這種理論不問句子的眞值條件的形式結構，而問說話者的用意如何使語言帶上意義。也就是說，言語行爲理論把語言當作行爲，目的在藉語言了解人類如何溝通❽。這好像已經能夠擺脫邏輯實證論的窠臼，而把言語活動帶向一個新的領域，但它本身的問題也就在這時暴露出來了。原因是這種理論背後有著一種假定：語言可以表達說話人的原意，並且得在脈絡、場合恰切時，才能產生作用。然而，語言是否一定有個確定的原意？是否每個言語行爲都要遵照成規才能產生溝通作用？奧斯汀並沒有繼續討論這些問題。倒是我們會看出他的論說反而道著語言是靠「難以掌握性」和「原意匱缺」播散開來。所謂「脈絡」、「場合」似乎倒過來不再限制語言的活動，而是讓它不斷從中解脫，展開它意義的「自由活動」。這也正是德希達（J. Derrida）在奧氏《如何使用文字做事》一書中所發覺到的另一面「眞理」，而被奧氏有意或無意壓抑下來的❾。

我們知道，德希達的解構理論所指出的言說或寫作的意義「無以決定」（有的只是一連串

「意符」的延異），的確帶給世人極大的震撼，從此不再相信任何已經存在的封閉性的系統理論。這本來也會造成我們此刻論述的「阻礙」，但想到言說可以在聲稱「策略性」或「權宜性」下續為展演一端⑩，我們仍然不會放棄對語言意義的探索。倘若我們比較摩立斯（C. Morris）《符號，語言和行為》書內所區分的十六種語言類型⑪，應該不難發現有關言語行為的可能狀況，幾乎都在這裡了；而邏輯實證論或奧斯汀的言語行為理論所不及或粗疏處，也都得到了「彌補」，實在不需要我們多贊一詞。但這裏仍有個問題存在，就是大家在談論語言的意義時，大都只從語言使用者（言說者）的立場來看語言如何被帶上意義，而很少從語言接受者（收聽者）的立場去看語言的意義如何可能。好比前面所舉「這首詩美極了」一句，很顯然是言說者試圖在報告他對該首詩的觀感或藉此影響他人產生相同的感受，卻不知道別人要理解該首詩是否夠「美」，並不是由於他這句話本身的「煽動性」，而是因為他對該首詩的性質有所認識。如果不是這樣，那各人只能發抒各自的美感經驗，而不能進一步談論或傳授該美感經驗。因此，所有的審美語言（過去多被認為只有情緒意義或不涉及可能有認知意義），我們都要假定它具有認知意義，這裏才能繼續談論它（進而構成一套相關的知識體系）。至於其他同樣被排除或忽略認知功能的類型語言，也可以比照我們的辦法重新「建構」它，這就不必多說了。

三

把語言的意義區別成「認知」和「情緒」兩類，基本上是就語言的功能來說。前者常以肯定、否定、假然、析取等樣式的表式，來陳述一宗事實或進行一項推理，如「臺北是一大都市」(肯定)、「臺東不是一大都市」(否定)、「如天下雨則地潮濕」(假然)、「他或是天才或是白癡」(析取)。後者常以命令、祈使、疑問、感嘆等樣式的表式，來表達情感或激發情感，如「不許殺人」(命令)、「請把門關上」(祈使)、「上帝存在嗎」(疑問)、「紅顏薄命啊」(感嘆)⑫。這不論是邏輯實證論還是奧斯汀的言語行爲理論或是摩立斯的語言類型論，都不免同樣看待。而就理論上說，這種分殊也是必要的。但在實際上，語言常常兼具有認知意義和情緒意義，無法截然的劃分開來，而使前行理論遭到自我解構的命運。

根據一般經驗，除了像驚嘆號或者唉喲啊呵這類特殊字眼，很少有語詞只是專門用來裝載情緒意義，而沒有附帶認知意義的。當語言充作表情動感的用法時，它的主要目的固然在於表露情懷引起共鳴，但要表情就不能沒有內涵，要動感也不能言之無物，而這些都是可以認知的。因此，情緒意義往往要依附在認知意義之上⑬。反過來說，具有認知意義的語言，也經常伴隨著情緒意義，這點前面已經舉例說明過了。現在我們所要討論的審美語言，它所具有的表情功能和激情功能，自然不必再為贅說（實際上也無從說起），但有關它的認知功能，卻得詳加尋繹，才能徹底明瞭審美語言的使用如何可能。

如果撇開邏輯實證論偏執的檢證標準[14]，重新審視含有審美語言的陳述或斷言，我們將會看到它不但有指涉對象，而且該對象還是具體可見或可感的事物，如「他擀麵已到神乎其技的地步」、「這首音樂的節奏有如行雲流水般輕快」、「姑娘的微笑令人沈醉」、「余光中的〈鄉愁四韻〉寫得太露骨了」、「白先勇〈遊園驚夢〉的題旨泛泛」、「吳魯芹的〈數字人生〉聳人聽聞」。所謂「神乎其技」、「有如行雲流水般輕快」、「令人沈醉」、「太露骨」、「泛泛」、「聳人聽聞」都確有所指，不應該懷疑它們的認知功能。倘若有人指出它們語意「模糊」（含混），因而判斷它們無可認知，這就不明白審美語言在被「創造」時，人們約定使用的語意就是它的認知基礎；不能因為自己掌握不到該約定用法，就宣稱它沒有認知意義。

事實上，各類型語言所以能被認知，都是經由同樣（被賦予語意）過程。只是語言的「抽象」程度有別[15]，有的容易檢證，有的不容易檢證（如「這首音樂的節奏有如行雲流水般輕快」就不如「臺北是一大都市」來得容易檢證）。而不容易檢證的語句，除了抽象程度高，還有比喻或象徵（隱喻）現象從中「致礙」。因此，像「你這尚未被奪走童貞的安靜的新娘」（象徵）[16]，就比「這種東西，拿去餵豬，豬也不會吃」（比喻）[17]要不容易檢證；而「這種東西，拿去餵豬，豬也不會吃」，又比「詩是語言和音樂合成的」（直敘）[18]要不容易檢證。但所謂不容易檢證，並不蘊涵不能檢證，只要降低抽象程度，或找出喻旨和徵旨，依然可以得到檢證。如果不看清這個「事實」，那連邏輯實證論者所認定可檢證的語句都會有問題。因爲那些語句中的詞語，也是先有人賦予它語意，然後（約定俗成）才被使用的，邏輯實證論者不能在通常用法外別立檢證依據。

這樣說來，審美語言被用來評價事物而引起別人認同所以可能，必然是建立在審美語言的認知功能基礎上。假使它是直敍（如「這件衣服的色澤很亮麗」），那我們根據原先大家賦予它的語意，直接就可以判斷它的指涉對象是否如實；假使它是比喻或象徵〔如「他新發表的小說寫得很菜」、「我達達的馬蹄是美麗的錯誤」（此句見鄭愁予〈錯誤〉詩）〕，那我們先找到喻旨或徵旨，再根據原先大家賦予它的語意（如果是個例，也看它個別被賦予的語意），最後也能夠判斷它的指涉對象是否如實。理論上是這麼說，實際上還可能發生「原意」無從追溯，以及使用者「誤用」或「濫用」而不明所指等問題。但這仍然可以透過其他辦法（如重新定義或存而不論）去解決，不必遽然認定它正成了我們論說的「反證」。

平常我們所接觸的文學作品或評論，除去描述或分析（說明）的部分，大都是價值判斷；而價值判斷又以審美判斷爲大宗。過去大家深感困擾的是，該判斷所使用的審美語言不得確解。這是因爲審美語言和審美對象之間，並不像經驗語言和經驗對象之間有著緊密的「聯結」（這也包含經驗語言少用比喻和象徵等表達方式）。現在經由我們的分疏，終於知道審美語言和審美對象之間這塊「模糊地帶」，不能只從語言面（語言本身的特性）的考察來判斷有無「澄清」的可能，而要從使用語言的人（或創造語言的人）如何賦予語言意義的角度切入，整個問題才會逐漸明朗化。而有這點認知，我們才能繼續談論審美語言的意義判準問題。

四

由於審美語言具有認知功能，也跟經驗語言具有認知功能一樣，都是緣於該語言被創造（或被使用）時人加諸了意義，所以它的意義判準也應該是人的直接經驗或間接推理[19]。但審美語言被賦予意義的過程，並不像經驗語言被賦予意義的過程那麼「穩定」，以至無法普遍被人運用經驗或推理加以檢證。這也就是我們要檢證類似前面所舉「窗外在下雨」容易而要檢證類似前面所舉「這首詩美極了」困難的關鍵所在（「窗外」、「下雨」的意義比「詩」、「美」的意義穩定）。因此，想找到審美語言的意義判準，恐怕不能再訴諸一般的經驗或推理，而得依賴特殊的經驗或推理。

這個特殊的經驗或推理，我們姑且稱它爲審美經驗或審美推理。依照桑他耶納（G. Santayana）的說法，「美是關於事物的品質之愉悅」[20]，也就是美屬於事物固有的價值。而審美經驗或審美推理，就是對這種價值的感受或尋繹。但因爲各人對這種價值的感受或尋繹不盡相同，以至產生審美內涵認定上的差距。遠的不說，就舉現代美學家畢士利（M. Beardsley）的審美經驗論來看，他認爲審美經驗有五個特徵：第一，注意力緊密地集中於對象的表象（如顏色、聲音）、形式或意義；第二，它是具有某種（情感）強度的經驗；第三，它是個融合的經驗（也就是它各部分的關係都整合得很好）；第四，它是個完整的經驗（指衝動或傾向的平衡、預期和滿足）；第五，它有不同程度的複雜性（此複雜性的高低乃由組成元素範圍及差異性的大小而定）。依此，審美經驗的特徵，可以簡化爲強度、統一和複雜三個。每個特徵都有程度上的差別，所以審美經驗也有大小的不同㉑。這在主張上跟康德（I. Kant）、克羅齊（P. Croce）的唯心派美學互不相侔，而在論說上也不無可以再補充的地方㉒，充分顯示審美內涵「因人而異」的特性。就因爲這樣，有關審美語言的認知，才需要特別的「訓練」（不能只憑素朴的感官去捕捉）。

大體說來，有一種審美理論，就有一種意義判準，而它是由對審美對象的規範所形成的。如前面所舉畢士利的理論，就是以強度、統一和複雜等特徵來範限審美對象，並且將它當作價值判斷的依據。倘若別人對審美對象的規範不同或各有偏重，整個情況就會改觀。這裏就以文學批評爲例，舉出兩家的說法來作印證：第一家是丁志高（Danngev），他把文學觀和評價標準聯結起來，認爲西方評價標準可以分爲四類。第一類的評價標準基於眞實，源出於摹仿的文學觀（由於摹仿一詞含義的分歧，此眞實標準又可以細分爲狹義的、理想的和象徵的三種）；第二類的評價標準是以愉快和教訓爲依歸，源出於效果的文學觀；第三類的評價標準是以「原創性」和「誠實」爲依歸，源出於表達的文學觀；第四類的評價標準基於文學的內在特徵（常用的有複雜性、連貫性、張力、反諷等），源出於語言結構的文學觀。第二家是赫爾斯（E. D. Hirsch），他認爲西方評價型態可以分爲四種，第一種型態是外在論的評價說，主張由文學的外在關係來決定文學作品的價值（以下三種可以稱爲內在論的評價說）；第二種型態是文體評價說，主張作品的好壞看它是否能滿足它所屬文體的種種內在規範而定；第三種型態是個體評價說，主張評價作品應以作品本身的內在特徵爲依據，不得以該文體既存的規範來衡量；第四種型態是廣泛文體說，主要把文體論原則推展到涵蓋更爲廣大的領域（如抽離某些文體所具有的要素，像複雜性、反諷之類），來評價一切文學作品㉓。姑且不論丁、赫兩家所說是否有重疊或近似的地方，只看他們對評價型態的爬梳，就能感受到審美內涵的多元化。因此，有關審美語言的意義判準，除了先分辨它是對象語言或後設語言㉔，接著就是看它的理論預設（該理論預設就是它的意義判準）。如果我們無法掌握審美語言背後的理論預設，自然也談不上對該審美語言意義「確切」的理解。

正因爲審美語言有理論系絡的「制約」，我們才需要透過學習來培養或充實「相應」的審美經驗，而使此一經驗具有文化的內涵（可以美化人生或提昇精神境界）。明白這一點，我們再來看伊格頓（T. Eagleton）曾經說過的一段話，就不覺得「突兀」了：「經濟學家凱恩斯（J. M. Keynes）曾經說過，那些厭惡理論或者聲稱沒有理論更好的經濟學家，不過是處在較爲陳舊的理論的掌握之中。對於文學研究者與批評家來說，情況是相同的。有些人抱怨文學理論過於深奧難懂，疑心它是某種神祕知識，是一個有些近似於核物理學的專家領域。的確，『文學教育』並不鼓勵分析思想；但是，文學理論實際上並不比許多理論研究更困難，而比起有些理論研究來，文學理論則要容易得多……有些學者與批評家也反對文學理論『介入讀者與作品之間』。對於這種反對有一個簡單的回答：如果沒有某種理論——無論其如何粗略或隱而不顯——我們首先就不會知道什麼是『文學作品』，也不會知道應該怎樣讀它。敵視理論通常意味著對他人理論的反對和對自己理論的健忘。」[25]有「理論厭食症」的人，看了這段話，想必要有所「釋懷」才是。

五

經由以上的論說，關於審美語言的認知功能，應該是可以肯定了。如果還有問題，那就不在審美語言本身，而在審美語言的使用者。亞德烈 (V. C. Aldrich) 有段話說：「以美好、動人、好看、可愛、美麗等來形容一件藝術品的特徵，並不十分中肯。往往這些評語只表示個人的愛憎，卽使想用以說明藝術品，也不能成功的描述出特徵。從『那眞美』這句評語和判斷並不能邏輯地推斷出該藝術品的任何特徵，卽使能從該評語的上下脈絡中推斷出來，其結果一定十分曖昧或不合邏輯。一旦有人批評藝術品爲生動的、統一的、精緻的、溫暖的、形式的或經濟的之時，顯然地作品的某種特徵呈現了，而此有賴於某種感知力，以觀察到作品中的某種東西。」[26]亞氏的辨析雖然不夠精確（如美好、動人、好看、可愛、美麗等評語，並不只是表示個人的愛憎），卻可以讓我們聯想到審美語言在使用者身上如何產生「異化」。

首先，某些抽象程度較高的審美語言（如美醜、好壞、優劣或奇妙、生動、笨拙、粗澀等等），應當加以界定（降低抽象程度），才能被用來指涉（評判）審美對象。如果沒有經過這個程序，使用者自己或許能明瞭它所指是什麼，但旁人卻很難有相同的領會。還有，一般審美對象如果有某些「已定」的審美語言相對應，而使用者不願或不知採用，只隨意「讚嘆」或「謾罵」一番，使所評顯得漫無邊際，旁人也會大費疑猜（甚至「爲之氣咽」）。這時，審美語言的認知功能就會（因使用者沒有妥爲使用）大打折扣。其次，有些審美語言轉借自其他類型語言，而以比喻或象徵的形式出現（前者如文學批評中常見的擬象語；後者如中國傳統的興體詩或西洋近代的象徵詩），如果該審美語言的喻旨或徵旨也沒有經過使用者的「交代」，它也會像前面那種情況一樣，很難發揮認知功能。雖然比喻或象徵可以暫時解決「言不盡意」的困擾[27]，但就「溝通」層面來說，它的功效就相當有限了。

倘若審美語言還會被人認爲沒有認知意義，其中癥結應該就在這裏了。今後從事文學創作或文學批評的人，如果想要有所「突破」（或追求進境），勢必先通過這個關卡的考驗。而我們此地所作的分疏論辯，固然仍嫌簡略粗糙，但大體上該觸及的問題都觸及了，無妨同好可以引爲印證或再作發展。

（本文原刊載於《中國文化大學中文學報》第二期）

注釋：

❶詳見艾耶（A. J. Ayer），《語言、眞理與邏輯》（未著譯者姓名，臺北，弘文館，一九八七年二月），頁一一三～一三四。

❷有人認爲邏輯實證論者的說法是一種科學迷思，見詹志禹、吳璧純，〈邏輯實證論的迷思〉，刊於《思與言》第三十卷第一期（一九九二年三月），頁一〇一～一二一。

❸見李安宅，《意義學》（臺北，商務，一九七八年五月），頁五四～七二引述。

❹這是艾耶在《語言、眞理與邏輯》第二版導言中提出的，見注❶所引艾耶書，頁一～二六。

❺見傅佩榮，〈宗教語言的意義問題〉，收於臺大哲學系主編，《當代西方哲學與方法論》（臺北，東大，一九八八年三月），頁一〇四～一〇五引。另外，還有所謂「否證原則」（任何陳述，如果沒有特定資料能在原則上將它否證，就是無意義的陳述），也是一種偏見。杜普瑞對它也有一番辯駁（同上，頁一〇五～一〇六引）。

❻見沈清松，《現代哲學論衡》（臺北，黎明，一九八六年十月），頁七一～七二引。

❼見趙天儀，《美學與語言》（臺北，三民，一九七八年十二月），頁九五引。

❽參見黃宣範，《語言哲學——意義與指涉理論的研究》（臺北，文鶴，一九八三年十二月），頁一四三～一四四。

❾參見廖炳惠，《解構批評論集》（臺北，東大，一九八五年九月），頁四一～四二。

❿參見周慶華，〈形式與意義的全方位開放——後現代主義文學評述〉，刊於《臺灣文學觀察雜誌》第七期（一九九三年六月），頁四八～四九。

⓫摩立斯認人類使用語言，約略有指示、評判、規約、組合等四種表達方式及報導、評價、促使、組織等四種使用方法，以四乘四，至少可以分別出十六種語言型態。詳見徐道鄰，《語意學概要》（香港，友聯，一九八〇年元月），頁一五五～二一三引述。

⓬參見戴華山，《語意學》（臺北，華欣，一九八四年五月），頁一六五～一七二。

⓭參見何秀煌，《思想方法導論》（臺北，三民，一九八七年十一月），頁一二六。

⓮除了前面所舉對於邏輯實證論的非難，它還有兩個難題：第一，對於什麼樣的語句才被視爲觀察語句是有爭論的；第二，對於用來支持或否定某斷言的基料和該斷言間的邏輯關係是那一種，也有問題發生。詳見艾斯敦（W. P. Alston），《語言的哲學》（何秀煌譯，臺北，三民，一九八七年三月），頁一二〇～一二二。

⓯有關語言的抽象程度問題，參見早川，《語言與人生》（柳之元譯，臺北，文史哲，一九八七年二

月），頁一二七～一三三。

⑯ 見伊格頓（Terry Eagleton），《當代文學理論》（鍾嘉文譯，臺北，南方，一九八八年元月），頁八引。

⑰ 見謝國平，《語言學概論》（臺北，三民，一九八六年九月），頁二三三引。

⑱ 見俞建章、葉舒憲，《符號：語言與藝術》（臺北，久大，一九九〇年五月），頁二七二引。

⑲ 直接經驗或間接推理向來被認爲是經驗語言的意義判準。參見曾仰如，《形上學》（臺北，商務，一九八七年十月），頁七五～九一；柴熙，《認識論》（臺北，商務，一九八三年三月），頁一七一～二〇一。

⑳ 見王夢鷗，《文學概論》（臺北，藝文，一九七六年五月），頁二三九引。

㉑ 見劉昌元，《西方美學導論》（臺北，聯經，一九八七年八月），頁一二六～一二七引述。

㉒ 審美經驗雖是一種令人愉快或有滿足感的經驗，但對於只涉及表面或局部自我的快感和涉及深刻或全部自我的幸福也應該有所區分。這點劉昌元認爲蓋格（M. Geiger）所提出審美經驗的深度一說，似乎可以彌補畢氏理論的不足（同注㉑，頁一二八）。

㉓ 見古添洪，〈中國文學批評中的評價標準〉，收於葉慶炳等著，《中國古典文學批評論集》（臺北，幼獅，一九八八年元月），頁九六～九七引。按：姚一葦曾以知識的批評基準、規範的批評基準、美學的批評基準三組概念來說明文學批評的現象，似乎比丁志高或赫爾斯的歸類精細可從。見姚一葦，《藝術的奧祕》（臺北，開明，一九八五年十月），頁三四九～三九一。

㉔ 就文學範疇來說，文學創作所使用的語言，大都屬於對象語言；文學批評所使用的語言，大都屬於後設語言。有關對象語言和後設語言的辨析，參見何秀煌，《記號學導論》（臺北，水牛，一九八八年九月），頁一三～一四。

㉕ 同注⑯，頁三。

㉖ 見亞德烈（V. C. Aldrich），《藝術哲學》（周浩中譯，臺北，水牛，一九八七年二月），頁九～一〇。

㉗ 參見周慶華，〈比興修辭法的心理基礎〉，刊於《中央日報》（一九九三年八月十九日），第十五版。

臺語文學的過去現在與未來

一

八○年代初期，文壇上崛起一支由一批本省籍作家組成的新隊伍。這支隊伍標榜使用臺語（以閩南語爲主）寫作，已經有不少的作品出現[1]，大家統稱這些作品爲「臺灣話文」或「臺語文學」。而爲了有別於「現代文學」、「鄉土文學」、「臺灣文學」等名稱，並且可以專指他們所創作的詩、散文、小說、劇本等作品，近來大家都固定使用「臺語文學」一詞，不再有其他的稱呼。

考察臺灣四百年來的歷史，以臺語創作的作品，始終沒有間斷。如早期的南管文獻、歌仔册、諺語，二、三○年代的詩文，五、六○年代以來的電影、電視劇本，以及一直在流行的歌仔戲、布袋戲戲文和民謠，數量想必很多。如果再把含有臺語成分的作品算在內，那應該就更加可觀了。然而，以前都沒有人刻意去標明那些是「臺語文學」，也沒有人堅決主張只有「臺語文學」才是臺灣人的文學。直到這批本省籍作家出來倡導「臺語文學」後，臺灣文學才烙上一個新的標記❷。

為了這個新標記，學界曾有過一些「小規模」的爭議，而其中以廖咸浩一篇〈「臺語文學」的商榷〉❸所引發的爭議，較受人矚目。廖文一方面肯定「臺語文學」和現有文學有「辯證與互補」的關係，一方面指出「臺語文學」建立在「言文合一」和「正統心態」兩大謬誤上。廖文發表後，立刻引起提倡「臺語文學」作家的反擊，他們直斥廖氏對「臺語文學」的實況欠缺了解，並有虛幻的大中國意識心態在作祟❹。一方說「言」（口說語）「文」（書面語）並不是對立的，而排他的純化正統論也不足取。一方說只有臺語才能表現臺灣文化，而臺灣文化自外於中國文化。雙方所論「南轅北轍」，直讓旁觀者「啼笑皆非」！這場爭議，最後也是「不了了之」❺。

其實，「臺語文學」還有許多很「實際」的問題可以討論，如以「臺語文學」表達臺灣人的思想感情、反映臺灣的社會現實如何可能？是不是只有「臺語文學」才能表達臺灣人的思想感情、反映臺灣的社會現實？在面對現有文學的表達方式，「臺語文學」有多大的「生存」空間？憑什麼保證實際的「臺語文學」創作和接受（欣賞）的可能性？……這些問題，提倡「臺語文學」的人都沒有深入去反省，而批評「臺語文學」的人也沒有提出來討論，以至「臺語文學」到現在還是蒙著一層紗，讓人看不透，也不好猜測。

根據我們的觀察，「臺語文學」已經形成「氣候」，將來還會有更多人投入創作的行列，而我們上面所提到的幾個問題，正關係著「臺語文學」未來的發展，很值得有心人優先加以考慮。現在我們就試著來作個探討，看看「臺語文學」將要走到那裏去，以及在當代文學環境中具有什麼意義。

後面我們準備先把「臺語文學」的現況作一番疏理，並推測它所以「存在」的原因以及它未來的走向；然後針對它未來的走向進行批判，而批判的重點要集中在前面我們所提出的幾個問題上。至於論題中所說的「過去」「未來」，只含有我們所推測「臺語文學」所以「存在」的原因和「臺語文學」未來的走向，以及我們對它的批判等義，並無「過去的臺語文學」「未來的臺語文學」那樣的意思。這一點，在以後的論說中，我們就不再另作聲明。

二

從字面來看，「臺語文學」是以臺灣人的母語創作的文學。而臺灣人的母語，包括閩南語、客家話、山地話三種，這一點大家都沒有異議[6]。但是到目前為止，以客家話和山地話創作的文學，還非常少見，所以大家在談「臺語文學」時，幾乎都把它等同於「閩南語文學」。現在我們所要描述的對象，也是限定在這一部分。

就我們所知道的，當前使用閩南語創作的作家，在詩歌方面有林宗源、宋澤萊、向陽、柯旗化、林央敏、黃勁連、黃樹根等人，在小說、散文方面有宋澤萊、向陽、林宗源、洪惟仁、鄭良偉等人，在電影劇本方面有楊青矗、黃春明、陳清風、王禎和等人，在論文方面有洪惟仁、鄭良偉等人，他們不是全部使用閩南語寫作，就是大量使用閩南語寫作。其中以全部使用閩南語寫作的部分最被「看好」，也是提倡「臺語文學」的人大力「推崇」的對象。而有心推動這類文學的刊物有《臺灣文藝》、《文學界》（已停刊）、《臺灣新文化》（已停刊）、《自立晚報》副刊、《臺語文摘》，以及民進黨的一些政論刊物等。

參與「臺語文學」創作的人，不但積極在實踐而迭有作品出現，並且還試圖建立規範而不斷著文討論。但是當中存在著不少觀念上和作法上的歧異，如鄭良偉主張漢字、羅馬字雙用[7]，洪惟仁主張漢字、拼音字並用[8]，林央敏主張脫離漢字而改用拼音字[9]；而在實際創作上，有的純用漢字（如宋澤萊、向陽、黃勁連），有的兼用羅馬字（如林宗源、鄭良偉），有的兼用拼音字（如洪惟仁、林央敏）。後面這一點，還只是涉及文字運用的問題，如果論起文字的風格，那就更千差萬別了[10]。

此外，我們還發現倡導「臺語文學」的人，雖然也打著「文學」的旗號，但是還無暇談到文學的問題（他們討論最多的是「臺語文字化」的問題）。在他們的計畫中，「臺語文字化」位在首要目標，而「臺語文學」不過是他們的「試驗品」罷了。換句話說，他們是利用「臺語文學」來證明「臺語文字化」的可能性，並且爲「臺語文字化」確立用字的範例。由於「臺語文字化」對漢字的需求最大，而大家在使用漢字時又多不一致，因此有一部分人就投入字辭典的編纂工作，來「因應」這種情況。目前看得到的有吳守禮《綜合閩南臺灣字典初稿》、陳成福《國臺音彙音寶典》、徐金松《中國閩南厦門音字典》、許成章《臺灣漢語詞典》、楊青矗《國臺雙語辭典》、林央敏《簡明臺語字典》、陳修《臺灣語大辭典》等書。這些書繁簡不一，所採字辭音義也不盡相同，但在解決「臺語文字化」的問題上，多少會有一些正面的「功能」（可以作爲選字辭的參考）。

隨著「臺語文學」的發展，有關臺語的研究著作和臺語的推廣機構，也紛紛出現了。前者如鄭良偉《從國語看臺語的發音》《走向標準化的臺灣話文》《演變中的臺灣社會語文——多語社會及雙語教育》和《現代臺灣話研究論文集》（後一書與黃宣範合編）、洪惟仁《臺灣河佬語聲調研究》和《臺灣禮俗語典》、許極燉《臺灣話流浪記》、鄭穗影《臺灣語言的思想基礎》等；後者如自立報社「成人臺語班」、成功大學「臺語教學班」、輔大語言中心「臺語教學班」、臺大史丹福語言中心「臺語教學班」、美國在臺協會「臺語教學班」，部分大學（如臺大、師大、政大、清大、交大、東吳、淡江、輔大、文化）「臺灣語文研究社」、臺電公司「臺語班」、中華航空公司「臺語班」、民主基金會「臺語班」、謝長廷服務處「臺語班」、賁馨儀服務處「臺語班」等（以上這些臺語教學機構都是解嚴以後設立）。另外，宜蘭、高雄兩縣編纂鄉土教材，「磺溪文化學會」、「臺灣語文學會」、「鹽份地帶營」等團體致力於臺語研究和創作，也很賣力在鼓吹臺語。雖然各人（各機構、各團體）研究推廣臺語大多爲了現實情勢的需要（不一定在「呼應」這裏所說的「臺語文學」），但對「臺語文學」的推動來說，無疑是越來越有利了。

三

如果把臺灣有史以來，以臺語創作的南管文獻、歌仔册、諺語、詩文、電影電視劇本、歌仔戲布袋戲戲文、民謠排列開來，我們會發現「臺語文字化」不但可能，而且早已「卓有成效」了。但是今天倡導「臺語文學」的人，卻認爲「臺語文字化」才剛起步，必須藉助他們所倡導的「臺語文學」來「催生」，這就很耐人尋味了。

依照各種跡象顯示，想藉「臺語文學」促進「臺語文字化」的人，他們所以很少提及前面這一既成的事實而要「從頭」來過，主要牽涉到一個「階段性」的策略，就是要撇清臺灣文化和中國文化（或其他文化）的關係。這有幾段話可以作證：

> 詩必須用母語創造，因為母語是精神與感情的結晶體，無用母語，臺灣的文學永遠是具有奴性的殖民地文學。[11]

> 一個語言如果沒有書面語，它的地位不能跟有書面語的語言競爭。臺語已經逐漸走向滅種的路途，臺語文學是很大的強心劑，有利於促進社會的認同、尊重、和諧。[12]

> 要保留或更新臺灣本土文化，捨臺灣本土語言便無法完全做到。因此，在臺灣，必須發展臺語的書寫文。……近四十年來的事實，已讓我們看到要振興臺灣文化，必須發展臺語書寫文，而臺語文學就是淬煉臺文最好的途徑。[13]

他們認為只有臺語才能保存或發展臺灣文化，而「臺語文學」是達到這個目的的一大「助力」。顯然他們所說的臺灣文化，有別於中國文化或其他文化[14]。為了強調這個區分，他們不僅以實際行動（創作「臺語文學」）來「展示」，還透過多方的論述去求得「依據」。這就凸顯了「臺語文字化」在劃分文化「疆界」上的功能，以及「臺語文學」在「臺語文字化」上的「擔綱」意義。而過去那「源遠流長」的臺語創作，在實現「臺語文字化」的「理想」上，已經不如他們現在所推行的「臺語文學」那麼有「效力」，所以他們就只大談「臺語文學」，而很少再提過去那些臺語作品了[15]。

不論「臺語文學」在實現「臺語文字化」上，是不是像他們所料想那麼有功效，我們都可以肯定「臺語文學」是他們所能找到最「貼切」的名稱了。因爲這個名稱是他們從「鄉土文學」和「臺灣文學」等名稱上，「提煉」再「提煉」的結果。本來「臺語文學」在三〇年代「臺灣話文論戰」時，就被提出來了[16]。由於中日戰爭爆發，日本人下令臺灣廢止漢文，再也沒有人倡導「臺語文學」。戰爭結束後，國民政府接收臺灣，實施新的語文政策，「臺語文學」一方面沒有生存的空間，一方面也失去反抗異族（日本人）統治的意義，所以就不再興起而跟別的文學「一較長短」了。然而，隨著政治、經濟、社會環境的演變，一種類似過去和「殖民意識」相抗衡的「臺灣意識」又出現了。這次所要對抗的不是「殖民意識」，而是「中國意識」。這一對抗，終於造成了七〇年代大規模的「鄉土文學論戰」。「鄉土文學論戰」表面上是「寫實主義」和「現代主義」的抗爭，實際上是「臺灣意識」和「中國意識」的抗爭。只是論戰到最後，「臺灣意識」已逐漸「消融」在「中國意識」裏，變成「中國意識」的一部分，而「鄉土文學」也變成「民族文學」了[17]。使原先以「臺灣意識」相號召的人士，大感「困惑」，不得不「另起爐竈」，而擡出二、三〇年代臺灣新文學運動所使用的「臺灣文學」一名，來取代「鄉土文學」[18]。這勉強可以保住一點「自主性」（不像「鄉土文學」容易被混淆爲「中國的鄉土文學」），而不必再「擔心」所要實現的「臺灣意識」會被「強佔」了[19]。雖然如此，「臺灣文學」還得使用中文，依然免不了對中國文化的「依賴」，而離它所要建立的「自主性」仍有一段距離。因此，只有「乞求」於「臺語文學」了。我們把下面幾段話「連」起來看，就會了解他們眞是「用心良苦」：

後來美麗島事件發生了，鄉土派作家悲憤起來，就用起「臺灣文學」來稱呼自己的文學了。⑳

鄉土文學為什麼會誕生，正是因為現代中文無法真切表達臺灣人語言的細膩，更無法反映臺灣人的文化、思想。現代臺語文學的誕生，則進一步不滿於鄉土文學所使用的文字無法真切表達臺灣人語言的細膩、更無法深刻反映臺灣人的文化、思想。㉑

不管是三〇年代或八〇年代的臺語文學運動，都不是為發揚中國文化而努力的，那些主張用臺語白話文寫作並積極參與耕耘的人，絕大部分（自注：甚至全部）都不把臺語文學放在中華文化的旗幟下。不僅如此，還進一步要為建立非中國文化體系的臺灣文化而努力。㉒

他們也只有這麼做，才能「擺脫」跟中國文化的糾纏，而建立起獨特的臺灣文化。過去批評「臺語文學」犯有「排他性」謬誤的人，都不明瞭他們的這份「苦心」。如果不是爲了跟中國文化徹底「決裂」，又何必要提倡「臺語文學」？這點「道理」，再明白也不過了。

但是，在他們的計畫裏，並沒有爲「臺語文學」如何可能（如何稱得上「文學」）作過任何「保證」，只是「孤芳自賞」的認定自己的創作是「文學」；同時又把這些創作視爲「臺語文字化」的「試驗」，以至「臺語文學」變成一種「工具」，而很難放到「文學」範疇來討論了。換句話說，他們使用臺語創作的目的，是爲了實現「臺語文字化」，而不是爲了「文學」[23]，這就不便把他們的創作當作「文學」來處理了。而實際上，利用「臺語文學」來實現「臺語文字化」，還不是他們最後的目的，他們最後的目的在於「臺灣人治理臺灣」。也就是說，「臺語文字化」後，臺灣人都使用同一種語文，就可以「逼迫」現有政權「退位」，而建立臺灣人「夢寐以求」的「獨立自主國家」。也因此他們才會那麼積極的投入推廣臺語、創作「臺語文學」、研究「臺語文字化」的活動。這一點在目前言論「市場」仍有限制的情況下，固然還不行「表現」得太過明顯，但是可以預期「臺語文學」在未來的政治抗爭中，必定會扮演相當重要的「角色」。

由於「臺語文學」才剛「起步」，還不夠「普遍化」（或「平民化」），必須靠教育、傳播來「推行」，因此，爭取臺語（或「臺語文學」）的「教育權」和「傳播權」，就成了倡導「臺語文學」的人在創作外，所要努力的兩項工作。而這兩項工作也會列入「抗爭」的行程，直到大家可以毫無「忌諱」的使用臺語文爲止。至於將來果眞擁有臺語的「教育權」和「傳播權」，是不是就能使「臺語文學」普及於大衆，他們是「顧不了」那麼多了[24]。

四

從「臺語文學」未來發展的方向，我們可以看出幾點「訊息」：第一，提倡「臺語文學」的人，對於「臺語文學」可以表達臺灣人的思想感情、反映臺灣的社會現實，從而締造特殊的臺灣文化，有很堅定的「信念」；第二，提倡「臺語文學」的人，對於「臺語文學」可以在現有文學中脫穎而出，變成臺灣人的「最愛」，也有很樂觀的「期待」；第三，提倡「臺語文學」的人，對於「臺語文學」可以獨自成爲一個領域，而不必在意時下爭議不已的創作和接受等問題，似乎也有很大膽的「假設」。然而，「臺語文學」是不是眞的能表達臺灣人的思想感情、反映臺灣的社會現實，從而締造特殊的臺灣文化？而在現有的文學中，「臺語文學」這種表達方式，到底能獲得多少人的共鳴？而要怎樣保證「臺語文學」的創作和接受確是可能的？這些問題，對提倡「臺語文學」的人來說，也許不需要什麼「後設」的反省（只當它是一種「宣傳」或「宣示」），但是對一個關心文學的人來說（我們對「臺語文學」的關心和對其他文學的關心並無不同），卻不能不詳加檢討，好讓「臺語文學」成爲可觀察、可理解的對象。現在我們就逐次加以討論：

「臺語文學」最基本的原則是口說語和書面語的合一。不論學理上對這兩種語言的認定如何，我們都相信它們是「可以」合一的，而事實上提倡「臺語文學」的人也做到了（只是用字無從取得一致)。但是從口說語到書面語,只顯示一種「語言文字化」的現象,並不一定就能代表臺灣人的思想感情。根據一般的經驗,人的思想感情極端複雜,不是語言所能充分表達,這也就是古人常說的「言不盡意」。除了「言不盡意」,人對於語言的駕馭能力,也會影響表達的效果(很多拙手不達文辭或滿篇夢囈,就是緣於缺乏駕馭語言的能力)。因此,盛稱使用臺語創作就能表達臺灣人思想感情的人,顯然高估了語言的功能和臺灣人的能力。卽使有人誇口他已經作了完滿的表達,也無法避免他所表達的思想感情流於「支離破碎」(以至不能辨認「眞相」)的命運。因爲語言都具有「衍生性」,每一個「意指」同時又是一個「意符」,每一個「概念」同時指向其他的「概念」,而造成不斷的「自我解構」[25]。至於「臺語文學」可以反映臺灣的社會現實,這更是「癡人說夢」了。因爲語言只是一個「象徵系統」,無法像鏡子那般映現臺灣的社會現實;而各人在實際觀察時,又受限於他的觀察角度(或刻意取捨),所見永遠不得全面(沒有人能聲稱他看到了事實的眞面目)。在這種情況下,要締造一個有別於其他文化的臺灣文化,就非常困難了。這一方面由於沒有堅強的理由可以說明用語習慣的改變,也會促使文化體質的改變;一方面也由於沒有辦法在文化廣泛的範疇裏[26],區別出臺灣文化跟其他文化(特別是中國文化)的不同。

再說提倡「臺語文學」的人,對於臺語所作的種種功能的認定,也沒有什麼理論根據。我們可以運用中文來保存或發展臺灣文化,也可以運用日文、英文等語文來保存或發展臺灣文化,不一定只有運用臺語才能達到這個目的。原因是保存或發展臺灣文化的關鍵在語文使用者，而不在語文本身。今天略去語文使用者而強調語文本身，不但違反「常理」，也會造成一種「誤會」（就是「語言決定論」）。當年倡導白話文學的人，認爲文言文（死文學）不能「化民成俗」，只有白話文（活文學）才能「化民成俗」，也是基於同樣的「錯謬」。這就會誤導有心保存或發展臺灣文化的人，放棄他所熟悉的語文或疏於估量他所面對的讀者（凡是創作，多有「預期的讀者」），而一逕使用臺語創作，這將會出現什麼「景象」？恐怕沒有人能預料得到。何況這只是「響應」閩南語「族群」的主張，如果客家話「族群」和山地話「族群」也要求相同的「待遇」，而他們也勉強「照辦」，那豈不是「巴貝爾塔」故事的「重演」？這對保存或發展臺灣文化，又有什麼「實質」的助益？

我們再看「臺語文學」的表達方式，對許多人來說不是「完全陌生」，就是「很不習慣」。這不一定是長期受到「壓抑」而得不到普遍發展的緣故，而可能是各人的口說語差異頗大，不利於「溝通」，必須仰賴同一種書面語（中文）來表達。這裏有一個例子，可以讓我們「意會」一二：以前有一陣子，中國文壇在鬧「大衆語」的問題（有些雜誌還刊載純用「土話」的文章），魯迅「公布」了一段他讀《海上花列傳》的「苦」經驗：「其實，只要下一番工夫，是無論用什麼土話寫都可以懂得的。據我個人的經驗，我們那裏的土話，和蘇州不同，但一部《海上花列傳》卻教我『足不出戶』懂得了蘇白，先是不懂，硬著頭皮看下去，參照記事，比較對話，後來就都懂了。自然，很困難。這困難的根，我以爲就在漢字，每一個方塊漢字，都有它的意義的，現在用它來照樣寫土話，有些仍用本義的，有些卻不過借音，於是我們看下去的時候，就得分析它那幾個用義，那幾個借音，懂了不打緊，開手卻非常吃力了。」[27]像魯迅這樣有文學底子又懂蘇州話的人，讀起《海上花列傳》都那麼費力，何況是一般人？所有用「母語」創作的文學，「壽命」都不長，就在這種「乖異」的表達方式，使讀者難以「消受」，自動「棄而不顧」，而跟外在的「壓力」絲毫沒有什麼關聯。不然，當年沒有人禁止蘇州話，應該會有第二部「吳語文學」出現，爲什麼從《海上花列傳》後就絕響了，而大家也不再有所「期待」？今天提倡「臺語文學」的人，以爲擁有「教育權」和「傳播權」（事實上他們已經擁有「部分」的「教育權」和「傳播權」），就能改變大家不習慣使用臺語的情況，這不免錯估了當前的「語文環境」[28]。因此，「臺語文學」在現有文學中，恐怕不會有太大的「生存」空間。

從倡導「臺語文學」的眾多論述裏，我們經常發現論者把「臺語文學」的創作和接受，比作外國文學（如日本文學、英國文學）的創作和接受，只要經由學習，就可以達到「目的」。暫且不說這種想法是不是也有忽略學習者能力的嫌疑（如某些人學了外語，卻不會閱讀，更不會創作），就說學習外國文學是爲了吸收別人的經驗、知識（或其他目的），而學習「臺語文學」又爲了什麼？如果學習「臺語文學」（「臺語文學」跟現有文學只有表達方式的「不同」）只是爲了多「知道」一種語言，而這種語言在使用上又不如文言或白話方便，大家又何必「浪費」心力在這上面？這樣看來，提倡「臺語文學」的人，對於「臺語文學」的創作和接受的「假設」，已經很難取得「現實」的印證，更何況大家仍在爲文學的創作和接受等問題搞得「焦頭爛額」，還要多「攪進」一個語言的問題來傷神？這要教人如何相信「臺語文學」的創作和接受，可以「普及化」？

五

其實，「臺語文學」一名的提出，已經「不倫不類」了（我們可以用國名、地名、年代或「性質」來標界文學或「劃分」文學，但不能用語言來「界定」文學，否則「日本文學」和「日文文學」或「英國文學」和「英文文學」又將如何區分）；加上有關「臺語文學」的種種說辭，都未經嚴格的論證（只是像某些「愚弄」觀眾的標語），更使人無從對「臺語文學」產生「向心力」。

我們所以要這樣批判「臺語文學」，不是準備抹煞「臺語文學」（任何一種文學都有存在的價值），也不是駭怕「臺語文學」被用來作爲「抗爭」的工具會破壞社會的和諧（文學在政治「抗爭」中所能發揮的功效有限），而是擔心提倡「臺語文學」的人的「誤導」越來越深，使不明究裏的人陷入其中，造成文學「價值觀」的錯亂，而「妨礙」了文學的發展。

如果不牽扯一些「乏味」而無甚益處的「意氣之爭」，「臺語文學」還頗有討論的餘地（如主題的安排、題材的選擇、形式的設計等，都可以集中氣力去討論），而不止是目前大家所談論的「言文合一」一個項目罷了。同時，我們也期待更多優秀的作品出現，來豐富我們的文壇。如果這些作品禁得起「考驗」，很可能會促成文壇的「新生」（也就是大家都放棄現有文學的表達方式，而改用「臺語文學」的表達方式）。這時就不是「個別」（提倡「臺語文學」的人）願望的達成，而是文壇的一種「自然演變」了。

（本文原發表於第十二屆中國古典文學會議）

注釋：

❶ 這些作品，包含詩、散文、小說、劇本等類型（甚至也有以臺語寫作的學術論文）。參見宋澤萊，〈臺語文字化時代的來臨——寫在「抗暴个打貓市」發表前〉，收於胡民祥編，《臺灣文學入門文選》（臺北，前衞，一九八九年十月），頁一〇〇；李瑞騰，〈閩南方言在臺灣文學作品中的運用——以現代新詩爲例〉，刊於《臺灣文學觀察雜誌》第一期（一九九〇年六月），頁九八。

❷ 比起過去的「鄉土文學」或「臺灣文學」，這次「臺語文學」較少發生定義上的歧異。除了少數仍然堅持要含有「臺灣意識」，大多傾向於「以臺語寫作的文學就是『臺語文學』」這樣的說法。見林央敏，〈不可扭曲臺語文學運動——駁正廖咸浩先生〉，刊於《臺灣文藝》第一一八期（一九八九年七～八月），頁一一六～一一八；鄭良偉，〈更廣闊的文學空間——臺語文學的一些基本認識〉，刊於《自立晚報》副刊（一九八九年七月十四～十六日）。

❸ 廖文宣讀於一九八九年六月十七日淡江大學所舉辦「文學與美學學術研討會」。在前一日（十六日），此文經刪節，改題為〈需要更多養分的革命——臺語文學運動理論的盲點與囿限〉，發表於《自立晚報》副刊。全文又刊於《臺大評論》一九八九年夏季號。

❹ 詳見下列諸文：宋澤萊，〈何必悲觀——評廖咸浩的臺語文學觀〉，刊於《新文化》第六期（一九八九年七月）；洪惟仁，〈令人感動的純化主義——評廖文：「臺語文學運動理論的盲點與囿限」〉，刊於《自立晚報》副刊（一九八九年七月六～七日）；見注❷所引林央敏文。

❺ 稍後廖咸浩有一篇看似「迴應」的文章，說出一段不知是欣慰還是憂慮的話：「長遠來看，這個運動除了在本土文化的保存與更新方面，必將扮演一定的角色以外，它更可能成為南方方言及其文化全面覺醒的催化劑。」（廖咸浩，〈南方文化的覺醒——光復以來臺灣方言的文字化與文學化〉，刊於《中國論壇》第三三八期（一九八九年十月））所謂「南方方言及其文化全面覺醒」，是指南方各語系都會仿效臺語文字化和文學化，而各自尋求「自主性」。這可能造成更多的「分離意識」，也可能轉而豐富中華文化的內涵。從表面看來，廖氏對後者有所「期待」，但從他不忘對前者「施加一筆」推測，不如說他

在發出一種「警訊」。只是他這次的批判，不再像上次那樣犀利而直接了。這是不是跟他也已經看出「多辯無益」有關，我們並不清楚。我們只知道這次的論辯，仍然是以往白話／文言或鄉土／現代論爭時「各說各話」的翻版。

❻ 廖咸浩曾經質疑林宗源「惟有閩南語寫的作品才是臺灣文學」的說法（見注❸所引廖咸浩文）。後來遭到洪惟仁的駁斥，他說：「林宗源的眞意是，只有用臺灣人母語寫成的文學，才是貨眞價實的『臺灣文學』。」（見注❹所引洪惟仁文）我們查證廖咸浩所引書（《林宗源臺語詩選》），並沒有看到林宗源有那樣的說法。倒是洪惟仁的推測，確是符合林宗源的意思。不過，這是談「臺灣文學」，跟我們所說的「臺語文學」，有名稱上的不同。如果採用「臺語文學」一詞，所指的「臺語」，就是閩南語、客家話、山地話等臺灣人的母語，這是沒有異議的。

❼ 見鄭良偉，《演變中的臺灣社會語文——多語社會及雙語教育》（臺北，自立報系，一九九〇年元月），頁二三九～二四七。

❽ 見洪惟仁，〈臺語文字化個理論建設者——評介鄭著「走向標準化的臺灣話文」〉，刊於《自立晚報》副刊（一九八九年八月一～四日）。按：洪惟仁相當反對鄭良偉兼用羅馬字的主張。他在文中分析羅馬字有許多不適用的因素（如羅馬字不便運用、羅馬字不是我們的文字、羅馬字不好看），這也顯示他是不會採用羅馬字的。

❾ 見林央敏，〈臺語文字化的道路〉，刊於《新文化》第六期（一九八九年七月），頁一八。

❿ 李瑞騰曾經評論林宗源、向陽、宋澤萊、黃勁連等人詩中的文字說：「以閱讀難度來說，林宗源第一，

向陽其次，宋澤萊、黃勁連非常淺白易懂。宋說他是在寫『頌詩』，黃則擺明是作『歌詩』，當然適合歌、誦；林、向二人有別，主要是前者古語多，向則出入古今，意在使之可讀。」（見注❶所引李瑞騰文，頁九八）短篇的詩歌都有這樣的差異，那長篇的小說、劇本更不必說了。

⑪ 見鄭良偉編著，《林宗源臺語詩選》（臺北，自立報系，一九八八年八月），頁一三引林宗源說。

⑫ 見注❷所引鄭良偉文。

⑬ 見注❷所引林央敏文，頁一二一。

⑭ 這一點是他們整個論說的首要前提。見胡民祥，〈臺灣新文學運動時期「臺灣話」文學化發展的探討〉，收於臺灣文學研究會主編，《先人之血·土地之花——臺灣文學研究論文精選集》（臺北，前衛，一九八九年八月），頁二二九～二三○；洪惟仁，《臺灣河佬語聲調研究》（臺北，自立報系，一九八七年元月），頁一五九～一六三；注❷所引林央敏文，頁一一七～一一八。

⑮ 過去使用臺語創作的人，對於追求臺語「標準化」的願力不夠強烈，而作品也不能突破文類的限制（只集中在習見的幾類），這是倡導「臺語文學」的人少提及那些作品的主要原因。另外，倡導「臺語文學」的人所說的「臺語」，包含閩南語、客家話、山地話，而過去那些作品只限於閩南語，自然也不再受他們的「重視」了。

⑯ 參見陳少廷，《臺灣新文學運動簡史》（臺北，聯經，一九八一年十一月），頁六○～七二。

⑰ 這段過程，從尉天驄所編《鄉土文學討論集》（臺北，遠景，一九七八年四月）一書，可以明顯的看出來。

⑱ 他們這麼做，主要是「鄉土文學」被劃歸在「民族文學」裡，失去了抗爭的「理由」（更有趣的是他們原先所採用的「鄉土文學」一名，竟是源自德國的「舶來品」（見侯立朝，〈七〇年代鄉土文學的新理解〉，收於尉天驄編，《鄉土文學討論集》，頁四三二））只好「改變策略」，重新祭起「臺灣文學」的旗幟。參見宋冬陽，〈現階段臺灣文學本土化的問題〉，收於施敏輝編，《臺灣意識論戰選集——臺灣結與中國結的總決算》（臺北，前衛，一九八九年二月），頁二〇九～二三〇。

⑲ 這裡所說的「臺灣意識」，還是葉石濤在一篇文章說過的「以臺灣爲中心」的意識（見葉石濤，〈臺灣鄉土文學史導論〉，收於尉天驄編，《鄉土文學討論集》，頁七二）。把它跟「臺灣文學」結合在一起，就不怕會遭人混淆，而再莫名其妙的被「奪走」了。

⑳ 見注❹所引宋澤萊文，頁一一九。

㉑ 見注❹所引洪惟仁文。

㉒ 見注❷所引林央敏文，頁一一七。

㉓ 古來被討論過無數次有關文學創作和文學批評（包含理論批評和實際批評）的問題，在他們看來好像都是「不證自明」，始終沒有見到有人「預爲」考慮。

㉔ 洪惟仁說：「臺語文學確實不是一條康莊大道。它缺乏完整的記述工具，缺乏傳授的教育體制，缺乏寬闊的發表園地，這些才是它眞正的發展瓶頸。而這些瓶頸完全因爲政治環境無法開展，一旦我們爭取到母語文教育權、母語文傳播權、母語文使用權，這些瓶頸立刻可以突破。」（見注❹所引洪惟仁文）但是突破了瓶頸，又怎麼樣？是不是也能一併化解其他的阻力（如大衆本身對「臺語文學」的抗拒）？這

些在他們都無暇顧及，只是「一廂情願」的發發議論罷了。

㉕ 參見蔡源煌，《從浪漫主義到後現代主義》（臺北，雅典，一九八八年八月），頁二五七～二六一。

㉖ 在「文化」這個大共名底下，又可以區分「終極信仰」、「觀念系統」、「規範系統」、「表現系統」、「行動系統」等範疇，而每一個範疇又都極度龐雜。參見沈清松，《解除世界魔咒》（臺北，時報，一九八六年十月），頁二一～二八。

㉗ 見徐訏，《現代中國文學過眼錄》（臺北，時報，一九九一年九月），頁二三〇～二三一引。

㉘ 所有「語文環境」，幾乎都是自然形成的，沒有那個人或那個團體能「強迫」它改變。當年胡適、陳獨秀等人倡導白話文學運動，使白話文學大爲流行。論者大多以爲胡適他們成功的改造了文言的表達方式。其實不然，就白話和文言來看，並沒有本質上（語音、語構、語意）的差異；如果有區別，也僅在於語用層次，也就是語言使用者對語音、語構、語意的認知、認定和認同問題〔見張漢良，《比較文學理論與實踐》（臺北，東大，一九八六年二月），頁一一二〕，而胡適他們不過推動白話這種語用習慣（白話早已存在）有功而已，並不是眞的改變了文言的本質。照理臺語也跟文言、白話一樣，沒有本質上的不同。只是臺語在「獨自」發展過程中，語音和語構有「少許」的變化，以至讓人誤以爲臺語可以獨立於文言或白話之外。雖然如此，大家在學習使用臺語創作，還是會有困難，因爲臺語和文言或白話那些微的差距，就足以傷人腦筋〔正如今人苦於決定取「同義字」或「諧音字」（或「羅馬字」或「拼音字」）〕。幾經權衡，多數人仍會捨難就易，重新使用文言或白話來表達。

混沌與秩序

——民間文學研究的困境及其化解途徑

一

在物理學上，繼相對論、量子力學後興起的混沌理論，曾經指出整個世界並不像過去科學家所說的那麼井然有序，而是處於變動不定的混沌狀態。這透過對流動的大氣、蕩漾的海洋、裊繞上升的炊煙、浴缸內冷熱水的對流，以至於野生動物的突兀增減及人體心臟的跳動和腦部的變化等現象的觀察，就可以得到證實。因此，不論以什麼做爲介質，所有的行爲幾乎都遵循著混沌這條新發現的法則。而這種體會也開始改變企業家對保險的決策、天文學家觀測太陽系及政治學者討論武裝衝突壓力的方式❶。

近來有關混沌現象的研究，已經涉及到數學、物理、力學、天文、氣象、生態、生理，甚至社會、經濟、政治等多個學科領域，使得混沌一時間成了各種系統的宏觀共相。在這同時，也有人在進行著從混沌的語源意義到學理意義的探討，並試圖建立起混沌理論和文學互爲闡釋的可能性。如今大略可以確定，混沌觀念跟人類思維本身有著同樣長久的歷史。在中國的古籍中，「混沌」是指天地還沒有形成前的蒙昧狀態，如《淮南子．要略》說：「盧牟六合，混沌萬物。」《鬼谷子．本經陰符》說：「神道混沌爲一。」西方的神學宇宙觀，也把天地初始的蒙昧狀態稱爲「混沌」（Chaos），如海西歐（Hesiod）的《神譜》中記載：當宇宙還在完全混茫不明的狀態時，混沌先萬物庶類而存有；直到世界出現另一股力量「愛欲」，天地才相擁，降雨，從此濕和乾、冷和熱截然分明。《創世紀》所述天地初始的故事也十分相似：混沌先於天地，神造萬物由它以成。這一原泛指無序、雜亂狀態的混沌語彙，在學理上的定義已因十九世紀以來的研究而有了嶄新的意義。日本早稻田大學理工學院的相澤洋二教授簡釋混沌爲「凡是在數學、物理學方面已經確知其原理，而仍無法進行預測的現象」。混沌獲此新義而被視爲包含大量的資訊、耗散能量的重新組合、科學中的深層結構等正面意義❷。

如只由中西方的神話來看，混沌乃是原初、獨一無二、沒有分別的狀態。在這一原初裡，秩序/混亂的分際毫無意義。但從混沌中卻「自我組織」成秩序井然的宇宙，當中庶類分明而又各得其時其地。可見混沌爲首要，而秩序實居次要；合而爲一在先，分而爲二在後。根據這點，當代文論把「文本」（text）當作在時間流變中不斷展現的流動體、意義既不穩定也不可測的說法，就完全合於上述的邏輯。這時文本意義的不確定性，可以視爲一種互動的抗爭：讀者有組構意義的功能相對於語言的自主性和耗散性❸。而這也跟學理上混沌所開示的一個不可預測、全然開放的宇宙，不約而同的併列爲「異質同型」的例證。因此，才會有人以爲文化環境是一個「回饋循環」的場域，在這圓形的場域裏科技和文學互相牽繫並對話；它們之間的平行發展並非影響和被影響的主從關係，而是植基於同一文化生態、同根而生的關係❹。

隨著各領域紛紛尋求宏觀共相，混沌已被確定不再指雜亂無意義，反而是蘊藏無盡奧祕和資訊的所在。因爲混沌是秩序的先行者，也跟秩序構成互補的關係。反過來說，任何一個紊亂現象的背後，也當有某種秩序的存在。晚近文論越來越能接納雜音（不確定性或紊亂現象），正體現了文本的歧義性一如宇宙的不可測性爲自然本性的新認知模式。在這個前提下，我們來審視已有的民間文學研究，就會發現裏頭充斥著不切實際的作爲和一廂情願的期待。藉用混沌理論給混沌現象標示的「初始條件敏感性」特徵來說❺，我們只要施以些微的干擾，就會使民間文學研究（成果）呈現不穩定狀態，而讓民間文學研究者向來所嘗試建構一套有關民間文學的認知體系的努力落空，一切再回到原初的混沌狀態。

雖然混沌中也已蘊涵了秩序，不免威脅到我們所作指摘的必要性，但對於該秩序的尋求委實需要，不必盡依物理學者把混沌當作較高級的秩序（非線性的有序），而逕以它爲研究對象。換句話說，我們的目的在於撥開混沌而找尋應有的秩序，使民間文學研究有一較合理的軌則可尋。這樣目前還陷於混沌狀態的各種相關的研究，就毋寧說它遇到了重重的困境，而我們試圖來爲它理出頭緒，正是要提供一條化解困境的途徑。

二

如何確定民間文學研究仍處於混沌狀態，而有關的秩序還得別爲索求，這是本文首先要處理的問題。而大體上，處理這個問題有兩個階次：第一、民間文學研究的現況到底如何，必須有一通盤的了解；第二、根據這些了解，再從理論上研判民間文學研究的意義（價值）匱乏，勢必要另尋出路。現在就先爲民間文學研究的現況，作一點描述的工夫。

一般說來，民間文學研究從民初新文學運動時期就開始了，它相對的是正統文學（雅文學）研究❻。但這類研究的對象，稱名卻極爲歧異，如民間文學、民眾文學、平民文學、通俗文學、民俗文學、大眾文學、農民文學、鄉土文學、口耳文學、口碑文學、講唱文學、大眾語文學（而文學兩字或稱文藝）等都被使用過❼。近年來，普遍傾向於採用俗文學或民間文學名稱。只是有關俗文學或民間文學的範圍還未形成共識：有人認爲它包括民間詩歌（含民間雜曲、敍事詩歌、原始詞曲）、通俗小說（含短篇小說、中篇小說、長篇小說）、流行劇曲（含戲文、院本、雜劇、傳奇、地方戲）、講唱文學（含變文、諸宮調、寶卷、彈詞、鼓詞）、遊戲文章（含笑話、諧賦、雜作）⑧；有人認爲它包括講說的（含神話、傳說、故事、寓言、笑話）、講唱之間的（含歌謠、諺語、謎語）、歌唱的（含俗曲、說書、鼓詞、彈詞、寶卷）、閱讀的（通俗小說）、演唱的（地方戲曲）⑨；有人認爲它只限於勞動人民的口頭文學創作（一些民間故事家、民間歌手的個人的口頭文學作品也包括在內）⑩。

以上所提及的前三種說法，都指雅文學以外的其他作品，類別也都大同小異；而他們或稱俗文學，或稱民間文學，並沒有嚴格的分際。但後一種說法就不一樣了，它多了一些條件限制：只有直接而鮮明地表現廣大下層民衆（工農民衆）的思想感情、要求願望、藝術情趣和美學理想的作品，才是民間文學⑪；因此，民間文學就跟俗文學及雅文學區別開來了。當前凡是再使用民間文學一詞的，也多順著後一種說法，僅指民間的口頭文學（但不一定侷限在同一個狹小的框架裏⑫）。

不論民間文學的範圍廣或狹，它所具有的「集體性」、「口頭性」、「傳統性」、「流傳性」等特徵⑬，卻是大家都能發掘或肯認的。而有關的研究，也就在這個基礎上展開了。其中最常見的是，依個別文類從事思想內涵和藝術技巧的探討，以及對該文類的源起、發展和影響等終極性問題的追溯。這一類的研究成果，婁子匡、朱介凡《五十年來的中國俗文學》和譚達先《中國民間文學概論》二書內文或附錄，已經著錄了一部分；而譚達先本人所出版的一系列著述：《中國神話研究》、《中國民間寓言研究》、《中國民間童話研究》、《中國動物故事研究》、《中國民間戲劇研究》、《中國評書（評話）研究》、《中國民間謎語研究》、《中國婚嫁儀式歌謠研究》等（臺灣版已由臺灣商務印書館發行），也充分體現了這種研究方式。而這一類的研究所以可能，無非是先預設或肯定民間文學具有上面所述的各種特徵。至於把研究所得列爲正規教育的教材，成爲可以源源不斷供應教學的資源，這自然不在話下了。

還有一類研究比較特殊，它不討論個別文類有關的種種問題，而從底下三個程序進行探究：第一、作「單位」或「類型」[14]的分析，並編成索引，以爲進一步研究的依據；第二、作「歷史研究」，從民間文學各「單位」或「類型」在一民族內歷經貫時的演變（組合、生成、變形等），看民間文學的發展，再追溯各「單位」或「類型」在鄰接民族中的時空分布，以推測其傳布的過程，並窺探民族文化的接觸和演變；第三、作「功能研究」，結合人類學、民俗學、社會學等學科，把民間文學推向擔負創造人類精神文明、摶成民族特色、維護社會秩序等使命上。大略看來，這種研究方式最早是運用在神話研究方面[15]，然後才擴及傳說、故事等類別。而在實際作法上，未必每一次研究都涵蓋這三個程序。如丁乃通在阿勒恩（A. Aarne）《民間故事的類型》、湯姆森（S. Thompson）《民間故事類型索引》（後書是修訂、補充前書而來，世人或稱AT分類）的基礎上所編的《中國民間故事類型索引》[16]，就是單屬前一程序的作法；又如陳鵬翔主編《主題學研究論文集》中所收陳鵬翔〈中西文學裡的火神〉、黃絮琇〈王昭君故事的演變〉、林文月〈源氏物語桐壺與長恨歌〉、曾永義〈楊妃故事的發展及與之有關之文學〉〈梁祝故事的淵源與發展〉〈從西施說到梁祝——略論民間故事的基型觸發和孳乳展延〉、錢南揚〈祝英臺故事敍論〉、王國良〈韓憑夫婦故事的來源與流傳〉、顧頡剛〈孟姜女故事的轉變〉、吳立模〈孟姜女故事的轉變〉、施芳雅〈西王母故事的衍變〉、馬幼垣〈三現身故事與淸風閘〉、鄭明娳〈孫行者與猿猴故事〉、邱燮友〈歷代王昭君詩歌在主題上的轉變〉等文，就是分屬後二程序的作法。這一類的研究，或多或少也是先預設或肯定民間文學具有上面所述的各種特徵。而它的研究成果，毫無疑問的可以爲當代的比較文學研究奠定少許基礎。

此外，或作教育學（兒童學）的、方言學的、方音學的、歷史學的、民族學的研究，或撰述綜合性的民間文學史，對於開拓既有的民間文學研究領域，也有實質上的幫助。但這些都是前二類研究衍生或累積後的相關研究，論及緊要性後者卻不如前者。因此，前二類研究暫時可以作爲民間文學研究的代表。只是很少人會察覺到這樣的研究有什麼問題存在（或是否有價值），而進行有關的方法論的反省，以至如果有人施加某些干擾，可能就會促使它全面瓦解，而不復往日的盛況（可以自我標榜某種獨特性）。在這裏，我們正有這樣的自信，能讓民間文學研究者感受他們所面臨的危機。

三

嚴格的說，並不是我們現在才發現民間文學研究有問題，先前楊蔭深就曾提及俗文學研究有四個困難：一是俗文學大多還保存在民眾的口頭，門類既廣，作品又夥，材料不易搜集；二是俗文學作品有許多方言俗語，不易了解，並且有些類別的劃分以及起源，也是眾說紛紜，不易鑑別；三是古代的俗文學缺乏保存和記錄，更加難以研究，如宋金的雜劇和院本，沒有一本傳世，就會因爲資料依據太少而無法進行討論；四是俗文學隨時在產生，又隨地在變化，面對不斷出現的新體製，研究者總有追趕不及的窘境⑰。但這不算是民間文學研究眞正的困境所在，因爲材料的多寡難易，可以從技術上加以克服（運用理論和方法來統攝材料），不一定會形成研究過程的障礙。

另外，民間文學或僅指民間的口頭文學，或涵蓋歷來已形諸文字的俗文學，並沒有一定的準則，想必也會有人因爲民間文學的定位（去取）不易而引以爲難；同時，有關民間文學研究所用的一些概念（如單位、類型），常有爭議⑱，而民間文學研究中的「歷史研究」和「功能研究」所涉及的「影響」觀念如何可能⑲，也還欠缺有效理論的貞定，諒必也會引發行家的質疑而更加動搖研究者的信心。但這仍不足以構成民間文學研究的迫切性危機，畢竟研究對象的不確定可由重新界限予以化解，而所採概念的模糊不清也可經分析解釋再行使用，也不一定會造成研究者的心理負擔。眞正的難題，還在底下我們所要舉出的兩點上，而它是前人不曾意識或已意識而尚未發表的：

第一、民間文學研究者所假定民間文學在創作上具有優先性[20]，而企圖據它來改寫文學史或豐富文學史，並且作爲教化民眾的媒介，基本上是無效的。因爲民間文學的口語特性（這被認爲先於雅文學的書寫特性而存在），它在展現的過程中，早以文字軌跡的方式寫在人的腦海中，使人誤認口語是「現存」，並拿它當差異系統的基石，卻沒想到口語已運用了文字產生意義的原則，而跟「書寫」文字沒有本質上的差異（不管口語或文字，都得倚賴「延異」的原則）[21]。這要如何把它推向文學史的中心，而成爲大家必須矚目的對象[22]？再說民間文學這種素朴的表達方式，多半無益於既有文體的改良或更新；如果我們研究文學是爲了從文學中提煉出有利於發展精緻文學的質素（否則研究文學的意義就不大），那不從雅文學著手而從民間文學著手，豈不是白費心力，而根本豐富不了文學史[23]？最後民間文學研究所得到的成果（以目前所見的情況爲準），不但無助於民間文學的創作（知識分子不會時興這種創作），也無助於低階層民眾的「自我教育」（他們看不懂這類的研究），如何能使民間文學（研究）成爲教化民眾的有效媒介？更何況民眾已經知道的（如部分民間文學研究者所看重的那些在民眾間口耳相傳的作品），就不需要別人再「繁爲其說」；而民眾還不知道的（如部分民間文學研究者所揭發民間文學中隱含的特殊理念或意識形態及藝術手法），又如何能保證說出來他們就會領悟[24]？可見依個別文類從事思想內涵和藝術技巧的探討及對該文類的源起、發展和影響等終極性問題的追溯這一研究途徑，已經沒有什麼可看性了。

第二、即使有些民間文學研究者不刻意強調民間文學的優先性可以改寫文學史或豐富文學史，也不刻意強調民間文學的通俗性可以作爲教化民衆的媒介，而從民間文學本身所蘊涵的某些「單位」或「類型」信息進行主題學的研究，這也難以允許它已經有了成效。我們先不必質疑當中的「功能研究」一項是否羼雜不少臆測成分，只就研究者作得較多的「歷史研究」部分加以檢視（另外二項有關「單位」或「類型」的分析和編目，研究者作得較少，且是其他兩項研究的基礎，暫時可以不論），便不難發現它還沒有什麼具體的意義或價值可說。如被學者特許爲樹立了主題學研究典範的挖掘不同作者應用同一母題的意欲工作[25]，它雖然早在一九二七年顧頡剛發表《孟姜女故事研究》就開啓了[26]，而到一九八〇年曾永義發表〈從西施說到梁祝——略論民間故事的基型觸發和孳乳展延〉有更進一步的發揮[27]，但這仍充滿了揣測擬議和不切實際的推論。前者雖有鄭樵《通志·樂略》的一段話作爲「先導」：「稗官之流，其理只在脣舌間，而其事亦有記載。虞舜之父、杞梁之妻，於經傳有言者不過數十言耳，彼則演成萬千言……顧彼亦豈欲爲此誣罔之事乎？正爲彼之意向如此，不說無以暢其胸中也。」但作者的「意向」一事又要如何「坐實」？如果不能坐實，一切豈不都是研究者的「想當然耳」？後者縱也有「內在理路」的需求（必須作這樣的推論），但研究者卻沒想到這種作法在當今有什麼意義？只遐想古代有促使民間文學興起的背景，而不知指出當前發展民間文學有什麼困難而可以由前行的研究成果來對治，所作的種種努力豈不是只爲古人「服務」，而對今人來說沒有半點益處？可見這種研究途徑也不可取法了。

如果說既有的民間文學研究試圖建立一副副理論架構，以爲後繼者參考或遵循的依據，那麼我們這裏所力辯的該項努力的徒勞無功，正好成了明顯而強烈的對比。幾乎可以肯定我們的辯難（輸入「判定先前民間文學研究的不可能或無效」這一點干擾），足以使既有的那些理論架構一一瓦解，重新回復到未有民間文學研究前的混沌狀態。不過，由混沌理論給人的啓示（混沌中已經蘊涵了秩序），我們也不必爲出現這樣的結果感到失望。畢竟前人還沒有找出「應有」的秩序，並不代表後人也缺乏那個能耐。姑且就把這項當成一種挑戰，試試自己有多少本事可以把民間文學研究引到「正途」上去。

四

本來混沌所蘊涵的秩序，是「自我組織」成的，因此混沌必定是一個全然的開放系統。但相對物理上這一全然的開放系統來說，民間文學研究上的混沌現象只能是半開放系統，它的秩序無法靠自我組織，而必須由人代爲尋找。正因爲有這點差異，所以我們不可能像物理學一樣把混沌當作較高級的秩序來研究，而得專注於混沌中該有的秩序的探討。在這個前提下，我們嘗試提出一個化解民間文學研究危機的辦法，或許可以暫且將民間文學研究導向秩序化。

大致上，我們是從「目的」這個焦點，來考慮民間文學研究「當然」的進路。首先，如果民間文學研究的目的是在教化民眾，那像目前部分人的作法：只把研究成果向民眾展示（任由民眾採擇參考）或以自己的理解向民眾宣講，必定不會有什麼顯著效果㉘。而可能要改變成「實地訪談」和「成果彙報」㉙。前者不同於當今研究前的採集工作，它主要在依據採集來的作品，設計某些相關的問題，回到流行該作品的地區，採訪民眾對它的理解和感受，以爲判斷該作品價値的準據。然後是「成果彙報」，把實地訪談所得資料加以分析，以有利於創作力的激發，讓民眾「廣爲宣傳」，才能熱絡民間文學的創作、流傳等活動。這樣才有可能使以教化民眾爲訴求的這類民間文學研究逐漸地落實下來。

其次，如果民間文學研究的目的不是在教化民眾，而是爲了更好的發展文學，那像當今某些學者所肯認的主題學研究或個別文類的探討，顯然也是無濟於事。因爲任何一個「單位」或「類型」的生發、演變，縱有某些軌跡可循，但要把它引入未來的文學發展中，就看不出它能扮演什麼「有用」的角色；而現有民間文學各類別的藝術技巧總不及雅文學講究、一般性的思想內涵（理念）也跟雅文學相仿，合起來所能提供給文學發展的「有利」的質素有限㉚。因此，這還得別爲尋繹民間文學中可以活絡文學園地的成分。在我們的考察中，確實也有這種成分的存在，只是研究者不大注意罷了。如一九四七年北平打磨廠寶文堂同記書舖所印《新編小兒難孔子》記載：

……孔子曰：「你知天地之紀綱？陰陽之致中？何左何右，或表或裏？風從何起？雲從何生？天地相去幾萬里？」小兒答曰：「九九八十一，乃天地之紀綱。八九七十二，陽陰之致。山東為左，山西為右。山外為表，山內為裏。風從地起，雲從山生。天地相去萬萬餘里。」孔子曰：「我與你平卻山河，意下如何？」小兒答曰：「山河不可平。平卻無高低。平卻高山，獸無所依；填卻江湖，魚無所歸；除卻王侯，人多事非；除卻小人，君子是誰？」孔子不言。小兒問聖人：「鵝鴨能以浮水為何？」孔子曰：「賴他有登水掌逼水毛，因此浮之。」小兒又曰：「舟船無逼水毛，水上亦能浮之。」孔子不答。小兒又問：「松柏為何冬夏常青？」孔子曰：「賴他心實精脈飽滿所以冬夏常青。」小兒又問曰：「竹竿心空，心又不實，冬夏也常青。」孔子不答。小兒又問曰：「公雞因何能鳴？」孔子曰：「賴他頸長因此能鳴。」小兒又曰：「蛤蟆頸短何亦鳴？」孔子不答。小兒又曰：「天上明明有多少星？」孔子曰：「吾與你說眼前之事，何必論天地？」「就問你眉毛髮有多少數？」聖人無言可答，連忙下車來接。㉛

這跟《列子・湯問篇》所載兩小兒笑孔子無知的故事相類，而跟《戰國策・秦策》所載項槖生七歲而為孔子師及敦煌文學〈孔子項託相問書〉（P三八八三）所載孔子和項託（同槖）相問答等近趣。照一般研究者的講法，這正是基型觸發和孳乳展延的好例子。但只是這樣看它，又如何保證未來文學發展所需要的基型觸發和孳乳展延是什麼（如果只是克盡爬梳工夫而提不出可循的「規律」，那未來也是任由同類的基型觸發和孳乳展延，又何必費心去研究先前的東西）？因此，看這類作品不能只注意它的歷時演變，還要注意它的共時成就（這才能提供文學發展的有利的質素）。那到底這類作品的特殊性在那裏？我們藉由布魯姆（H. Bloom）的「反影響」說，就可以得知一二。布氏認為文學發展中的創造、更新和突破，完全來自於後出者對前出者的「誤讀」、修正和改造，也就是後出者對前出者的反影響[32]。這種反影響並不預設正負價值（也就是不分好的反影響和壞的反影響），而由後出者直覺或理智的對前出者進行轉換，形成一種「創造性衝突」，從而激發或活潑文學的創造力。上面這類作品（特別是「小兒難孔子」那一段），瓦解了聖人「無所不知」的神話，具體成就一個「反支配」的論述型態，它所給予人心的刺激或震撼，自然非同小可。後出者如果還想有所突破，那麼它無意中留下的「罅隙」，也都是「可乘之機」。而類似的反影響例子（如前引學者文中所董理的王昭君故事、梁祝故事、孟姜女故事、西王母故事等，都可以從這個角度再去審視），在雅文學中固然也常顯現，但總不及在民間文學中所顯現的那麼強烈，直逼人不得不反省或調整既有的「期望視界」（一套理解文學或創作文學的

「參照體系」）。因此，對民間文學中反影響因素的探討，也就成了以更好發展文學爲訴求的這類民間文學研究所該著力的地方[33]。此外，恐怕再也沒有更有意義的研究方案了。

五

從舊有民間文學研究的意義匱乏，到現在我們爲新的民間文學研究找出應有的方向，雖然跟混沌學者要在多樣性中發現某種統一的線索的作法不同，但彼此的內在精神（旨趣）卻是相近的。換句話說，混沌學者努力於尋求物理上靜止和運動之間、捕捉到的時間和流逝的時間之間的接合，我們也使勁於搜索民間文學研究中實際作爲和合理作爲之間的孔道。只是我們必須進一步指出這裏所作的，在終極處仍然跟混沌理論合轍，才能避免再發生任何的意義壟斷或權威宰制（如果過去民間文學研究者嘗試建構一套套理論也有這樣企圖的話）。這可分兩點來說：

第一，當研究者或大家不刻意強調「民間文學」的特性或無法區別雅俗的觀念[34]，我們所提供的研究方案就未必優於或足以取代其他的研究方案。第二，甚至當「文學」被視爲一種「迷思」（myth）而無從再恢復它的特殊地位[35]，我們所提供的研究方案自然也跟其他的研究方案同時變爲不可能。這時我們將會看到一個更大規模的混沌現象：民間文學文本和文學文本，以及文學文本和其他文本，彼此在並時間相互指涉，永遠不可能測得任何固定的旨意。因此，前面的種種建構，只能是爲著方便討論或溝通（如果仍要強調各自所作的是「民間文學研究」）而設；它的有效性是建立在相對合理的基礎上，終究不能成爲唯一的型範。

在這裡我們所預留的空間（容許他人再行建構），已經把混沌和秩序的關係作了妥善的闡釋（秩序來自混沌，又可以產生混沌），往後任何研究者不論要依或不依我們所提供的研究方案，都得在研究的過程中進行相同程序的反省，大家才知道那些成分暫時可以確定，而那些成分還在未定之中。那麼即使我們沒能改變研究者的習慣，至少也成就了一個可供比對的反省研究進程是否可能的案例。最後，本文所論僅限於本國的民間文學研究（華裔學者的研究也算），未必合於外國的情況，這是要特別加以聲明的。至於它能否取得「普遍」的信賴，從而轉變世人的期望視界，那就不在我們的考慮範圍（也不敢有那樣的奢望）。

（本文原刊載於《國文天地》第十卷第五期）

注釋：

❶ 相關的討論，參見普里戈金（I. Prigogine），《混沌中的秩序》（沈力譯，臺北，結構群，一九九

〇年八月）；葛雷易克（J. Gleick），《混沌——不測風雲的背後》（林和譯，臺北，天下文化，一九九一年八月）。

❷參見邱錦榮，〈混沌理論與文學研究〉，刊於《中外文學》第二十一卷第十二期（一九九三年五月），頁五七～五八。

❸同上，頁五八～五九。

❹同上，頁五九引賀爾斯（N. K. Hayles）及柏森（W. Paulson）的見解。

❺對於該特徵，論者曾有過這樣的描述和比喻：開始於六〇年代的混沌理論的近代研究逐漸地領悟到，相當簡單的數學方程式可以形容像瀑布一樣粗暴難料的系統，只要在開頭輸入小小差異，很快就會造成南轅北轍的結果，這個現象稱爲「對初始條件的敏感依賴」。例如在天氣現象裏，這可以半開玩笑地解釋爲衆所皆知的蝴蝶效應——今天北平一隻蝴蝶展翅翩躚對空氣造成擾動，可能觸發下個月紐約的暴風雨（見注❶所引葛雷易克書，頁一二～一三）。除了該特徵，混沌現象還有「內隨機性」、「無序中的有序」、「普適性」等重要特徵（參見顏澤賢，《現代系統理論》（臺北，遠流，一九九三年八月），頁一一九～一二四），這裏不便細舉。

❻有人認爲中國現代文學成長的過程，其實就是以民間文學爲主體進行吸收和改造正統文學的過程（見管成南，《中國民間文學賞析》（臺北，國家，一九九三年十月），頁一三三～一三四）。如果繼續推，民間文學研究就是相應或配合這一發展過程。但很顯然這是簡化或偏看了現實的複雜性（中國現代文學的成長和研究問題，不能這樣公式化處理）。

⑦ 參見婁子匡、朱介凡，《五十年來的中國俗文學》（臺北，正中，一九六三年五月），頁一。

⑧ 見注⑥所引管成南書，頁三〇～三八。按：管氏採自鄭振鐸《中國俗文學史》對俗文學的分類〔見鄭振鐸，《中國俗文學史》（臺北，商務，一九八六年十月），頁六～一三〕，略事增補而成此說。

⑨ 見注⑦所引婁子匡、朱介凡書，頁一七～一八。

⑩ 見譚達先，《中國民間文學概論》（臺北，貫雅，一九九二年七月），頁五。

⑪ 這不是譚氏一人的想法，而是當今大陸學者普遍有的見解（參見上引譚書頁一一～一二徵引賈芝《民間文學論文集》、張紫晨《民間文學知識講話》等書中的說法可窺一斑；還有注⑥所引管書雖是採取鄭振鐸的分類，但它在論及民間文學的內容時，卻又跟譚達先等人所說的相仿）。

⑫ 至少臺灣學者就不會苟同上述的見解。這從稍早有人指斥大陸方面「嘗誇其善用民間形式，但其義理秉承，終與眞正老百姓所聞所見，所思所想，大相逕庭」〔見朱介凡，《俗文學論集》（臺北，聯經，一九八四年十一月），頁二一九〕，而現在也有人批判大陸研究民間文學的學者「儘管在搜集跟整理方面，很努力地工作，然而限於環境，及共產黨的種種限制，始終不能有很好的成就。像我上面在順口溜方面提到，諷刺貪污腐敗的幹部一則，肯定他們不會搜集。他們甚至不肯承認這些作品是產生民間，反之，恐怕要給這些作品戴頂帽子，說是僞造污衊祖國的僞民間文學了」〔見應裕康，〈民間文學概論〉，收於邱燮友等編，《國學導讀》㈤（臺北，三民，一九九三年十二月），頁四六三〕，就可以得到印證。

⑬ 幾乎每一本討論俗文學或民間文學的專書，都會舉出這些特徵。此外，還有所謂的「匿名性」（無名

性」、「變異性」、「鄉土性」、「和合性」、「大眾性」（通俗性）、「進取性」、「思想性」、「藝術性」等特徵的認定，這就仁智互見，難可「並列」而談了。

⑭ 這裡所說的「單位」，跟通稱的「母題」或「情節單元」（英文同為 motif）意思相同；而「類型」，也稱為「基型」（英文同為 type）。前者是指任何敘述中最小的而且不可再分割的因素或單元，後者是指獨立存在的故事〔參見陳鵬翔，〈主題學研究與中國文學〉，收於陳鵬翔主編，《主題學研究論文集》（臺北，東大，一九八三年十一月），頁二四、二〇引華西洛夫斯基（Veselóvskij）、湯姆森（S. Thompson）說〕。

⑮ 參見注❼所引婁子匡、朱介凡書，頁六五～六八；姚一葦，《藝術的奧祕》（臺北，開明，一九八五年十月），頁三五五～三五九。

⑯ 見陶立璠，《民族民間文學理論基礎》（北京，中央民族學院，一九九〇年十二月），頁二一九～二二〇引述。

⑰ 詳見楊蔭深，《中國俗文學概論》（臺北，世界，一九九二年十月），頁五～六。

⑱ 除了我們所採用的定義外，其他學者還有不同的說法（參見注⑭所引陳鵬翔文，頁二〇～二六）。

⑲ 「影響」問題的複雜性，可參見李達三、劉介民主編，《中外比較文學研究》（臺北，學生，一九九〇年九月），第一冊（下），頁四一五～四九〇。

⑳ 普遍可見的推論是：民間文學（俗文學）古來就先於雅文學而創作；雅文學不是孕育於民間文學，就是後於民間文學的自行演化。

㉑口語（語音）和文字產生意義的原則無異說，來自解構學家德希達（J. Derrida）。參見廖炳惠，《解構批評論集》（臺北，東大，一九八五年九月），頁二～四引述。

㉒如鄭振鐸《中國俗文學史》說：「『俗文學』不僅成了中國文學史主要的成分，且成了中國文學史的中心。」（頁一）這跟胡適作《白話文學史》同樣見解。但這是依觀看角度或價值預設而定，並無中心不中心的問題。更何況他也無法處理這些被他凸顯，卻「不登大雅之堂，不爲學士大夫所重視」（同上，頁一～二）的俗文學所隱含的矛盾。

㉓民間文學研究者常有一種單純的想法，以爲擁有新發掘的民間文學材料，就可以豐富文學史的論述。殊不知材料的多寡，只是文學史論述時選擇對象所考慮的一個因素，更重要的是文學史觀、意識形態、存在處境等內外條件的制約。有關文學史問題的複雜性，參見龔鵬程，《文學散步》（臺北，漢光，一九八五年十二月），附錄二，頁二三四～二五八。

㉔人對事物的理解，很難不受「先見」或「先期理解」的限制〔參見殷鼎，《理解的命運》（臺北，東大，一九九〇年元月），頁一～四五〕。民間文學研究者所以能從民間文學中看出各種質素，也是源於他平日所受文學或其他學科的訓練，豈能以自己主觀的立場，來設想民眾接受的情況？

㉕詳見注⑭所引陳鵬翔文，頁一五～一八。

㉖顧頡剛說：「我們可知道一件故事雖是微小，但一樣地隨順了文化中心而遷流，承受了各時各地的時勢和風俗而改變，憑藉了民眾的情感和想像而發展。我們又可以知道，它變成的各種不同的面目，有的是單純地隨著說者的意念的，有的是隨著說者的解釋的要求的。我們更就這件故事的意義上回看過去，又

可以明瞭它的各種背景和替它立出主張的各種社會。」（顧頡剛，《孟姜女故事研究集》第一冊，頁一二三～一二四。按：顧書不及見，此據注⑭所引陳鵬翔文，頁一六引）這是他所作研究的結論部分，可以略窺一二。

㉗ 曾永義認爲民間故事的演變，大抵有「基型」、「發展」、「成熟」三個過程：「民間故事的『基型』，可以說都非常的『簡陋』，如果拿來和成熟後的『典型』相比，那麼其間的差別，往往不止十萬八千里，甚至於會使人覺得彼此之間似乎沒什麼關係。可是如果再仔細考察，則『基型』之中，都含藏著易於聯想的『基因』，這種『基因』，經由人們的『觸發』，便會孳乳，由是再『緣飾』，再『附會』，便會更滋長、更蔓延。」（曾永義，〈從西施說到梁祝——略論民間故事的基型觸發和孳乳展延〉，刊於《中國時報》「人間」副刊（一九八〇年元月八日）。按：此文已收入曾永義《說俗文學》（臺北，聯經，一九八〇年四月）及注⑭所引陳鵬翔主編書）這比顧頡剛的見解更「完備」。

㉘ 段寶林《中國民間文學概要》中有一〈社會主義新故事〉專節，敍述在一九六二年，上海曾舉辦故事員訓練班，訓練學員們講述所謂「社會主義的新故事」，以爲共產黨的宣傳，進而在工廠、里弄組織故事會。論者認爲在這種情形下，群眾對於聽故事，豈不是引爲苦差事，而跟出公差看樣板戲沒有兩樣（見注⑫所引應裕康文，頁四六四）。這用來印證我們所作辯析的一部分，也蠻實在的。

㉙ 參見周慶華，〈「民間文學研究」如何定位？〉，刊於《中央日報》長河版（一九九二年十二月二十九日）。按：驗諸本人現在所作的討論，已大不同於在〈「民間文學研究」如何定位？〉短文中所作的討論。但就這一點來說，毋寧是前後一致，而無妨引以爲說。

㉚ 當今文壇雖然已有部分泯除雅俗界限的作品出現，並能在專業閱讀和大眾閱讀中獲得認同（參見蔡詩萍，〈小說族與都市浪漫小說——「嚴肅」與「通俗」的相互顛覆〉，收於林燿德、孟樊編，《流行天下——當代臺灣通俗文學論》（臺北，時報，一九九二年元月），頁一六五～一八六），但整體上大家還是傾向於期待文學中有釐然可辨的優質素。而類似上面這些「混茫一氣」的作品，總不敢想像它會一躍而成爲文學的主流。換句話說，它所能用來「激勵」文學發展的成分也是不多。

㉛ 此據注⑫所引朱介凡書，頁二三五～二三六引。

㉜ 詳見布魯姆（H. Bloom），《影響的焦慮——詩歌理論》（徐文博譯，臺北，久大，一九九〇年十二月）、《比較文學影響論——誤讀圖示》（朱立元、陳克明譯，臺北，駱駝，一九九二年十一月）。按：布氏雖然只舉詩歌爲例，但其他文類的情況也準用。

㉝ 在這裏當然不限於義理表達部分，還有藝術技巧（如俄國早期的形式主義所說的「反熟悉化」那類）也包括在內。如果民間文學確有這類爲雅文學所欠缺的質素，也該一併探討（只是目前還舉不出這樣的實例）。

㉞ 就文學性質和功用來說，經常難以判定作品本身何者爲雅、何者爲俗。有人就曾舉出有些作品雖以通俗筆法「極摹人情世態之歧，備寫悲歡離合之致」，但又「曲終奏雅，歸於厚俗」。相反的，有些自命高雅的作家，把自己封閉在「象牙塔」和「玻璃罩」中，但也恐怕難以做到使自己的作品不帶一點人間煙火味。還有形式的雅，完全可以包含內容的俗；而內容的俗，也可以出以形式的雅（見龍協濤，《文學讀解與美的再創造》（臺北，時報，一九九三年八月），頁二五四）。其實，最關鍵的還在於雅俗觀念

根本難以界定。

㉟ 所謂文學的迷思，不是指在當今電子及資訊社會，文學已經「死亡」（沒人對它感興趣）或被評論及文化評論所代替而還有人執著它不放那種情況，而是指由當代文學理論所指出文學都是「政治性」或「互爲文本」的而仍有人深信它具有特殊屬性那種情況。有關文學不存在的兩種說法，分別參見鄭樹森，《從現代到當代》（臺北，三民，一九九四年二月），頁二一三～二二一；伊格頓（T. Eagleton），《當代文學理論導論》（聶振雄等譯，香港，旭日，一九八七年十月），頁一三四及一八七。

文學美的新發現

——柯慶明的文學美學觀

一

一九八六年，王建元所撰〈臺灣二、三十年文學批評的理論與方法〉一文，曾用六頁的篇幅介紹、評論柯慶明的文學批評理論[1]；一九八八年，李正治所編《政府遷臺以來文學研究理論及方法之探索》一書，曾收入柯慶明一篇分量頗重的〈文學美綜論〉[2]。從兩位學者不約而同對柯慶明的文學批評理論的青睞看來，柯慶明的文學批評理論在當代有其不容忽視的地位。

這不止是因爲他有許多相關的著作[3]，以及所論能自成體系[4]，更是因爲他有異於常人的創見，就是文學美的新發現。後者使得長期以來曖昧不明的「文學知識」，終於有了比較清晰的

「面貌」，可以據爲理解文學或創作文學。這是我們所以選擇他作爲談論對象的主要原因。

在柯慶明的衆多論著中，我們不難發現「文學在做什麼」或「文學是什麼」這類問題是他最常措意的。換句話說，柯慶明的論著幾乎都集中在對「文學在做什麼」或「文學是什麼」這類問題的探討和解答上。因此，我們的討論準備從這裏展開。看他所要解決的問題是怎麼發生的，他又怎樣解決這類問題，而他爲什麼要這樣解決，以及這種解決的根據是什麼❺。

一般美學（或哲學）的論述，不外有三種情況：一是以介紹主要問題及整理代表人物對這些問題的解答爲主；二是批評式的，除了第一種情況的內容外，並且提出了作者的評價和看法；三是創造性的，其主旨在提出對這些主要問題的解答，成一家之言❻。就柯慶明的論述來說，自然屬於後一種情況，而不是前兩種情況。但就我們的論述來說，由於對象的限制，只能是前兩種情況（而且「代表人物」只是柯慶明一人）。而爲了彰顯對方所作論述的「現實意義」，我們不會只做到第一種情況爲滿足。也就是說，我們在整理柯慶明對前舉問題的解答後，還會進一步提出我們的評價和看法。

至於我們的評價和看法怎麼可能，這不必由我們來回答。因爲我們的評價和看法是從我們的詮釋（對方對問題的解答）來的，而我們的詮釋已經隱含了我們的「先期理解」❼，這一「先期理解」既不必也不須具體說出。但有一點是要考慮的，就是當我們的詮釋得不到原作的充分「支持」時，我們的評價和看法勢必缺乏「可靠性」。因此，我們除了要求自己的詮釋儘量跟原作

「相應」，而所提出的評價和看法也有相當的依據，並且還期待他人更精彩的詮釋[8]，以及更有意義的評價和看法（屆時不是修正我們的論述，就是放棄我們的論述）。

二

柯慶明的論述，涵蓋面頗廣，計有文學批評（包括理論批評和實際批評）、文學批評史、文學批評的批評（目前只見批評的實際批評，尚無批評的理論批評）等幾部分[9]，而以文學批評的部分最爲「可觀」。他在理論批評方面，提出了「文學是什麼」的問題；而在實際批評方面，探討了「文學在做什麼」的問題。從問題發生的先後次序來看，「文學在做什麼」的問題要先於「文學是什麼」的問題。但從理解詮釋的角度來看，「文學是什麼」的問題卻先於「文學在做什麼」的問題（前者是理解詮釋後者的前提）。現在我們是從理解詮釋的角度來看，假定他先有「文學是什麼」的概念，才能進行「文學在做什麼」的探索，因此，「文學是什麼」就成了他理論體系中的優先問題，也是我們所要關注的對象。

「文學」一語，通常指文學作品。但以它所涉及的活動來說，還得包括文學作品的創作和欣賞。「因爲文學作品是一個目的性的活動（創作）的結果；同時也爲了另一個目的性的活動（欣賞）而存在，而受到價值的衡量。」[10]然而，當文學作品的內涵（性質）尚未確定前，有關文學作品的創作和欣賞也無從談起。這就透露了「文學是什麼」這一問題的發生，是爲了因應文學作品的創作和欣賞等問題（如果文學作品的內涵問題解決了，文學作品的創作和欣賞等問題也解決了）。這是柯慶明理論中的首要前提。另外，「文學是什麼」這個問題要成立，還需要一個前提，就是文學作品有別於其他作品（如哲學作品、科學作品）。因爲文學作品所用作媒材的語言，原具有多方用途的特性，不加以區別，就無法凸顯文學作品的殊異處。

前面兩個前提，都是「顯而易見」的，這只要讀過柯慶明的著作，應該不難發現。但還有一個「隱藏」著的前提，就不一定人人能察覺了。下面有兩段話，可以供我們尋繹：

往往，我們總是習慣於討論：文學「應該」做什麼？文學「應該」是什麼？而不太在意：文學在做什麼？文學是什麼？之類的問題。因此透過了文學「應該」做什麼的問題，我們的文學討論馬上就可以脫離文學，而進入了各人對於現代世界，或者當今的生存情境，什麼才是最重要的各別「信仰」的表白與爭辯之中。這類表白與爭辯，當然也是重要而具有其獨特的社會、文化上的意義的；但是它們在增進我們對於文學的認識上，其實卻沒有什麼太大的幫助。因為它們雖然憑藉了文學的名義，所談論的其實並不是文學。⑪

文學，正由於它所用作媒材的語言，原自具有多方用途的特性，因此在它的界義上，往往呈現著某種曖昧隱晦的性格，因而往往總是一種懸而未決的爭論。對於文學界義的這類爭論，一種解決的辦法是，以立卽例舉文學所包涵的基本文體形式的方式來闡明：文學就是：詩歌、小說、戲劇……等。……但是在我們清楚明白了詩歌、小說、戲劇……等等文體形式的作品，都是屬於所謂的「文學作品」之後，我們往往並未同樣清楚的了解：在明晰可辨，顯然不同的詩歌、小說、戲劇等文體形式之間，有什麼是我們所可以將它們共同歸諸於「文學」此一名稱之下的因由。……另一種解決的辦法，是強調「文學」的虛構與想像的特徵，希望藉此能够將「文學」自其他的語言作品中區分出來。但是虛構與想像，卻是一種與可經驗的事實對照之後才能成立的概念。……在沒有史實或事實真相的參照之前，我們往往無法立卽確定其是否出於虛構想像，或者只是事實的整理描繪。……所以，虛構與想像的性質，雖然或許存在於大量的文學作品之中，但是，恐怕並不是我們所適於確認為文學之所以為文學的特質。⑫

前一段話是說大家在談論文學時，往往偏離文學的「主體」，而進入各人的世界觀或存在處境的表白和爭辯。後一段話是說大家在區別文學和其他語言作品的不同時，都沒有掌握到文學所以爲文學的特質。從語義來說，後一段話可以涵蓋前一段話（也就是那少數沒有偏離文學「主體」的談論，仍然未嘗把握到文學所以爲文學的特質），而顯出柯慶明個人對於時下談論文學的「不滿」和「遺憾」。

根據以上三個前提，大略可以勾勒出柯慶明的一段「思路」，就是想要解決文學作品的創作和欣賞等問題，必須先解決文學作品的內涵問題；文學作品的內涵，有別於其他語言作品的內涵；而到目前爲止，還沒有人能把文學作品的內涵說清楚，所以這裏要重新來討論。如果不是基於這樣的理由，柯慶明就沒有必要提出「文學是什麼」的問題了。換句話說，如果文學作品的內涵跟文學作品的創作和欣賞沒有必然的關聯，或文學作品的內涵跟其他語言作品的內涵沒有什麼不同，或別人已經把文學作品的內涵說清楚了，柯慶明再提出「文學是什麼」這個問題來討論，就沒有什麼意義了。

大致說來，前兩個前提幾乎是「不證自明」的，但後一個前提就未必是了。這還得看他所提出的「論據」，才能作決定。現在我們就先來檢查他解決問題的過程。

三

柯慶明在檢討有關文學的「實指定義」不能顯示各類文學作品的共同內涵，以及有關文學的「本質定義」尚未點出各類文學作品的共有特質後⑬，他也下了一個「本質定義」：「也許，這種足以使文學作品自其他的語言作品中區分出來的特質，就是，也應該是，它具有一種美，一種其他的語言作品所不具有的『文學』的美：『文學美』。」⑭這種「文學美」，不是科學或哲學上的「邏輯嚴謹的美」，也不是藝術上的「形式的美」，而是一種跟「內容」配合了之後的現象或屬性。「這種『內容』，在我們不考慮到它是否達成『文學美』的效果，或者它所達到的『文學美』的程度大小，而純粹從現象與描述的觀點來考察時，或許我們可以說使文學不同於其他的語言作品的，正在它是一種生命意識的呈現，而其他的語言作品則否。」⑮這裡他把「生命意識的呈現」當作文學作品的內涵，以有別於其他的語言作品；而把跟這種內涵配合後的現象或屬性看成「文學美」，以顯示文學所以爲文學的特質。

不論柯慶明本人在論說時是不是有語病⑯，我們都可以清楚的看出他所說的「文學」和「文學美」是不同的。前者以「生命意識的呈現」爲基本「內容」（又分爲「情境的感受」和「生命的反省」兩種根本的型態⑰），後者以「生命意識」的「昇華」爲基本意義⑱。雖然如此，「文學」和「文學美」還是分不開的。理由是「文學美」不得不建立在「文學」之上。我們先來看一段話：

所謂的「生命的反省」，事實上正是一種基於「情境的感受」中對情境狀況與自我反應的同時感知，而發展出來的更進一步的對於自我與世界之適當關係的尋求；這種尋求裏包涵了認識與決定，對於自我與世界之已有或可能關係的認識，以及其適當——亦即願意成有關係之決定。這種認識，必然是一種存在自覺；這種決定，性質上則是一種倫理抉擇。⑲

他從「生命的反省」中，又就它跟具體行動的關係而更區分為「存在自覺」和「倫理抉擇」兩種不同層次的省識。「所謂『存在自覺』，在這裡指的是不僅意識到我們是生存於與當前的某一特殊情境的連結之中，並且同時意識到我們生存在世界之中的最為基本的生存境況：我們活著，同時會死。」⑳而「倫理抉擇」，則是「對於自我與世界之已有或可能關係的認識」後，進一步「掌握一己生命的抉擇」㉑。由「存在自覺」轉向「倫理抉擇」，就是他所說的「生命意識」的「昇華」。因此，文學的直接目的，「在塑造某種特殊的經驗，同時掌握該一經驗的倫理意義，而呈現為一種生命意識的昇華歷程」㉒；而其最終的目的，「在促醒讀者反觀自己的生命，沈思人我同具的人性潛能，諦念人類共同的命運而有所自覺，因而更能把握生命實踐的種種途徑的眞實意義，而終於能夠開創他自己的充實豐盛的美好人生。」㉓總之，「文學美的最終層次，總是涉及生命的倫理意義的發現或提出的」㉔；而這一倫理意義的發現或提出，對作者來說是一種「經驗歷程」的塑造（追求自我生命意識的提昇），對讀者來說是一種自我生命的覺醒和開展。

很顯然，柯慶明在解決「文學是什麼」這個問題時，是把它放在眾語言作品中考慮，而以文學具有一種美（文學美），作為區分文學和其他語言作品的不同㉕。而他所說的文學美，不止是其他語言作品所欠缺，也是其他藝術作品所欠缺。文學就在這裏顯現它的獨特本質。

四

在柯慶明的觀念裡，文學是人類繼續在進行而有特定目的的活動，而不是一種自然的既成現象。「因此，卽使我們對於所謂文學作品的「內容」，從現象與描述的觀點，有一種初步的認識，事實上我們仍然未能算是眞正把握了文學之爲文學的特質。因爲一切人類的活動基本上都是目的性的，只有透過其所以活動的意圖的掌握，否則我們並不能眞正對此活動得到充分的了解。……這種意圖，我們確信，一如本文起始所述的，乃是在於一種『文學美』的追求。」[26] 文學活動在於追求「文學美」，而「文學美」不同於其他語言作品的美（如邏輯嚴謹美之類），必須透過比較來「貞定」它，所以有了上述的作法。

不過，區別「文學美」和其他語言作品美（甚至其他藝術美），還不是他的目的（只是手段），他的目的是要解決文學的創作和欣賞等問題：

> 文學，不只是一種物品，當我們了解它的永不可忽略的真正性質，乃是一種人類繼續在進行中的活動時，那麼擺在我們面前的真正與文學有關的兩端，就只是文學作品的創作與欣

賞了。我們所作的一切對文學作品的討論，其實真正論述的都只是我們對於文學作品的創作或欣賞的經驗，而不是那作為媒介客體的文學作品。雖然基於語言的方便省略，我們習慣說某某作品如何；但事實上未經創作或欣賞心靈所經驗的文學作品的客體，假如不是不存在，至少是不具任何文學意義的。㉗

雖然「文學美」是透過文學創作和欣賞的經驗所「加諸」媒介客體的，對媒介客體本身並無意義（只對創作者或欣賞者有意義），但是媒介客體未經這一「塑造」過程，往後的文學創作和欣賞將無所「憑依」。因此，先就「文學美」的現象加以描述或論說，是絕對有必要的。

對於「文學美」有這一初步的認識後，就可以從創作的立場來談「文學美」的追求。首先，他又把「文學美」的性質，分為三種層次：

「文學美」的性質，事實上正包涵了彼此相關但並不完全相同的三種層次的素質：首先是文字型構的諧律，造句遣辭的靈巧與優美。這往往正是詩歌或駢體文一類的作品所具的最顯著的效果。其次則是作品所描寫的「經驗歷程」中所蘊涵的經驗的「直接意義」的變化與豐富。這正是一切「有個故事」的文學類型：史詩、小說、戲劇等等的表現基礎。……最後則是透過文字型構與「經驗歷程」以表出的觀照生命的「智慧」，一種生命的倫理意

義的發現與提出。㉘

理論上，「文學美」可以分為這三個層次；實際上，「文學美」是一體呈現的（前兩個層次不能脫離後一個層次而各別構成「文學美」）。這也就是前面所說的「文學美」是「一種跟『內容』配合了之後的現象或屬性」的意思所在。其次，他就把這種能體現觀照生命的「智慧」的「文學美」，當作文學創作的目標：

> 這種觀照生命的「智慧」，事實上永遠表現在對於「自我與世界的關係」的「發現」與「決定」上。……通常這正是一種對於永恆人性的回歸，而朝向人類全體命運的承擔和締造的努力。在其中不可少的，永遠是對於人性可能的深邃洞察，人類生存的基本情境的充量了解。而涵攝著這同時既是沈潛，又是廣大的兩個向度的「智慧」，正是一種高度開展了的「生命意識」。透過了這樣的「生命意識」，各別的經驗也才能被納入一種「經驗的秩序」中，而顯現為一種具有「全體意義」的「經驗歷程」。這樣的「全體意義」不論是暗含或者明說，不論是蘊藏在「經驗的歷程」中，或者藉著優美的語言直接表出，總之，它永遠取決於作者在創作之際所能到達的「生命意識」的高度。因為高，所以才有深與廣。一個文學作品的感人，正因為它的能夠訴諸我們內在的深刻人性，而它所反映的外

在世界廣大豐富。……文學美，就創作的心靈狀態而言，正是一種「生命意識」的「昇華」。㉙

在這裡「文學美」成了文學創作所以必要的唯一因素（反過來說，去掉了「文學美」，也就無所謂文學創作了）。這是柯慶明以「文學美」界定「文學」的一個用意。

再從欣賞的角度來看，「文學『欣賞』，並不完全等於文學作品的閱讀、觀看，或聆聽；雖然文學欣賞必須透過某種具體的外在途徑去領會文學作品。但是正如文學『創作』並不就是一種文學作品的書寫，基本上它是一種具有特殊性質的心靈活動。」㉚換句話說，文學欣賞是對於已經體現的「文學美」的追求。它跟文學創作有某種程度的類似性：

基本上它們都是一種具有美感意義的複雜的心靈活動。事實上我們可以說，文學「欣賞」是一種對於文學「創作」所要透過語言加以捕捉的精神狀態的，透過語言的再捕捉。……文學「欣賞」所指向的正是一種與文學「創作」相同的目標。正如作者在「創作」中透過的塑造，追求自己的生命意識的提昇；讀者透過語言的領會，在「欣賞」中追求的，其實亦是一種自我生命的醒覺與開展。㉛

正因爲文學欣賞跟文學創作同具有美感意義的心靈活動（不同於普通的閱讀、觀看，或聆聽），所以才要詳述「文學美」的性質，來「保障」文學欣賞的可能性。這是柯慶明以「文學美」界定「文學」的另一個用意。

五

從許多跡象看來，柯慶明很有意要建立一套文學批評（理論批評）的體系。這套體系包含文學作品、文學創作和文學欣賞三個範疇。其中又以文學作品一個範疇最爲基本（其他兩個範疇都要依據它來展開）。它可以單獨構成一套「知識」，就是有關人類自覺精神（生命意識）的經驗。而實際的文學批評[32]，就以闡釋、整理、統合這套「知識」爲任務：

在比較積極性的意義下，文學作品本身就是一種知識的傳達，它自身的創造過程中，原就已經涵蘊了一種知識探求的活動；文學批評只是對於這些知識成果的進一步的統整和闡發，正如傳疏的之於經籍或哲學學者的闡釋哲學家的原創的哲學著作一樣。在比較消極性的意義下，文學作品只是可供知識探討的原始材料，知識探討的活動，只存在於文學批評的知識探索中。……雖然文學批評的性質可以因上述積極或消極性的意義的不同而有所不同。但這只是作為知識之探討活動所取的立場的不同，文學批評的探究活動的立場的不同。這兩種不同程度、層次的意義並不必然彼此排斥。特別是在前者為真的情形下，它依然不妨礙後者的恆真。㉝

因此，文學作品所提供給讀者（或批評者）知識的可能性，顯然具有以下三個層次：「一、主體經驗的語言表達與溝通的可能性，二、精神的種種變化或提昇的可能性，三、生命意義與生活的種種的抉擇的可能性，之探索所綜合而成的特殊的知識範疇。」㉞而讀者（或批評者）也要具有「不僅是對語言的多種層次的信息能有充分的反應，更重要的是能夠經由想像在『設身處地』之餘，『身歷其境』的參與語言陳述所指涉的情境，而對於該情境與發一種既入乎其內，又出乎其外的主體性的覺知。」㉟總之，「文學批評作爲知識的性質，並不是一種『歷史知識』，而是與『文學作品』的知識尋求相同的，是：一種以人類的主體性覺知，以及基於此種覺知而有的存在與倫理意義的探索——因此也就是人類『精神』的眞實的開展——爲範疇的知識，爲了方便我們可以稱之爲：『文學知識』。『文學知識』的進展，才是文學批評的最終的考慮與關心。」㊱

很顯然柯慶明所「期待」的實際批評，完全是根據他的理論批評來的。而有關他在理論批評中所作的論述（尤其是對於文學的界說部分），到底是依據什麼而成立的，我們也很想知道。

從文學被視爲是一種以語言爲媒材的藝術開始㊲，它結構語言的目的，就跟繪畫的結構形色、音樂的結構聲響、舞蹈的結構律動等相同㊳。但是它卻有迥異於其他藝術的特質，就是它的媒材是一種象徵性的符號（語言），而不是可以直接訴諸感官的感覺基料。因此，「文學雖然總是在構作上兼顧或尋求形式的美感，但卻無法像其他的藝術，產生純粹的以追求形式美感爲目的的作品。……這使得文學的直接目的，和其他的藝術比較起來，就只局限於模擬對象或表現情感，也就是陸機〈文賦〉中所謂的『體物』與『緣情』兩類了。」㊴這兩類藝術（模擬對象或表現情感）結構媒材的目的，「都是在表現對於某些事物的感受；而這種感受自然又是指的是人性，也就是人類的生命性……簡而言之，就是通常所謂的：生命的感受。」㊵而當我們確認這兩類藝術所反映的是我們的生命感受時，其實也肯定了文學的直接目的在呈現我們的生命意識。「因爲語言作爲一種符號系統的特質，它所代表的正是我們的意識，也就是意義化了的感知。當我們將經驗或感受加以語言化，我們正是將我們的感知意義化，而使它轉化爲一種明顯的意識。就在這一點上，文學呈示了它的迥異於其他藝術的特質：當某些其他的藝術，可以就它所觸及的感覺領域去追尋該領域中的純粹美感形式時，文學卻沒有這種獨具的感覺領域；但是其他的藝術只能反映或表現生命感受之際，文學卻可以將這種生命感受意識化，使它具有意義的體認而成爲一種生命意識的呈露。」㊶就因爲文學能將生命感受意識化，才有別於其他藝術，而自成一個領域。可見柯慶明所作論述的依據，就在藝術各類別的理論分判上（至於文學跟其他語言作品的不同問題，由於有「藝術」在範圍文學，已經足以看出彼此的差別，就不必再多加證明了）。換句話說，在理論上藝術各類別的表現方式，只有文學可以把生命感受意識化，必然能「摶成」本身獨特的性質。因此，「文學是生命意識的呈現」這一定義，也就能「通行無阻」了。[42]

六

柯慶明從現象和描述的觀點，確認了「生命意識」的呈現爲文學的內容，並且分辨這種「生命意識」可以因其階段發展的不同，而區別爲「情境的感受」和「生命的反省」兩種形態。在「情境的感受」這一階段裏，又因其意識對象的性質，而辨析爲「情境狀況的覺知」和「自我反應的覺知」兩種不同形態的知覺。在「生命的反省」中，又就它跟具體行動的關係而區分爲「存在自覺」和「倫理抉擇」兩種不同階層的省識。「這種種的論析，除了企圖對於一般所謂『文學』作品的內容，在理論上提出一種具有描述性質的照明之外；事實上更希望能夠就此論辨，發展出一套有效而足以應用於討論文學作品之內容的概念架構，以作爲對具體作品的實際分析與掌握的工具。」[43]

現在我們不管運用這套概念架構去分析具體作品的成效如何，只從這套概念架構本身來看，就頗有耐人尋味的地方。首先，他以凡是能反映「生命意識」（不論只有「情境的感受」或連帶「生命的反省」）的作品，就可以稱爲「文學」；而以能達到「生命意識」的「昇華」狀態（就是由「生命的反省」中的「存在自覺」轉向「倫理抉擇」）的作品，才構得上「文學美」。顯然「文學美」不是「文學」的必要條件，也不是「文學」的充分條件（只能是規範條件）。這就會使他想以「文學美」界定「文學」的努力落空。其次，他把「文學」視爲是「生命意識」的呈現，這固然可以徵得已經存在的部分文學作品的「印證」，但是在文學類別（或文學指涉的對象）沒有確認前，「文學是生命意識的呈現」只能是規創定義，而不是事實定義。這也會使他所標明的「從現象和描述的觀點來論述」，成了語言的弔詭（事實上他無法窮盡文學的現象）。再次，他讓「文學」只「承受」創作者的「生命意識」，而實際批評也以發掘此一「生命意識」爲鵠的，卻忽略「文學」隱含的創作者所未自覺的個人欲望和信念或社會價值觀和社會關係。這也會使他所陳述的理論出現「偏枯」的現象。因此，我們想要知道他的理論的價值，就必須先解消他所使用語言的「矛盾」，才有可能。

如果我們不執著「文學美」和「文學」這兩個概念的「分合」關係，就他所殷殷致意的「文學具有一種美」來說，它的命題「文學美在於含有主體性覺知，可以促進人類『精神』的開展」，要比既有的任何一個命題有啓發性。在這一點上，他自然可以「聲稱」別人對於「文學是什麼」這個問題的解答，都不盡理想。只是他的理論還有一些他所不自覺的難題存在，如人類藉由文學從事存在和倫理意義的探索，要如何保證它是沒有偏差的；而對於那潛在的個人欲望和信念或社會價值觀和社會關係[44]，又要如何看待它（給予必要的「安頓」），他都沒有進一步加以反省。

因此，「文學是生命意識（主體性覺知）的呈現」，只是柯慶明為「文學是什麼」這個問題所找到的暫時解答（即使是暫時解答，也已具有「里程碑」的意義）㊺，而不是最後的定論。人類終究要繼續追問（探討）「文學是什麼」（或文學美是什麼），直到不存在文學為止。

（本文原發表於淡江大學中國文學研究所主辦第四屆「文學與美學學術研討會」）

注釋：

❶ 見賴澤涵主編，《三十年來我國人文及社會科學之回顧與展望》（臺北，東大，一九八七年四月），頁一〇八～一一三。

❷ 見李正治主編，《政府遷臺以來文學研究理論及方法之探索》（臺北，學生，一九八八年十一月），頁五一～一〇九。

❸ 柯慶明已經出版的文學評論集，有《一些文學觀點及其考察》、《萌芽的觸鬚》、《分析與同情》、《境界的探求》、《境界的再生》、《文學美綜論》、《現代中國文學批評述論》等。

❹ 王建元說：「柯氏的文學批評理論自成體系，解決了很多前人遭遇到的困難，和處理了一些理論上的爭辯……。」（見注❶所引賴澤涵書，頁一一一）

❺這個討論模式，來自朱光潛（見朱光潛，《西方美學史》（臺北，漢京，一九八二年十月），〈序論〉，頁一二）。為了方便論說，我們作了少許「調整」。

❻參見劉昌元，《西方美學導論》（臺北，聯經，一九八七年八月），〈自序〉，頁一。

❼「先期理解」是詮釋所以可能的一個重要條件（另外一個是「興趣」）。參見張汝倫，《意義的探究》（臺北，谷風，一九八八年五月），頁一〇五～一一〇；霍伊（D. C. Hoy），《批評的循環》（陳玉蓉譯，臺北，南方，一九八八年八月），頁一一三～一四二。

❽所謂更精彩的詮釋，是指相對我們的詮釋來說，具有更高的相互主觀性（能獲普遍認同）。這不論是西方近代所發展出來的一般詮釋學（包括哲學詮釋學、方法詮釋學、批判詮釋學）或今人所發明的創造詮釋學（從現象學、辯證法、實存分析、日常語言分析、新派詮釋學理路等等現代西方哲學之中較為重要的特殊方法論之一般化過濾，以及其與我國傳統以來的考據之學與義理之學，乃至大乘佛學涉及方法論的種種教理之間的「融會貫通」），都保證了它的可能。有關創造詮釋學，見傅偉勳，《從創造的詮釋學到大乘佛學》（臺北，東大，一九九〇年七月），頁一～四六。

❾文學研究的範圍，包含文學史、文學批評（包括理論批評和實際批評）、文學批評史、文學批評的批評（包括批評的理論批評和批評的實際批評）等四部分，柯慶明大多涉獵了。有關文學研究的範圍，參見劉若愚，《中國文學理論》（杜國清譯，臺北，聯經，一九八五年八月），頁二～三（劉書把前兩部分視為文學研究，後兩部分視為文學批評研究。這種區分沒有多大意義，還是統稱文學研究，比較不會割裂文學批評和文學的關係）。

⑩ 見柯慶明，《文學美綜論》（臺北，長安，一九八六年十月），頁一。

⑪ 同上。

⑫ 同上，頁一一～一三。

⑬ 「實指定義」和「本質定義」是兩種常被人使用的定義法（參見勞思光，《哲學淺說》（香港，友聯，未著出版年月），頁一五～一九）。柯慶明所檢討的兩種文學定義，就是分屬「實指定義」和「本質定義」。

⑭ 同注⑩，頁一三。

⑮ 同上，頁一四。

⑯ 如他以「生命意識」的有無，來區別文學作品和其他語言作品，已經足夠了，不必再攪進一個「文學美」相湊合（他在前後兩段話中，各用了「文學美」和「生命意識的呈現」，來顯示文學作品不同於其他語言作品）。因爲「文學美」是比「文學」進一層的概念，不須由它來「擔負」跟其他語言作品區分的任務。還有他以「文學美」來界定「文學」，也很「詭異」，眞讓人不解這怎麼可能。

⑰ 柯慶明說：「我們以爲『生命意識』事實上包涵著尚可加以區分的兩種類型的意識。它們各爲生命意識之完整的呈現所不可或缺的條件。其一是時空中的具體情境的意識；其二爲意識者的自身意識。……因此生命的意識，其實就是這種生命自身與時空中具體情境的連結的意識。這樣的連結的意識，就一般的文學現象考察，往往呈現爲兩種連續而性質不盡完全相同的階段：初步發生的階段與充分開展的階段。……我們各別分稱這兩種階段的意識爲：『情境的感受』與『生命的反省』。『情境的感受』與『生命

的反省』正是生命意識的兩種根本的型態；事實上也正是一般文學作品的根本『內容』。」（同注⑩，頁一五）

⑱ 同上，頁三〇。

⑲ 同上，頁一六～一七。

⑳ 同上，頁一七。

㉑ 同上，頁一八。

㉒ 同上，頁七。

㉓ 同上，頁二一。

㉔ 同上，頁四五。

㉕ 在別的語言作品中，以哲學和文學最爲接近，但彼此還是有相當大的差別：「文學的這種對於倫理意義的關切，和哲學不同：並不只在於文學必須同時是一種藝術表現；或者文學不討論倫理判斷的一般問題，基本架構，或不尋求發展出一套謹嚴周備的倫理體系；更在於文學所直接表達的永遠就是一種獨特的、實質的倫理判斷。而這種文學所表現的倫理判斷永遠不是懸空的普遍的命題；卻永遠是緣生於某一特殊人生經驗、某些獨特的人格形相，並且呈現爲某些獨異的生命抉擇。」（同上，頁七）

㉖ 同上，頁二八～二九。

㉗ 同上，頁二九。

㉘ 同上，頁四五。

㉙ 同上，頁四五～四六。

㉚ 同上，頁四六～四七。

㉛ 同上，頁四七。

㉜ 就柯慶明的分類來說，實際批評是指狹義的文學批評（廣義的文學批評還包括理論批評和文學史）。這有別於文學欣賞，「當我們不能『欣賞』的時候，我們就開始了『批評』。……『批評』基本上是一種受了挫折的『欣賞』的渴望。這種『挫折』或許來自於作品本身的不值得去『欣賞』；或者來自於讀者的未能在作品引導之下，進入作者精神的堂奧。批評的寫作者，只有透過自己的能够『欣賞』才能在他的批評中幫助讀者克服他們的未能『欣賞』；只有透過他自己的極高的『欣賞』能力，才能在『欣賞』的經驗之中，發覺作者的創作精神所未能超越或突破的障蔽，而能指明作品的缺失。但是這一切的所作所爲，都應該基於『欣賞』，也爲了『欣賞』。」（同上，頁六三～六四）不論文學批評和文學欣賞是否可以這樣截然劃分〔像王建元就曾指斥這種劃分沒有什麼道理（見注❶所引賴澤涵書，頁一一一～一一三）。此外，開頭那兩句話也很費解〕，我們都不能忽略文學批評在柯慶明論述中的特殊地位。

㉝ 見柯慶明，《境界的探求》（臺北，聯經，一九八四年三月），頁一一～一二。

㉞ 同上，頁一七。

㉟ 同上，頁一六～一七。

㊱ 同上，頁二八。

㊲ 見康德（Kant），《判斷力批判》（宗白華、韋卓民譯，臺北，滄浪，一九八六年九月），上册，頁一

七二。

㊳ 柯慶明說：「這些藝術，就既存的作品看來，它們結構媒材的目的約可分爲三類：一是模擬對象，例如繪畫的寫生、舞蹈的模仿禽鳥等狀；二是表現情感，例如通常所謂的哀歌喜舞、頌曲靈樂等；三是純粹形式美感的追求，例如抽象畫以及表現抽象樂念的音樂等。這三類藝術結構的目的，在文學的語言構作裏自然都是存在的：詩歌或駢文的講求對仗叶律，自然是純粹形式美感之追求的結果；使用意象、比喻或者描寫具體情境，當然是一種模擬對象的努力；文學的抒情性質，更往往是我們據以區分，特別在散文的場合，文學與非文學的根據。」（同注⑩，頁二）

㊴ 同上，頁三～四。

㊵ 同上，頁四。

㊶ 同上，頁五。

㊷ 這跟第三節所說的並沒有衝突。柯慶明以「生命意識」的有無，來區分文學和其他語言作品，這是就同爲語言成品必要的考慮。但是最後還得通過各類別藝術的考驗，才允許文學特立獨行。因此，藝術各類別的理論分判，就成了他定義文學的「最後」依據（雖然他仍以「生命意識」作爲文學的內涵）。

㊸ 同注⑩，頁二二。

㊹ 人類任何一項「作爲」，不全出於自覺，那潛在的個人欲念和歷史文化及社會環境等，也在對它起作用。參見沈清松，〈解釋、理解、批判——詮釋學方法的原理及其應用〉，收於臺大哲學系主編，《當代西方哲學與方法論》（臺北，東大，一九八八年三月），頁三〇～三一。

㊺ 李正治稱它爲「以生命意識爲中心的文學理論」（見李正治，〈四十年來文學研究理論之探討〉，刊於《文訊》第七十九期（一九九二年五月），頁八），頗能概括此一理論的旨意。此一理論比起「以情感爲中心的文學理論」、「以情性爲中心的文學理論」等既有的理論要具體而能使人信服。

十年來海峽兩岸文學交流的省思

一

一九七九年五月，大陸「文革」後的「傷痕文學」，正式引進臺灣，掀起第一階段的「大陸熱」❶；大陸的《當代》、《上海文學》、《長江》、《清明》、《十月》、《新苑》、《收穫》、《作品》、《安徽文學》等雜誌，在本年相繼刊登白先勇、聶華苓、於梨華、楊青矗、李黎、王拓、鍾理和等人的作品，大陸文壇爲之轟動❷；海峽兩岸中斷了三十年來的文化交流，終於由文學作品的流通而有了轉機。

一九七九年底，北京人民文學出版社推出《臺灣小說選》和《臺灣散文選》，一九八〇年四月，再推出《臺灣詩選》，這是繼刊登作品後，一系列出版選集的開端。此後刊登臺灣文學作品的期刊，總數有七十多家，而出版臺灣文學作品的出版社也有二十多家❸。由於臺灣文學作品在大陸的流傳越來越廣，從八〇年代以來，大陸就掀起一股臺灣文學研究的熱潮，對臺研究機構也陸續的設立，如厦門大學的「臺灣研究所」、「中國社會科學院」的「臺灣研究所」、暨南大學的「中國當代文學學會·臺港文學研究會」、中山大學的「港臺文學研究所」、南開大學的「臺灣研究所」，以及標榜全國性、民間性的「臺灣研究會」、復旦大學的「臺港文學研究室」、北京大學的「臺灣研究會」等，另外各省的社會科學院也有臺灣研究所。至於開設臺灣文學專題課程，或將臺灣文學列入中國現、當代文學教學的高等學府，也有五、六十所之多❹。一九八二年起，大陸每隔兩年舉辦一次「臺灣香港文學學術討論會」，第一屆在暨南大學舉行，第二屆在厦門大學召開，會後都彙集部分論文，出版《臺灣香港文學論文選》。第三屆擴大爲「臺港與海外華文文學學術討論會」，在深圳大學召開，會後也彙集部分論文，出版《臺灣香港與海外華文文學論文選》。三屆會議共發表論文一六五篇。從一九七九年以來，大陸研究臺灣文學的專著約有六、七十種，論文也有四、五百篇之多❺。

至於臺灣，則分兩個階段引進「文革」後的大陸文學作品。第一個階段是從一九七九年五月到一九八三年底的「傷痕文學」作品❻，第二個階段是從一九八四年六月以來的「先鋒文學」（如朦朧詩）❼、「反思文學」、「改革文學」、「尋根文學」、「鄉土文學」、「民俗文學」、「探索文學」、「軍事文學」、「報告文學」等作品❽。後一階段，在臺灣出版的大陸文學作品，至少在七十部以上，有關的報導和評論的文章，也在三百篇以上[9]。一九八八年五月，《文訊》和《聯合文學》雜誌社，假臺北市「文苑」舉辦「當前大陸文學研討會」，發表三篇論文[10]，並舉行座談，討論有關大陸文學的種種問題[11]。可見海峽兩岸都在積極探取對方的文學訊息，一場競賽已無法避免。

二

說這是一場競賽，主要是指文學研究而言[12]。文學研究的競賽，有兩種涵義：一種是雙方在各自領域裏研究的較量，一種是雙方在對方領域裏研究的較量。而這二者又互爲關連，也就是說在各自領域裏研究和對方領域裏研究，最後都是爲了比較彼此研究的成果，而爭取對自己或對對方文學評價的自主性或發言權。在現階段，我們約略可以看出這一場競賽的初步結果。如大陸「文革」後所出現一系列的文學潮流，兩地學者都在爲文討論，但是臺灣的學者大多還停留在「探索」和「評析」的階段，而大陸的學者已跳開這個格局，對它發出了「預期」。前者如康白〈近十年來的中國文學〉、陳信元〈大陸「新時期」文學綜述〉、葉穉英〈當前大陸文學思潮試探〉、瘂弦〈大陸文學的變貌——十年來各類別文學代表作及其風格〉[13]、周玉山〈中國大陸的傷痕文學〉、陸以霖〈大陸的文學尋根熱〉、蔡源煌〈從大陸小說看「眞實」的眞諦〉、張錯

〈朦朧以後：大陸新詩的動向〉、陳信元〈文革後的大陸散文〉等[14]。由於「探索」的過程，總有缺漏的遺憾，而「評析」的結果，也難免忽略作品背後的歷史環境等因素，所以成績平平。依照目前的情況看來，如果不能改採比較完整的觀照，將來恐怕爭取不到對大陸文學的發言權。至於後者，稍早張炯等《新時期文學六年》、陳遼《新時期的文學思潮》、周敬等《現代派文學在中國》、繆俊杰《新潮啓示錄》等[15]，除了探討「新時期」文學的流變，肯定現實社會對於文學的影響，也注意到西方現代派思潮的衝擊，使文學產生了質的變化；不過，他們這種看法，跟外界的看法，並沒有太大的差異，也就是說他們只能就現象來考察文學的變化，而不能深入去探討這種變化具有什麼意義。稍後有人發現從文學與現實這個角度來考察、研究中國文學，不免流於模式化；而從西方現代派思潮的影響來考察、研究中國文學，也沒有觸及到它的重心。李陀〈當代中國文學的「先鋒」與「尋根」〉就說：

> 這十年（一九七七年～一九八七年）的變化不是一般意義上的變化，而是一場十分深刻的文學規範的革命，一場或許是全部中國文學史上變革最激烈、影響也最深遠的規範革命，其意義甚或在五言詩替代四言詩、白話文替代文言文這些變革之上。……這場變革於幾年之中根本改變了中國文學的格局，不僅使許多年來形成的現實主義至上這一作法，無論從觀念上還是從實際創作上都被打破，現實主義已經失去了那種君臨一切的特殊地位，而且

文學的反省已經深深觸及「文以載道」這一古老的命題。年輕一些的作家、批評家在把它當作一種中國人的深層文化心理批評的同時，大多數人都傾向於對文學的品質、功能這類問題的認識要實行多元化，而不必定於一。……總之，中國大陸文學經歷了一場巨變，早已不復當年。

像這種從受西方現代派思潮影響而造成文學規範革命的角度來探討中國大陸文學，並預期到它的發展，恐怕要具備相當的識見⑯。如果臺灣學者不能了解大陸學者的看法，而只顧埋首作一些隔靴搔癢式的研究，不但會拘限自己的視野，還可能培養不出什麼能力去跟人家競賽。

又如臺灣現、當代文學，兩地學者都在注意，但是大陸的學者在公家所設研究機構裏有計畫的研究，已有頗爲可觀的論著，而臺灣的學者仍然一如過去各自作一些零散的研究，成績還不夠理想。前者如封祖盛《臺灣小說主要流派初探》、流沙河《臺灣現代派小說評析》《臺灣詩人十二家》、王晉民等《臺灣與海外作家小傳》、汪景壽《臺灣小說作家論》、武治純《壓不扁的玫瑰花——臺灣鄉土文學初探》、黃重添等《臺灣新文學概觀》、王晉民《臺灣當代文學》、古繼堂《柔美的愛情——臺灣女詩人十四家》、黃重添《臺灣當代小說藝術采光》、白少帆等《現代臺灣文學史》、包恆新《臺灣現代文學簡述》、古繼堂《臺灣新詩發展史》《臺灣小說發展史》、翁光宇等《臺港文學概況》、張默芸《臺灣女作家評傳》、潘亞暾《中華文學光耀四海

——臺灣及海外華文文學散論》，以及前面所述三册《臺灣香港文學論文選》等[17]。這些論著中，有的是對作家、作品的推介；有的是對作家的綜論，以及對文學現象、流派、思潮的歸納、描述和剖析；有的是總結性的文學史和類文學史；涵蓋面之廣，數量之多，在在令人稱奇。至於後者，在專著方面，以文類爲探討對象的居多，如高天生《臺灣小說與小說家》、李春生《詩的傳統與現代》、鄭明娳《現代散文縱橫論》《現代散文類型論》[18]；在文學史方面，只有葉石濤《臺灣文學史綱》[19]。此外，多爲單篇論文，數量難以估計[20]。近年來也出現一些綜合性的反省的文章，如李瑞騰〈理想、熱情與衝動——現階段臺灣的青年文學〉、李祖琛〈期待文學新環境的建立——歷史巨變前夕的臺灣文學〉、蔡源煌〈臺灣四十年來的文學與意識型態〉、呂正惠〈臺灣文學的浮華世界——一九八八年的觀察〉、李祖琛〈當代臺灣作家定位問題的幾點探索〉、呂正惠〈七、八十年代臺灣現實主義文學的道路〉等[21]。大致看來，臺灣學者在文學史和類文學史的研究遠不如大陸學者。這是就量的方面來比較，如就質的方面來比較，我們會發現大陸學者也犯了臺灣學者看大陸文學一樣不能完整觀照的毛病，甚至還有偏差的觀念，像大陸學者習慣將臺灣文學的主要流派二分爲「鄉土派」和「現代派」，而在評論中往往是贊揚「鄉土派」爲「進步的、健康的」，而貶抑「現代派」爲「落後的、腐朽的」[22]。這種說法對臺灣學者來說是很難想像的。換句話說，大陸學者以大陸的「政治尺度」來衡量臺灣文學，處處顯得扞格難通。近年來稍有轉變，能擺脫「意識型態」的包袱，而從多重角度來看待臺灣文學。但是大陸學者受限於本身的經驗，對臺灣社會、經濟、政治各方面欠缺相應的了解，以至對臺灣的某些文學活動不免作出錯誤的評估，像古繼堂的《臺灣新詩發展史》和《臺灣小說發展史》㉓頗爲強調不帶任何框限、完全從文學出發的純客觀的評斷，卻不免譏斥五〇年代的戰鬥文學爲「反共八股」，而漠視其歷史背景及其意義；又把鄉土文學的崛起，視爲「愛國主義」、「民族主義」高漲的結果，而不知其「愛國主義」、「民族主義」的涵義已產生了變化。如果這種情況不能改善，也會造成將來溝通上的障礙，而喪失競賽的意義。雖然在研究的觀念和方法上，臺灣學者略勝大陸學者一籌，但是大陸學者勤奮的研究態度和豐盛的著述成果，已使海外學者刮目相看，以至留意此間狀況的人，不免要發出「總有一天，國際性的臺灣文學研討會，將在中國大陸召開」㉔的警告，以及「臺灣面對大陸研究的現況，再不做出因應，未來趨於繁絡的國際性臺灣文學研討會，臺灣必定會喪失發言權」㉕的感慨！

三

爲什麼會這樣？這得從十年來海峽兩岸所發生的變化來觀察，才會有比較深入的了解。先看大陸方面，一九七六年九月，毛澤東去世。次年，逮捕四人幫，象徵文化大革命的告終。一九七七年八月，中共召開十一全大會，正式宣布文革結束，並展開揭批四人幫的運動。一九七八年十二月的十一屆三中全會起，華國鋒逐漸被架空，中共進入了鄧小平時代。四人幫垮臺後，中共當局為了轉移民憤，以示自已有別於前兇，一度允許大陸各地設立民主牆，並鼓勵追述文革罪惡的「傷痕文學」出現[26]，然後接著產生「先鋒文學」、「反思文學」、「改革文學」、「尋根文學」、「鄉土文學」、「民俗文學」、「探索文學」、「軍事文學」、「報告文學」……風起雲湧，使大陸文壇出現前所未有的熱鬧景象。正如李陀所說這是一場文學規範革命的開始，它標誌著突破從一九四二年毛澤東在延安文藝座談會上的講話以來文學一直淪為政治工具的困局，轉向追求文學本身獨特、豐富的生命的新旅程。當然，實際情況並不盡如李陀所說的那麼樂觀，政治的陰影仍然籠罩著許多作家的心靈，有的逃避「現實」，到窮鄉僻壤、叢山峻嶺去「尋根」，以至各種「尋根文學」大行其道；有的競相「求新」，在外國找「祖師爺」（抄襲西方現代派的作法），作為生存的掩護，以至到處充斥著朦朦朧朧的「先鋒文學」[27]。這不一定是有意識的要去向舊有的文學規範挑戰，而是共產主義的夢魘未除，毛澤東時代的文藝政策還束縛著人心[28]，不得不走上這條路。大陸學者面對這些作品，有的持肯定的態度，有的持否定的態度，彼此有過不少的爭論[29]，但是都不便正面去碰觸背後那深深影響著文學走向的文藝政策。通常文藝政策都隨著政治改變而改變，而大陸的政治一日不翻新，文藝政策就一日不變動，作家和學者也一日不能「暢所欲言」（除非他不怕腦袋搬家）。這種使學者不能「暢所欲言」的情況，也發生在臺灣文學的研究上。一九七九年元旦，葉劍英代表全國人大常委會發表〈告臺灣同胞書〉，提出和平統一的口號，採取對外開放政策，以期早日實現所謂「祖國統一大業」。大陸對臺灣文學的研究，隨著這種對外開放政策的推進而急速的發展。從作品的轉載，到系統化的研究，遠比對大陸文學的研究還要積極。只是大陸所以介紹和研究臺灣文學，基本上是爲了達到「祖國統一」的最終目的。因此，大陸所出版的臺灣文學作品的選集或研究專著，在序文或後記中，大多免不了「政治掛帥」一番，而內文也不時流露含有「政治意味」的評論㉚。雖然臺灣文學在本質上有許多地方不同於大陸文學，對大陸學者來說，有一股獨特的吸引力，但是在爲促進「祖國統一」的大前提下，他們仍然要帶起「有色」眼鏡來看待臺灣文學，這正證明了政治的陰影無所不在。其實，大陸學者並不是不知道以政治爲價值取向的研究，已嚴重扭曲了臺灣文學的眞實面貌，而試圖尋求比較合理的研究途徑。劉登翰〈大陸臺灣文學研究十年〉說：

近十年來大陸文學觀念的發展，是由擺脫文學從屬於政治「工具說」開始，逐步地使文學(和對它的研究)回到文學(和它的研究)自身。這一觀念的變化，必然也衝擊著同樣做為當代文學範疇的臺灣文學研究，使稍後的臺灣文學研究，在選擇和評價上，逐步地從政治尺度轉向審美尺度，並重新審視最初的某些結論。㉛

只是牢固的共產主義的意識型態，還盤踞著整個研究領域，再加上海峽兩岸分隔了數十年，對臺灣的政治、經濟、社會、文化各方面沒有相應的了解，以至其評論仍多偏頗和獨斷。這樣說並不表示大陸學者的研究都沒有意義，相反的，大陸學者的研究顯示了對臺灣文學的肯定，喚起世界各國對臺灣文學的重視，以及促進兩岸當代文學的發展等多重意義。杜國清說：

> 雖然官方介紹臺灣文學的動機是為了統戰，可是並非每個學者和研究員都是統戰部的傳令兵；有的還是能夠站在學術的立場，本著學術的良心，就事論事，就詩論詩，就文學論文學的。不管動機怎樣，臺灣的文學作品在大陸獲得廣大讀者，且引起許多學者專家的研究興趣，這一事實就是對臺灣文學的一大肯定，這一形勢必定也會喚起世界各國對臺灣文學的重視。……因此，大陸對臺灣文學的研究，不是「統戰」一詞所能解釋或概論的，而對海峽兩岸的讀者和作者，我相信必會有相激相勵的作用，對今後臺灣和大陸當代文學的發展，都會有所助益的。㉜

杜國清這段話，應該可以被大多數人所接受。

再看臺灣方面，從一九四九年國民政府撤退來臺開始，基於保臺和反共大業，對大陸採取封鎖的隔離政策，斷絕了兩岸的一切關係，使得臺灣文學的發展迴異於大陸文學。其間臺灣文學經歷了五〇年代的「戰鬥文學」、六〇年代的「現代主義文學」、七〇年代的「鄉土文學」等幾個階段。在「鄉土文學」盛行的時候，爆發一次規模頗大的「鄉土文學論戰」[33]，這次論戰幾乎成爲政治性的抗爭，所幸不久就平息了。進入八〇年代以後，文學呈現多元化的風貌，就是所謂的「後現代主義文學」。「後現代主義文學」，可以說是「現代主義文學」的反動[34]。至於原來的「鄉土文學」，進入八〇年代，變成「臺灣文學」[35]，部分則往「臺語文學」[36]的方向發展。這一連串的文學思潮，都曾在學界引起迴響，個別的研究一直沒有間斷，但是受到政策的影響，始終沒有設立研究機構或在高等學府成立系所來培訓研究人才，以及作研究人力的規劃。因此，有關臺灣文學的研究，一時還看不出什麼具體的成果[37]。這種情形，也發生在對大陸文學的研究上。首先是三〇年代的作品被禁止，而四、五〇年代以來的作品，更是把緊關口，不讓它流入，學者根本看不到大陸的作品[38]，遑論進一步作研究？其次是政策的保守，使得學者沒有意願從事可能觸犯「政治禁忌」的研究工作，以至三十年中對大陸文學的研究，幾乎是一片空白。直到七〇年代末期，由於局勢改變，「文革」以後的作品，相繼引入臺灣，接著激發研究的熱潮。可是正如研究臺灣文學一樣，在沒有什麼支援下，不久就冷卻下來了；又因爲引進大陸作品經過了選擇[39]，使研究者難以掌握大陸文學的全貌，而影響到研究的開展。一九八七年七月，臺灣解除戒嚴，三〇年代的作品大量的出版，而「文革」以後的作品更源源不斷的流進來。同年十月，開放大陸探親，兩岸民眾正式接觸，多少促進了文學作品的流通，但是數量還是相當有限，而且以小說居多，其他如詩、散文、戲劇則較少。這對研究者來說，不但沒有什麼幫助，反而限制了他的視野，無法作出比較完整而公允的評論。這一窘境，到今天還是存在著[40]。

四

從以上的分析，我們發現了幾個問題：一、在文學作品的流通上，海峽兩岸都有官方直接或間接的干預，而有選擇的接納對方的作品，以至學者在透過這些作品作研究時，難免受到拘限而無法作出恰當可靠的評論。二、在對方文學領域的研究上，海峽兩岸的反應有一段差距，也就是說大陸的「臺灣熱」超過臺灣的「大陸熱」，其中官方的支持和鼓勵是主要關鍵。三、在自己文學領域的研究上，已出現各自「爲政」而難以對談的危機，換句話說，海峽兩岸在不同的意識型態、政治制度、經濟條件等情況下所發展出來的文學，本質有很大的差異，而這種差異多半只有兼具兩種生活經驗的人，才看得出來，目前大家都還在「摸象」之中。

照此情況看來，雙方要繼續競賽下去，就涵蘊著許多的變數。首先，如果兩岸的文學作品不能廣爲開放，就會阻礙研究的進行，而使這場競賽失去互相激勵的正面意義。在大陸方面，大量引進「通俗文學」（如三毛、瓊瑤等人的作品）、「現代派文學」（如白先勇、聶華苓、於梨華、王文興等人的作品）、「鄉土文學」（如楊青矗、王拓、黃春明、王禎和等人的作品），而過濾許多無法歸類的文學，使學者的研究多限制在這幾方面；又因爲泛政治化文學信念的過分堅持，以及為「祖國統一」目標的熱烈期盼，以至議論多不能持平，而有誤導讀者之嫌。在臺灣方面，開禁大陸文學，基本上是一政策性的決定，為了對應中共的統戰，因此不得不篩選不因緣政治理念或意識形態的作品，如「傷痕文學」、「先鋒文學」、「尋根文學」之類[41]。然而那些因緣政治理念或意識形態的作品，可能是了解大陸最好的憑藉，卻被摒除在外，有關彼岸的虛實，也就較難得知了。這也會使學者在研究的過程中，因為資訊缺乏而作出錯誤的判斷。金介甫(J. C. Kinkley)說：

> 臺灣引進大陸文學，一定會有些問題跟著產生。例如，大部分的「宣傳文學」或過度推崇社會主義的理念，臺灣可能視為異端。我認為「容忍」是解決這個問題最好的方法。如果臺灣只能「選擇性」的引進大陸文學，未免太可惜了。我聽說「許多大陸文學」出現在臺灣市面——而實際臺灣只引進極小部分的大陸文學，其中大部分都是最特別、社會主義色彩最淡薄的，通常是傷痕文學，才出現在臺灣。這樣很可能誤導臺灣的讀者，以為大陸人民的價值與品味與臺灣相當，因此讓臺灣的人民更不能清楚的批評大陸文學的缺點。最重要的是臺灣的讀者需要更有代表性的選擇大陸文學，才可能正確的瞭解、評估大陸的變遷。[42]

這是最佳的諍言。基於相同的考慮，我們也希望大陸當局放開胸襟來接納臺灣各種文學作品，使大陸的讀者也有機會正確認識臺灣的文學。

其次，如果兩岸的文學研究不能有平衡的發展，那麼這場競賽很快就會結束，無法再造高潮。就這一點來說，大陸方面已積極的在努力，他們對臺灣文學的研究，也開始預測未來發展的四種變化：首先是研究布局從南向北發展，從沿海（沿海一帶最早接觸臺灣文學）向內地深入；其次，從研究對象選擇研究者，向研究者選擇研究對象轉化；第三，從政治本位向文學本體的轉移；第四，從單向考察朝雙向比較發展[43]。至於臺灣方面，對大陸文學的研究，多少還有一點「無力感」。因為長期以來，受封閉政策的影響，大陸文學對大家來說，是個陌生的名詞，更不要說去加以整理研究了；現在情況稍有改觀，但是在資訊不足和人力缺乏等因素下，研究的成績依然不佳，所以有識之士，不免要大聲疾呼趕緊成立「大陸文學研究中心」，在大學開設「大陸文學」課程，有計畫的培訓人才來研究從晚清以降到當代的大陸文學，使一些紛陳的現象秩序化，提出合理的解釋[44]，同時也呼籲大家在面對大陸學術的發展，要平心以察、公心以聽，並突破小島上淺碟子的心態，而以整個中國為學術的競技場[45]。無疑的，這是臺灣官方和學界應該努力改進的地方。

此外，過去由於兩岸長久的軍事對峙，使得文化交流無從發生，近來雖然略有突破，但是還有許多顧忌，僅能作到一點資訊的流通，而缺少人物直接的對話。這對文學交流一事來說，已造成某些的障礙，也就是說兩岸學者要互通訊息，必須仰賴第三者(如海外學人或外國學者)的傳遞，而第三者的傳遞效力有限，難免有緩不濟急的遺憾。因此，讓兩岸學者面對面討論文學的問題，已成爲彼此共同盼望的一件「大事」。這在臺灣方面，考慮的比較多，到現在還沒有拿定主意，以至經常落人口實。西德魯爾大學教授馬漢茂就說：

中國作家和知識分子應該有機會相互交換經驗，而不只限於少數外國學者和持美國護照的中國知識分子可以在北平和臺北間穿梭。臺灣邀請大陸作家訪問該島只有好處，這將是一種新的主動文化外交。比刻意漠視大陸的改變，並對大陸抱持盲目恐懼的態度有效得多。㊻

五

其實，這個問題早已在臺灣學界引起廣泛的討論，只是執政當局的決策速度略嫌緩慢罷了。

前面說過，海峽兩岸十年來的文學交流，是一場競賽，而這場競賽的勝負還很難逆料。不過，換個角度來思考，如果雙方只是爲了比個高下而來從事這場競賽，那麼它可能出現一些負面的影響，也就是說彼此會無休止的競爭下去，甚至為了求勝而不擇手段（如惡意攻擊）。這應該不是我們所期望的，我們的目的是要透過這樣的競賽，激發兩岸中國人的熱情，攜手合作，共同思索中國的前途。因此，競賽只是達到這個目的的過程而已。

從整個局勢來看，四十年來，海峽此岸的內部出現「臺灣結」和「中國結」的政治性意識形態，而且充滿著彼此抗衡、相互仇視的敵對意味。有人認為不論「臺灣結」或「中國結」，都是一種心理糾結，而這種心理糾結產生的根源，都在「大陸問題」沒有獲得解決。換句話說，「中國結」最後要在中國統一後才能解開，而中國一日不統一，「中國結」就一日存在；至於「臺灣結」（「二二八結」的延伸）表面上是在跟「中國結」對抗，其實它的形成也包含著政治利害、經濟利益，乃至恐共心理等錯綜複雜的因素，並不比「中國結」容易解消。這些年來，海峽此岸在政治、經濟、學術、文化、教育各方面都有長足的進步，可是進步的背後，一直有一種「危機意識」存在，這種「危機意識」就是來自彼岸的武力威脅所促成的。因此，大陸問題未獲解決，不但雙結問題無由解消，臺灣未來的出路問題也會懸而未決。反觀彼岸的情況，四十年來死守馬列教條，在政治上權力鬥爭不斷而使改革無望，在經濟上一直無法起飛，在學術研究上脫離不了馬列思想的窠臼，在教育改革上落入重重的困境，顯然已到了窮途末路。既是這樣，中共如果還關心中國的前途，就應該放棄馬列主義制度，放棄「武力解放臺灣」的夢想，而以臺灣的成功經驗來進行政治、經濟、教育、學術、文化各方面的改革。而臺灣當局也要重新檢討「三不政策」

（不接觸、不談判、不妥協）的可行性，自動尋找非統戰意義的碰頭機會，影響大陸人心，承認此岸的平等地位，然後進行交流對談，謀求大陸問題的適當解決㊼。

當然，這個目標還很遙遠，如果雙方能先行達成某些共識，應該有助於日後的發展。那麼文學交流，不啻是達成共識的最易見效的方法，大家還猶豫什麼？細數十年來，海峽兩岸在這方面都付出了一些心力，成效雖然不盡令人滿意（領域也有待擴充，如古典文學、文學理論的研究交流），但是讓人感到漫長的黑夜已經過去，黎明就要到來，因為這點成果一如穿破長空的曙光，必將帶來更多的光明。

（本文原刊載於《臺灣文學觀察雜誌》第一期）

※按：文中所提到的幾個問題，最近幾年雖然已有改善，但大體上海峽兩岸仍存在不少禁忌，不利於彼此的交流。因此，本文仍有參考價值。

注釋：

❶「傷痕文學」在臺灣又稱爲「抗議文學」、「覺醒文學」。首先是由《中國時報》「人間」副刊推出「中國大陸的抗議文學——社會主義悲劇文學」專輯，披露以「文革」爲題材的「傷痕文學」。此後《新文藝》月刊、《聯合報》、《青年戰士報》（現已易名《青年日報》）、《中央日報》、《中華日報》副刊，也相繼轉載性質類似的大陸文學作品。時報、成文、爾雅、聯經、幼獅、洪範、中央日報、遠流等出版社，也陸續出版反映「文革」經驗的選集（參見張子樟，〈臺灣地區刊登、出版及研究大陸「抗議文學」作品索引〉，收於《當前大陸文學》（臺北，文訊雜誌社，一九八八年七月），附錄二，頁二〇一～二一三）。而此地研究生也有以此階段的大陸文學撰寫論文，如吳豐興《中國大陸的傷痕文學》（政治大學東亞研究所碩士論文，臺北，幼獅，一九八一年五月），張子樟《人性文學的再發揚——中共「抗議文學」研究》（文化大學三民主義研究所博士論文，臺北，幼獅，一九八四年十月，易名《人性與「抗議文學」》）。

❷參見杜國清，〈大陸對臺灣文學的研究〉，刊於《臺灣文藝》第一〇八期（一九八七年十一月十二日），頁一八～一九；陳信元，《從臺灣看大陸當代文學》（臺北，業強，一九八九年七月），頁一二；應鳳凰，〈臺北詩書過唐山——遙看大陸對臺灣文學的研究與出版〉，刊於《中國時報》「人間」副刊（一九八八年八月二十九日）。

❸詳細家數，難以統計，此處略依陳信元的估算（見注❷所引陳書，頁一四）。不過陳氏的估算止於一九八八年，一九八八年以後，可能還會增加。至於文學選集，由最初多人選集，擴充到個人選集，甚至還

出現整本的翻印。

❹ 見注❷所引陳書，頁一三～一四。

❺ 參見方美芬，〈中國大陸對臺灣文學研究論文目錄〉，刊於《當代文學史料叢刊》第三集（臺北，當代文學史料研究社，一九八八年十月），頁二六一～二八七。按：此目錄所收論著資料，止於一九八八年，而且不夠齊全（如《臺灣香港與海外華文文學論文選》中的論文均未選入），一九八八年以後的論著資料，尚未統計，可能也不少。

❻ 參見注❶所引張子樟所編作品索引。

❼ 「先鋒」一詞，取自大陸作家李陀〈當代中國文學的「先鋒」與「尋根」〉〔刊於《自立晚報》副刊（一九八七年十月十九～二十一日）〕，此地尚無此名稱。

❽ 參見陳信元〈臺灣地區刊登、出版及研究大陸文學作品編目（初稿）〉，收於《當前大陸文學》，附錄二，頁一一四～一八一。按：此編目止於一九八八年四月底，四月底以後尚未統計。至於「反思文學」、「改革文學」、「尋根文學」等名稱，見陳信元，《從臺灣看大陸當代文學》，頁三～一一；瘂弦，〈大陸文學的變貌——十年來各類別文學代表作及其風格〉，收於《當前大陸文學》，頁五七～五九。

❾ 參見注❽所引陳信元作品編目，頁一八二～二一六。另參見陳信元，《從臺灣看大陸當代文學》，頁一九～二五。

❿ 分別爲葉穉英〈當前大陸文學思潮試探〉、張錯〈朦朧以後：大陸新詩的動向〉、張子樟〈現代英雄的

探索旅程——淺論當代大陸小說的角色變遷〉，已收入《當前大陸文學》。

⑪ 座談會有五篇引言：尼洛〈面對大陸文學的態度和方法〉，瘂弦〈大陸文學的變貌——十年來各類別文學代表作及其風格〉、何偉康〈大陸文學在海外〉、陳信元〈大陸文學在臺灣〉、周玉山〈當前海峽兩岸文學之比較〉，收入《當前大陸文學》。至於論文發表及座談的紀錄，則刊於《文訊》第三十六、三十七、三十八期。

⑫ 本來這種競賽也包括文學作品的流通，但是文學作品的流通，並不具有競賽的價值，最後都要指向文學研究。

⑬ 康文，刊於《自由時報》副刊，一九八八年元月二十二日，第十五版；陳文，見《從臺灣看大陸當代文學》，頁三～一一；葉文，見《當前大陸文學》，頁二～一七；瘂弦文，見《當前大陸文學》，頁五七～六一。這些文章，主要在探索「文革」以後的文學現象和流派，間有簡單的評析。

⑭ 周文，見《大陸文藝新探》（臺北，東大，一九八四年四月），頁四五～六〇；陸文，刊於《大華晚報》（一九八八年二月七日），「讀書人」版；蔡文，見《海峽兩岸小說的風貌》（臺北，雅典，一九八九年四月），頁九七～一一五；張文，見《當前大陸文學》，頁二三～三四；陳文，見《從臺灣看大陸當代文學》，頁八〇～八三。

⑮ 以上諸書，見陳信元，《從臺灣看大陸當代文學》，頁四五～五二。

⑯ 李陀稱這一文學規範革命為「先鋒運動」，而這一「先鋒運動」雖受現代派和現代主義的影響，卻不同於現代派和現代主義。他又談到另一個「尋根運動」：「如果從表面去看，這兩個運動應該是相互對

立、相互排斥，甚至是水火不相容地相互敵對的。但是，實際上，如果我們仔細考察當代文學的實際情況，其情形並不如此。恰恰相反，這兩個運動雖都是中國當代文學中最有生氣、最活躍，也最富於探索精神的兩股潮流，但這兩種運動實際上是相互補充的，我們甚至可以看到它們有向一起匯合的趨勢。……」這樣說法，也是很不尋常。

⑰ 參見陳信元，《從臺灣看大陸當代文學》，頁一五～一六。

⑱ 以上諸書，分別由臺北前衞（一九八五年五月）、濂美（一九八五年十月）、長安（一九八六年十月）、大安（一九八七年六月）出版社出版。

⑲ 葉書，由高雄文學界雜誌社（一九八七年二月）出版。

⑳ 這些論文多發表於報刊、雜誌，陳永興編《臺灣文學的過去與未來》（臺北，臺灣文藝，一九八五年三月），曾收入一部分。

㉑ 李（瑞騰）文，刊於《聯合報》副刊（一九八八年三月二十九日）；李（祖琛）文，見《一九八七年臺灣年度評論》（臺北，圓神，一九八八年四月），頁一六七～一八〇；蔡文，見《海峽兩岸小說的風貌》，頁四三～六二；呂文，見《一九八八臺灣年度評論》（臺北，圓神，一九八九年三月），頁一九五～二〇五；最後李、呂二文，是淡江大學中文系主辦「當代中國文學——一九四九以後學術研討會」（一九八八年十一月十九、二十日）論文。

㉒ 參見注❷所引杜文，頁二六。

㉓ 古繼堂這兩本書，臺北文史哲出版社已經翻印。

㉔應鳳凰〈三缺一．三缺二——兩岸的《臺灣文學史》〉，刊於《中時晚報》副刊（一九八八年三月十二日），引白先勇的話。

㉕方美芬〈中國大陸對臺灣文學研究論文目錄〉，前言，引杜國清的話。

㉖參見周玉山，〈一九四九年以後中共的文藝政策〉（淡江大學中文系主辦「當代中國文學——一九四九以後學術研討會」論文），頁一三。「傷痕文學」後來遭到中共當局封殺（理由是它連帶反共產制度）而沈寂下來，有人認爲這又是政治迫害文藝的明證。其實，「傷痕文學」本身題材就有其侷限性，最後一定要變，政治迫害只是促使它變得更快而已。

㉗參見注⑬所引康文。按：康文尚無「先鋒文學」的名稱，此處是以意加添。

㉘參見注㉖所引周文，頁一三～二一。

㉙參見注⑦所引李文。

㉚參見注②所引杜文，頁二二～二四；劉紹銘，〈讀大陸評論家論臺灣文學有感〉，刊於《文訊》第十四期（一九八四年十月），頁六～一〇。

㉛劉文寫於一九八九年三月十五日福州，未刊稿。

㉜同注㉚，頁三〇。

㉝「鄉土文學論戰」發生於一九七七年，其言論見於尉天驄編《鄉土文學討論集》（臺北，遠景，一九七八年四月）、彭品光編《當前文學問題總批判》（臺北，青溪新文藝學會，一九七七年十一月）。

㉞參見蔡源煌，《從浪漫主義到後現代主義》（臺北，雅典，一九八八年八月）頁七五～八三。按：蔡氏

並不全然這樣看待，這是我們以意補。

㉟ 參見注㉑所引蔡文，頁五八～六〇。

㊱ 參見李瑞騰，〈閩南方言在臺灣文學作品中的運用——以現代新詩為例〉（一九八九年十一月「全美華文教師協會年會」論文）。

㊲ 因為研究者得不到公家的補助，也無法藉此來申請升等，久而久之，不免視為畏途，而影響到研究的成績。

㊳ 只有中央研究院、國際關係研究中心、漢學研究中心等少數單位，可以蒐購一些作品，但不對外開放，也少有專人去作研究。

㊴ 這裡面牽涉到中介人，以及官方態度等問題。當時中介人大都是海外學者或香港書商，他們所見大陸作品已經有限，引進來以後，出版商根據官方所設的規定，又經一次過濾（包括文字的更動刪減）到了讀者手中的作品，已是「滄海之一粟」了。

㊵ 大陸在「六四」天安門事件以後，很多作家擱筆，雜誌停刊，出版社不出書（見《中央日報》（一九八九年十二月二十日），「文教新聞」版，引劉賓雁的談話），這對臺灣的研究者來說，也是個考驗，在取得資料困難的情形下，如何繼續作研究，同時對於大陸學者在「六四」以後的想法，如何深入去了解，作為未來溝通的參考。

㊶ 新聞局局長邵玉銘在一次受訪中表示，對於出版品的檢查「只要不違背出版法，不涉及臺獨思想和共產主義毒素者，大致都可以攜入。至於中共官方出版品，我們姑且不談，民間出版品也是中國知識分子的

心血，是民族文化的資產，攜入可以，但是，如果臺灣的出版社要出版，一定要取得合法的授權。」（見龔鵬程，〈多給政府一點時間——專訪新聞局長邵玉銘〉，刊於《文訊》革新號第一期（一九八九年二月），頁七五）這可以看出臺灣當局在面對大陸文學作品時的基本態度。

㊷〈大陸文學將帶給臺灣什麼新視野？〉，蕭遙譯，刊於《人間》第二十六期（一九八七年十二月），頁一三〇。

㊸見劉登翰，〈大陸臺灣文學研究十年〉未刊稿，李瑞騰先生借閱。（編案：劉先生為福建社科院副院長，本文由詩人洛夫先生寄給本刊，並經劉先生同意發表於本期。）

㊹見李瑞騰，〈讓紛陳的現象秩序化〉，刊於《聯合報》副刊（一九八七年十月二日）。

㊺見龔鵬程，〈突破淺碟子心態〉，刊於《聯合報》副刊（一九八七年十月二日）。

㊻〈「文化統一」與「世界化」——對當前臺海兩岸文學轉變的若干省思〉，刊於《自立晚報》副刊（一九八七年十月二十日）。雖然目前臺灣已訂定辦法，讓大陸傑出人士及留學生來臺訪問，但是限制仍然很嚴，短期內恐怕不會有什麼具體效果。

㊼以上詳見傅偉勳，《「文化中國」與中國文化》（臺北，東大，一九八八年四月），頁三一〇～三四一。

《文學雜誌》的成就

一

近年來臺灣的文壇，由於報紙、雜誌等傳播媒體的快速成長，出版社、書報社等出版機構的蓬勃發展，以及文化中心、文藝社團的相繼出現，和各種文學獎的設立，無不爲它注入嶄新的氣息，而呈現一片衆聲喧譁的場面。凡是參與此一文學活動的人，多少會感受到這也是一個花團錦簇的世界。然而，正因爲衆聲喧譁，使人聽不出聲音發自何處，無從辨別眞假；因爲花團錦簇，讓人看不清花卉緣何而生，難以判斷正贗。也就是說這裏隱藏著語言文字逐漸被濫用，而將失去它應有功能的危機。

本來文學被視爲「語言的藝術」❶，語言在文學中，幾乎具有不可侵犯的神聖性❷，而它所建構的文學，也會成爲社會集體認可的價值所在❸。可是，當語言本身流於「工具化」，不再受到特別的重視，連帶也使文學步上「傖俗」的命運。在舉世滔滔中，我們發現五〇年代的《文學雜誌》，曾經耘出一片文學的淨土，竟是難能可貴。雖然時序已經進入九〇年代，到處充斥著令人迷離惝恍的景象，但是在回顧那一段歷史後，不禁又燃起一絲希望：只要我們能以它爲借鏡，終究還是會再開創出文學的生機。

這不是說我們要重走一趟前人走過的路（事實上這也不可能），而是說我們應該虛心體察前人經營語言的苦心，進而自我磨鍊，才能提昇文學的品質。爲了證明《文學雜誌》具有啓迪今人這一層價值，我們不妨先從它的來龍去脈看起。

二

《文學雜誌》，創刊於民國四十五年九月二十日。據吳魯芹的敍述❹，《文學雜誌》是他和夏濟安、劉守宜等人在麻將桌上談起的，而眞正爲《文學雜誌》催生的是宋淇（林以亮）。當時劉守宜在經營明華書局，由他擔任經理，夏濟安負責編輯，宋淇負責海外約稿，吳魯芹自己則做一點和尙化緣式的籌款工作。此外，還請了余光中擔任新詩欄的編輯，以及請朱乃長、劉譔琦負責跑腿、編校等工作。《文學雜誌》一共出版了八卷四十八期，其間夏濟安於四十八年三月赴美講學，由侯健接替主編，直到四十九年八月停刊為止。

顯然這是一份屬於同仁性質的雜誌，既沒有嚴密的組織，也沒有雄厚的資金，在四年後因為經營困難，而宣告停刊。吳魯芹說：

《文學雜誌》可以說是一個最不講究組織與計畫的團體，唯獨對主編的接棒人，很早就「胸有成竹」，而且有了三代，交棒的順序是夏濟安交給侯健，將來侯健再交給朱乃長。這當然是如意算盤，滿以為雜誌可以辦上三十年，以十年為一代，不幸雜誌不滿五歲就夭折了。❺

這個遺憾，主要源於雜誌社缺乏「領導人」❻，沒有建立發行網，而「化緣」也不見績效❼，以至營業狀況，每下愈況，終於畫上了休止符❽。《文學雜誌》最後一期，有一篇〈致讀者〉說：

《文學雜誌》創刊至本期，已整整四年，在各位讀者、作者、文藝界先進的協助下，總算粗具規模，這是我們要深致謝意的。

在創刊四週年的今天，正是該好好慶祝一番的日子，可是我們卻要向各位沈痛地宣佈，《文學雜誌》自本期起，將休刊半年。這真是一個不小的諷刺！

編者還希望半年後能復刊，但是這一休刊就休了三十年，到今天還不見復刊的跡象，這也算是另一個不小的「諷刺」[9]。不過，《文學雜誌》本不是在「負有時代使命」或者「啓迪後進」的嚴肅氣氛之下產生的[10]，實在也不必爲它的「挫敗」而過度的感傷。倒是它「無心插柳柳成蔭」，造就了一批人才，爲文壇增添一股生力軍，應該爲它感到慶幸！

三

文壇的這股生力軍，特別是指夏濟安在臺大外文系所教的一批學生，如王文興、白先勇、陳若曦（本名陳秀美）、葉珊、劉紹銘、莊信正、叢甦、葉維廉、李歐梵等，他們幾乎都是從《文學雜誌》起家，而後來在文學創作和學術研究上有相當的成就。雖然這批人當時的作品水準，不及梁實秋、吳魯芹、林以亮、陳世驤、夏濟安、夏志清、夏承楹、勞榦、林海音、彭歌、思果、侯健、余光中、潘雷等前行作家[11]，但是在他們老師的眷顧，並且提供發表的園地下，後來都成爲現代文學的健將，管領過一代的風騷，大家咸認爲夏濟安功不可沒。林海音說：

> 當時寫稿的作家，除了文學教授和一般作家外，更要緊的是他鼓勵和直接指導了在學的大學生寫作。那時他在臺大外文系教的一班學生，後來特別在文學上有出色的表現，像王文

興、白先勇、陳秀美、洪智惠等。夏先生赴美後，《文學雜誌》也在經營不善下很可惜的停刊了。但是白先勇等幾位同學，卻繼之而起，自費創辦了《現代文學》雜誌，保持著較高較純的水準。⑫

沈謙（思謙）也說：

無論是在臺大講壇的課後，還是《文學雜誌》的編餘，夏濟安先生最大的樂趣是鼓勵啓發青年們走上文學正路。他除了理智地替老作家們愛惜羽毛之外，更殷殷地誘導青年作者，不厭其詳地對他們一字一句地分析作品的結構、用字、人物的處理和形勢的發展。許多在當今文壇上活躍的名字，像：於梨華、聶華苓、葉珊、瘂弦、莊信正、叢甦、葉維廉、金恆杰、劉紹銘、陳若曦、戴天、白先勇、王文興、歐陽子……等等，都是當年《文學雜誌》的作者或夏先生指導過的門生。⑬

林海音、沈謙文中所舉，雖是犖犖大者，也不難看出夏濟安獎掖人才之一斑了。此外，還有比較少爲人知的是夏濟安在聯絡海外作家方面，也有他的貢獻。吳魯芹說：

那時經常為雜誌撰稿的，在香港的有詩人批評家林以亮，散文家蔡思果，在美國的是陳世驤、夏志清、張愛玲等人。有一次使得濟安頗為興奮的是李經（盧飛白）寄來一首〈倫敦市上訪艾略忒〉，此人國內甚少人知道，是專攻英國文學的博士，研究艾略忒的專家，治學謹嚴，又有創作力。前幾年新潮叢書為《陳世驤文存》所作的廣告說他「結交夏濟安，為當代文學開創越洋寫作，互通聲氣的局面」，實在為這種局面下種的，就是濟安主編《文學雜誌》那幾年。⑭

雖然「聯絡海外作家，獎掖文學青年」⑮不是《文學雜誌》既定的目標，可是對一個並非全部公開徵稿的雜誌來說，無意中成就了「凝聚才智，圈子寬廣」⑯的雅號，也足以爲文壇添加一段佳話了。

然而《文學雜誌》眞正的成就，似乎不在這裏。據調查在《文學雜誌》創辦的同時期或稍後，有數十種文學性的刊物⑰，比較有名的如《筆匯》月刊、《現代文學》、《文學季刊》、《純文學》、《中外文學》月刊等，也曾聚集了相當的人才，表現了可觀的成績，但是比起《文學雜誌》來，總讓人有「差了一點」的感覺，沈謙就說：

創辦與負責這些文學性雜誌（按：指上舉數種）的人，都是文壇上的一時俊彥，有些是夏濟安的朋友（如林海音、劉守宜、侯健等），有些是夏濟安的學生（如白先勇、王文興等），其作風與方針也或多或少受到《文學雜誌》的影響，幾乎每個刊物都與《文學雜誌》有著相當關連。他們都曾花費極大的精神與苦心去經營籌畫，立意高、構想佳，能維持相當水準，顯現若干特色與成績。但是跟《文學雜誌》比較之下，總是覺得《文學雜誌》風味最醇厚，最令人懷念。[18]

爲什麼會有這種差別？依照沈謙自己的考察，《文學雜誌》具有「樸質眞醇，風味絕佳」、「凝聚才智，圈子寬廣」、「嚴肅認眞，向心力強」等三項特色，這是其他刊物所沒有或雖有卻趕不上的[19]。就整體來看，《文學雜誌》網羅了一流作者和一流作品，樹立了嚴正態度和文學風氣，固然不容懷疑，但是對一個不熟悉《文學雜誌》「內幕」的人來說，他如何感受這些特色？如果他感受不到這些特色，是否就無法區別《文學雜誌》跟其他雜誌的不同？很顯然《文學雜誌》所以爲《文學雜誌》，不在這些「歷史因緣」，而在它本身所呈現出來的文字[20]。也就是說《文學雜誌》吸引人的地方是文字。文字是《文學雜誌》的全部，而我們要談也只能就這點來談。

四

《文學雜誌》沒有立創刊詞來標榜什麼宗旨[21]，只在一篇〈致讀者〉中[22]，略為陳述創辦《文學雜誌》的旨趣，以及編者的文學理念和雜誌的內容。我們略為歸納，可得下列幾點：

㈠在編輯旨趣方面：

1. 想腳踏實地，用心寫好幾篇文章，辦一本稱得上是「文學的雜誌」。
2. 想在文學方面盡力量，用文章來報國。
3. 希望繼承數千年來中國文學偉大的傳統，從而發揚光大之。

㈡在文學理念方面：

1. 崇尚樸實、理智、冷靜的作風。
2. 反映時代的精神。
3. 反對共產黨的煽動文學。
4. 反對舞文弄墨、顛倒黑白、指鹿為馬。

㈢在雜誌內容方面：

1. 各種體裁的文學創作和翻譯。

2.文學理論和有關中西文學的論著。

從以上可以看出《文學雜誌》的成員，雖是倉促成軍，布署欠周，內在的聯繫卻並不鬆懈，他們所標舉的「純文學」旗幟，也相當鮮明。

這裡就先從後面一點說起。周棄子曾在讀過《文學雜誌》創刊號後說了一段話：

> 《文學雜誌》的編者在〈致讀者〉裏說：「我們希望：讀者讀完本期本刊之後，能够認為這本雜誌還稱得上是一本『文學雜誌』。」這開宗明義的幾句話，是頗堪玩味的。此時此地，我們的文學雜誌已經太多了。不論那一種雜誌，每期至少總有篇把小說，首把詩，可以說凡雜誌必文學。至於由「領導」方面所主持，以文學的全貌與讀者相見的雜誌，似乎並不缺少。於此，有人辦一種名叫《文學雜誌》的文學雜誌，而希望讀者承認它是「文學雜誌」，如非編者說話口齒不清，則作為讀者的人似乎是值得深思一番的。㉓

這是說《文學雜誌》的出現，跟當時的文學風氣不無關係，它所以強調這是一本「文學雜誌」，正因為當時的文學雜誌不足以稱為「文學雜誌」。周棄子的看法，應該是跟編者一致，而跟後來吳魯芹在瑣憶中所說「不負時代使命」相悖的。如果說這不算是「時代使命」，那什麼才算是「時代使命」？

「編者在〈致讀者〉中，已經表明他們要腳踏實地、用心寫好幾篇文章，豈不暗示了整個風氣正是不腳踏實地、不用心寫文章？編者雖然沒有明說，外人卻看得很清楚。周棄子說：

> 近年有一班仁人志士，因為對於反共大業期成心切，困思衡慮，併出於一途，誠然是值得欽敬的。但我們冷靜地一檢查其結果，積極方面的收穫似乎太少。陣容和場面是夠熱鬧的，但每一個人都了然於心就是那麼一回事。當此文運天昌之際，忽然有一本文學雜誌的編者希望讀者承認他們的文學雜誌是「文學雜誌」，且諄諄以「繪事後素」[24]為言，這弦外之音，不值得我們玩味嗎？不錯，天下萬事的得失之間，原也難於執一而論。假使我們所失之於文學者能得之於戰鬥，那麼就「時代使命」而言，我們毋寧是應該如此取捨的。無奈事實昭示，又並非如此。我們誠然據說有了很多的優秀作品，但究竟那一部具體地、明顯地、表現了它的反共的戰鬥力？似乎很難舉出實績來。[25]

就五〇年代的環境來看，中共挾著佔有中國大陸的威勢，虎視眈眈的望著海峽此岸，迫使此岸積極於軍事備戰，而文化界也奮起響應政府的號召，高舉反共的大纛。這原是出於為求生存必有的「自衛行為」，也是每個人責無旁貸的「歷史使命」。然而，當「反共」、「戰鬥」的口號響徹雲霄之際，有多少人眞正知道什麼叫「反共」、「戰鬥」？又有多少人眞正知道怎樣去「反共」、

「戰鬥」？倒是讓文壇上某些主事者，有機會假借一塊堂皇的招牌，來遂行其對於文學包辦和統制的意願，以及讓某些對「戰鬥」內行、「文學」外行的「領導」，有意無意的干涉文壇的創作自由，使「反共大業」的美意大打折扣。誠如周棄子所指出的，提倡「戰鬥文學」，在主觀上雖是合理的、可行的，在客觀上卻發生「妨礙了創作自由和批評自由」、「讓人誤以爲文壇主持者具有權力野心」、「使有創作潛力的人裹足不前」、「讓不少本來與文學絕對無緣的人，莫名其妙的擠上這一條路」等副作用[26]。就在此刻，《文學雜誌》出來提倡「樸實、理智、冷靜」的文學，一挽文學即將淪爲政治附庸的惡運[27]。他們認爲「宣傳作品中固然可能有好文學，文學可不盡是宣傳，文學有它千古不滅的價值在」[28]，只有追求那千古不滅的價值，才是文學應走的道路。這比起那看似眞實而實虛幻的「戰鬥文學」，更像是負著「時代的使命」，因爲它不脫離眞實的人生，對於身處動亂中的人心，才能產生安定的作用。後來許多「戰鬥文學」紛紛遭人唾棄，而《文學雜誌》所作的日漸受人肯定，不也證明了《文學雜誌》編者看法的正確[29]？

爲了貫徹這一文學理念，編者的確費了一番苦心。我們從週年紀念〈致讀者〉的幾段話，可以窺出一點端倪：

> 《文學雜誌》不標榜什麼主義，也不以跑在時代的前頭為榮。就我們已經發表過的這些篇文章看來，我們的態度可以說是比較冷靜的、理智的。熱情奔放的文章，我們很少發表。

我們並不否認熱情在人生中的重要，但我們覺得更重要的是完美的精鍊的表現方式。《文學雜誌》所推崇的風格，是樸素、老練、成熟。我們並不是說，非具備這種條件的文章不能算是好文章。《文學雜誌》只是許多種雜誌中的一種，我們無意強迫別人接受我們的標準。我們有我們的理想，而且我們相信：只有照這個理想做去，我們的文學才會從過去大陸那時候的混亂叫囂走上嚴肅重建之路。文學雖小道，但是它同國家民族的復興，不是沒有關係的。

回顧一年來我們所發表的作品，能夠禁得起「時代的考驗」，成為這一時代中國人心的紀錄的，恐怕並不多。但是我們並不著急，優秀的文學作品不是著急所能「催生」的。引用我們第一卷第一期〈致讀者〉中的話，我們只是「腳踏實地」的做去。我們相信：在作者讀者諸位先生不斷的愛護、鼓勵、督促之下，我們將要發現更多的人才，發表更好的作品。

這說得多麼堅定而自信！只是誰知道他們為了使文學由「從過去大陸那時候的混亂叫囂走上嚴肅重建之路」，曾經付出多少的心力？我們可以想像得到他們要徵稿(約稿)、選稿、改稿……直到滿意為止，這個過程多麼花費時間和精力。吳魯芹〈瑣憶《文學雜誌》的創刊和停辦〉那篇文章中，有概略的描述：「大家的興趣似乎都是在編雜誌，發行人並不去想如何建立發行網，化緣的人也只是做到適可而止，實質上都成爲『顧問』編輯，主編又樂於聽顧問的意見，不但稿件的取捨浪費時間，修補方面有時是一而再、再而三的動手腳。」「『師傅』主編雜誌，他（朱乃長）自然就成爲重要的『苦力』之一……另外他和臺大的同仁比較熟，有時催稿，濟安也就請他去跑腿。」「《文學雜誌》的另一『苦力』是劉譔琦……每期從編排到校對，跑印刷廠，送雜誌到經銷商，都由他一手包辦。」「濟安自謙不懂新詩，兩位『顧問』編輯更不懂。從創刊號起，凡是新詩都是送請光中過目，決定取捨」[30]，「總之，《文學雜誌》社的同仁，對文字的『純淨』似有同『好』。守宜雖然是發行人或者經理，他的興趣實在還是偏重在修補工作……最喜歡陪著濟安改稿，對經理的事務自然就難免有虧職守了。」在吳魯芹輕鬆的筆調背後，我們不難看出一群有心人，曾爲一個文學理想忙碌著。也許是這股追求理想的熱誠，支撐著《文學雜誌》，使它在財力日趨短絀下，還能出到四十八期[31]。

五

以上所說，似乎在跟沈謙〈期待《文學雜誌》的復刊〉那篇文章相唱和，其實不然，如果不從這些外在因緣談起，是很難體會《文學雜誌》的精髓，也不易看清《文學雜誌》的成就。套句《文心雕龍．序志篇》的話說：「及其品列成文，有同乎舊談者，非雷同也，勢自不可異也。有異乎前論者，非苟異也，理自不可同也。」那麼前面所說跟人家相同的部分，是不得不同，而後面所要說的，則是自家體察得來的。

《文學雜誌》編者心中的文學理念，不論如何，必須體現在《文學雜誌》裏，再經我們「實地」考察，才能作出一些判斷，決不能只據外在的資料和編者的自道，就輕易論斷它的成敗。這裏想從兩條途徑來考察：一是循著編者所陳述的文學理念，來檢驗《文學雜誌》是否貫徹了這一理念，作爲評斷的依據；一是把《文學雜誌》放進歷史脈絡，看它具有什麼意義，這也是寫作這篇文章的主要目的。

《文學雜誌》每期所登文章，約一〇至一二篇，沒有分類。爲了敍述方便，暫依《文學雜誌索引》的分類，分爲中國文學和外國文學兩大類，每一大類又細分爲詩歌、散文、小說、影劇、文學評論、其他等六小類㉜。在中國文學方面，詩歌類有一三〇篇，散文類有五一篇，小說類有一一一篇，影劇類有四篇，文學評論類有九一篇，其他類有九篇；在外國文學方面，詩歌類有一四篇，散文類有三篇，小說類有二二篇，影劇類有二篇，文學評論類有五八篇，其他類有七篇㉝；合計五〇二篇。就兩大類文學作比較，中國文學有三九六篇，佔百分之七十九；外國文學有一〇六篇，佔百分之二十一；顯然《文學雜誌》偏重在中國文學。就兩大類中六小類文學混合比較，詩歌類有一四四篇，佔百分之二十九；散文類有五四篇，佔百分之十一；小說類有一三三篇，佔百分之二十六；影劇類有六篇，佔百分之一；文學評論類有一四九篇，佔百分之三十；其他類有一六篇，佔百分之三；可見在各文類中詩歌、小說居多，而散文、影劇偏少（尤其是影劇），至於文學評論爲各文類二分之一弱，也不算少了。這跟編者在創刊號〈致讀者〉「徵稿」聲明中所說，歡迎投稿各種體裁的文學創作和翻譯，以及文學理論和有關中西文學的論著，大致上都滿足了（影劇類例外）。

現在就編者所倡導的文學理念來考察，他在創刊號〈致讀者〉中說：「我們的希望是要繼承數千年來中國文學偉大的傳統，從而發揚光大之。我們雖然身處動亂時代，我們希望我們的文章並不『動亂』。我們所提倡的是樸實、理智、冷靜的作風。」的確，在各期《文學雜誌》中，我們看不到有什麼「華而不實」或「熱情奔放」的文章，這一點我們可以給予肯定。只是前面那句「要繼承中國文學偉大的傳統，從而發揚光大之」，在雜誌中並沒有找到強而有力的證據，我們倒是看到不少西洋文學，以及運用西洋文學理論來談中國文學的文章。其次說：「我們不想逃避現實。我們的信念是：一個認眞的作者，一定是反映他的時代表達他的時代的精神的人。」編者所指的「時代精神」到底是什麼，我們不得而知，而據我們所知提倡「戰鬥文學」，以至其他標榜某種「主義」文學的人，也都會說他們是在反映「時代精神」，所以這一點很難判斷。再次說：「我們不想提倡『爲藝術而藝術』。藝術不能脫離人生，我們生長在這民族危急存亡的時候，我們的悲憤，我們的愛國熱誠，決不後人，不論我們多麼想保持頭腦的冷靜。」這一點的意思，跟前一點類似，我們也無從評論，何況「爲藝術而藝術」或「爲人生而藝術」或「無所爲而藝術」㉞，是一個見仁見智的問題。再次說：「我們反對共產黨的煽動文學。我們認爲：宣傳作品中固然可能有好文學，文學可不盡是宣傳，文學有它千古不滅的價值在。」宣傳作品中也有好文學（如古代的檄文），這點編者也承認了，只是《文學雜誌》不時興這一套，所以我們也看不到什麼「宣傳作品」。再次說：「我們反對舞文弄墨，我們反對顛倒黑白，我們反對指鹿爲馬。我們並非不講求文字的美麗，不過我們覺得更重要的是：讓我們說老實話。」這一點牽涉到爲文態度的問題，編者守得非常緊，我們確實找不到「舞文弄墨」、「顛倒黑白」、「指鹿爲馬」的文章。再次說：「孔子說：『繪事後素』，就是這個道理。孔子的道理，在很多地方，將要是我們的南針。因爲我們嚮往孔子的開明的、合理的、慕道的、非常認眞可是又不失其幽默感的作風。」這是總結前面的話，不必再別爲索證。從以上的分析，可以看出除了一兩點可能引發爭議，其餘都可說已經體現在雜誌中。就它所懸的目標來說，我們認爲它是達到了。

然而，光憑這一點，還不足以肯定《文學雜誌》的成就，因爲任何的文學理念，都有它存在的價值，我們不能附和或袒護任何一方，不然會惹來偏執之譏！又一般人都以爲《文學雜誌》孕育了王文興、白先勇、陳若曦……這些「大作家」，它有發掘人才的功勞，但是「發掘人才」算不算是一種成就，誰又能說得準？何況這批人如果不是靠自己努力（比如說他們創辦《現代文學》），當初誰又能預料他們會成爲「大作家」？既然這些都不算是《文學雜誌》的成就，那什麼才是？我們發現《文學雜誌》的成就，就在它「純淨」的文字。所謂「純淨」，是指它沒有半通不通的文字，沒有太多的累詞贅句，也沒有太多的「歐化」句法（翻譯作品例外）。就以「歐化」句法來說，夏濟安曾在一篇文章中引民國四十六年三月八日《聯合報》社論為例：

> 女權運動是十九世紀最大的成就，但女權運動卻是跨進二十世紀以後才達到高潮。婦女們為了紀念她們解脫歷時漫長的社會枷鎖，終於在四十八年前的今天產生了這一婦女節。年逢此日，全世界婦女都以高度興奮的情緒，去歡度其自己的節日。[35]

像這種「雅俗兼收，古今並包，中西合璧」東拼西湊的文字，實在毫無美感！為了這件事，勞榦還撰了一段文言文來跟它對照：

> 婦道之隆，於今百載，脫羈縶於斯世，是可紀焉。溯佳節之立，歷歲四十有八，自有是節，而天下之婦人，欣欣然矣。[36]

這顯得有韻味多了。類似上面那種「歐化」句法，普遍流行於知識界，大家很少反省它對我們的文字，已經造成什麼樣的傷害，《文學雜誌》可能是有見於此，所以設法予以避免。至於半通不通、累贅的詞句，很少出現在《文學雜誌》中，那就不必多說了。如果說《文學雜誌》能讓人讀來醰醰有味，那麼就是靠這一點「純淨」的文字；而先前沈謙所說跟《文學雜誌》同時期或稍後的一些文學雜誌，風味都不及《文學雜誌》醇厚，也可以從這裡得到比較具體的印證。

似乎也只有從文字的成就來談《文學雜誌》，才能看出它在歷史脈絡中所具有的意義。依照當時的環境看來，不是「戰鬥文學」甚囂塵上，就是「黃色文學」、「灰色文學」、「赤色文學」蠢蠢欲動[37]，可以想見文字是不大會受到「重視」的，而文學作品所以稱爲文學作品，就在它的文字是不帶「叫囂」和「色彩」的。也就是說作者在創作時，是眞心在對待文字，不是利用文字作爲達到文學以外目的的工具。《文學雜誌》在這方面無疑的具有「典範」的作用[38]。

又以現在的環境來說，已經步入「後現代」的社會，大衆媒體日益發達，消費文明愈加成熟，文學也更加的「消費品化」和「資訊化」，而傾向於「輕、薄、短、小」。因爲「消費品化」，使文學成爲商業的附庸，只是可有可無的消閒品；因爲「資訊化」，使文學變成瞬間的影像，不再恒久的進駐人心[39]。在這種情況下，「文字」是「文字」，「文學」是「文學」（期待中的「文學」），不再是一體了。這樣的「異化」現象[40]，難道不值得憂慮嗎？此刻我們再度溫習《文學雜誌》所留下的「典範」，心情不免有些複雜，到底要向誰敘述這是一個值得承襲的「典範」[41]？

（本文原刊載於《台灣文學觀察雜誌》第三期）

注釋：

❶ 中國從孔子以來，頗爲講究「修辭立其誠」（《易・文言傳》），「辭達」（《論語・衛靈公篇》），「志足而言文，情信而辭巧」（《文心雕龍・徵聖篇》），使文學在發展的過程中，始終保有一定的風格；西方從柏拉圖、亞里士多德以降，也把文學當作藝術看待，相當重視修辭的技巧，康德(Kant)說：「只有三種美術：語言的藝術、造型的藝術和藝術作爲諸感覺的自由遊戲。」〔《判斷力批判》（宗白華、韋卓民譯，臺北，滄浪，一九八六年九月），上册，頁一七三〕康德逕稱文學爲「語言的藝術」，跟其他兩種藝術並列，顯見文學的語言須要提煉，不同於一般語言。

❷ 依照卡西勒（Ernst Cassirer）的說法，凡是神話、宗教、藝術、歷史、科學等各種文化現象，都得仰賴語言爲它們建構一個體系〔見卡西勒，《人論》（結構群譯，臺北，結構群，一九八九年九月），第七章、第九章、第十章、第十一章〕，語言的神聖性，自不容懷疑。

❸ 參見龔鵬程，〈論唐代的文學崇拜與文學社會〉，淡江大學主辦第三屆「中國社會與文化學術研討會——晚唐社會與文化發展」論文，一九九〇年四月二十八～二十九日，頁九～一四。

❹ 見吳魯芹，〈瑣憶《文學雜誌》的創刊和停辦〉，刊於《聯合報》副刊（一九七七年六月一日）。

❺ 同上。

❻ 他們原想請梁實秋當社長，梁氏是雅人，聽到「長」字號之類的頭銜，避之唯恐不及，所以雜誌社始終只有發行人和主編，並無社長。（同上）

❼ 劉守宜後來有一段話說：「當年辦雜誌，除了『勇氣』和『傻勁』以外，似乎只有『寄託在渺茫希望上』的一些幻覺。事實上，事前並沒有周詳考慮，事後也不曾切實計畫。記得創刊之前，有一位在文壇上有聲望、杏壇上有影響力的前輩，表示願意出面、出力，——就是不出錢。想不到這位前輩卻臨陣退兵。老於事故的人，爲自己的『名望』多作考慮，原本無可厚非，只怪這幾個『長』不更事的人，突然把別人的豪語，當成了確切的約定。這些陳年舊賬，不說也罷！」（〈感想和希望〉，收於《文學雜誌索引》（臺北，聯經，一九七七年四月），頁二），從這裡也可以看出他們在「化緣」方面的窘狀。

❽ 這也是明華書局本身經營不善，連累到雜誌，使雜誌完全失去了支援。不久，明華書局也在債務纏身下狼狽的結束。見應鳳凰，〈劉守宜與「明華書局」·《文學雜誌》〉下，刊於《文訊》第二十一期（一九八五年十二月），頁三一八。

❾ 《文學雜誌》最後一期〈致讀者〉說：「凡是與出版界略有接觸的朋友，都知道在目前的環境中辦一個刊物的艱難不易，如果一個刊物能維持一至二年，已經是奇蹟，能辦上三年五載，那簡直是享到了古稀之壽，可以和松鶴媲美了。臺灣的刊物最多曾到達一千餘種，惜乎天不假年，大半都夭折了，能長期維持下去的，眞是鳳毛麟角。然而，儘管在這種不景氣，極端困難的情況下，仍然有不少有傻勁的人，彼仆此起，創辦刊物，眞個是『離離原上草，一歲一枯榮，野火燒不盡，春風吹又生。』這種情形，且不必彈什麼別的高調，至少對於『文化沙漠』之譏，該是一個有力的反證。」這段話說得既沈痛又自豪。遺憾的是「文化沙漠」還是「文化沙漠」，無法再使一朵文學奇葩復活。

❿ 同注❹。

⓫ 有關《文學雜誌》的作者概況，參見注❼所引《文學雜誌索引》作者索引部分，本文不擬予以統計。

⓬ 林海音，《芸窗夜讀》（臺北，純文學，一九八四年四月），頁九七。

⓭ 沈謙，《書評與文評》（臺北，書評書目，一九七五年五月），頁八三。

⓮ 同注❹。

⓯ 吳魯芹語，同上。

⓰ 沈謙語，見〈期待《文學雜誌》的復刊〉，刊於《聯合報》副刊（一九七七年四月十一日）。我們所謂「並非全部公開」的意思是《文學雜誌》看重文學理論和有關中西文學的論著，而這些文章多半是特約來的（包括夏濟安所指導學生的作品）。

⓱ 見薛茂松〈五十年代文學雜誌〉，刊於《文訊》第九期（一九八四年三月），頁三一九～三六四；〈臺灣地區文學雜誌的發展〉，刊於《文訊》第二十七期（一九八六年十二月），頁七七～八六。

⓲ 同注⓰。

⓳ 同上。

⓴ 沈謙所提出的第一項特色「樸質眞醇，風味絕佳」，本可以好好發揮，直探《文學雜誌》的眞髓，但是他卻用「不流於熱情奔放，不故弄玄虛，不作過分雕飾」等高度概括的抽象語，使人懷疑他說的不是《文學雜誌》，因爲別的刊物也不難找出這些「特色」。

㉑ 正如吳魯芹所說，他們創辦《文學雜誌》，並不抱有什麼「時代使命」或「啓迪後進」的目的，自然就不需要弄一篇冠冕堂皇的發刊詞了。

㉒《文學雜誌》前後只有五篇〈致讀者〉。其中一篇刊於創刊號（第一卷第一期，頁七○），一篇刊於週年紀念號（第三卷第一期，頁八四），一篇刊於夏濟安主編的最後一期（第六卷第一期，頁八八），這三篇都跟雜誌有直接的關係，尤其前一篇可以看作是《文學雜誌》的「宣言」，所以特別提出來談（後兩篇中，一篇是檢討前一年的成果，也把以前的「宣言」再強調一番；一篇是夏濟安的「臨別感言」）。另外兩篇是爲推舉胡適參加諾貝爾文學獎甄選（第一卷第五期，頁九四）和休刊宣言（第八卷第六期，頁六一），這跟本節所論無關，所以就不予討論。

㉓周棄子，《未埋庵短書》（臺北，文星，一九六四年元月），頁五。

㉔按：編者在創刊號〈致讀者〉中引《論語．八佾篇》所載孔子「繪事後素」這句話，依照古人注解，它有「繪事後素」和「繪事後於素」兩種說法。編者沒有明說他採用那一種說法，不過我們從他所說一段話「我們並非不講求文字的美麗，不過我們覺得更重要的是：讓我們說老實話」，可以猜到他可能是採取後一種說法的。

㉕同注㉓。

㉖同上，頁一○～一一。按：此處括號中的文字，是槩括周氏的意思，不盡是原文照錄，特爲聲明。

㉗文學一旦淪爲政治的附庸，在本質上則無異於共產黨的宣傳文學，這是《文學雜誌》編者所要反對的。

㉘同注㉔。

㉙今人爲文討論「戰鬥文學」，多流於浮泛，很少碰觸到它的核心問題。這裏舉出當年《文學雜誌》編者和周棄子的言論，多少也有促使大家重新思考「文學與政治」這個課題的意思在。

㉚ 有關余光中加入編輯一事，吳魯芹所說，跟劉守宜在一次受訪中所說略有出入。應鳳凰說：「據劉先生的回憶，雜誌創刊不久，林以亮即來信反映：刊登的詩作其中一、二首不甚好。包括夏濟安以及編輯顧問吳魯芹，都自謙不懂新詩，自此以後，便把收到的詩稿完全交給余光中過目，並決定取捨。」（〈劉守宜與「明華書局」〉，《文學雜誌》〉上，刊於《文訊》第二十期（一九八五年十月），頁三二七）劉氏所說，似乎較近事實。

㉛ 一般文學雜誌的壽命，都非常短暫（只要翻翻任何一份文學雜誌的目錄索引，就可明瞭），而《文學雜誌》居然能不間斷的辦了四年，也算是個「奇蹟」。不過，這個「奇蹟」卻不是憑空得來，它跟雜誌社內部強烈的凝聚力，有密切的關係。

㉜ 《文學雜誌索引》把影劇類排在文學評論類後，這裏略作調整，使它排在其他三個文類後面。

㉝ 《文學雜誌索引》將影劇獨立爲一類，有點問題，在外國文學影劇類中兩篇都是劇本，而中國文學影劇類中四篇都是電影評論，不太相稱。另外，外國文學小說類中〈談黎爾克的詩〉，應列入文學評論類才對。不過，這都無關宏旨，這裏除了把〈談黎爾克的詩〉歸位，仍依索引中所分影劇獨立爲一類。附帶說明一點，詩歌類中同一期刊出同一作者，不論一首、二首、三首，都以一篇計算；小說類中同一篇分期刊出，則視爲一篇；中國文學其他類中有五篇〈致讀者〉，也算在內。

㉞ 「無所爲而藝術」是莊子的藝術觀，有別於「爲藝術而藝術」、「爲人生而藝術」。參見顏崑陽，《莊子藝術精神析論》（臺北，華正，一九八五年七月），頁一七二～一八四。

㉟ 夏濟安，〈白話文學與新詩〉，刊於《文學雜誌》第二卷第一期（一九五七年三月二十日），頁八。

㊱勞榦，〈對於白話文與新詩的一個預想〉，刊於《文學雜誌》第二卷第二期，一九五七年四月二十日，頁一七。

㊲參見劉心皇，〈自由中國五十年代的散文〉，刊於《文訊》第九期，一九八四年三月，頁五八～六〇。

㊳我們所說的「典範」，跟一般所說的「典範」，略有不同。一般所說的「典範」是從孔恩（Thomas S. Kuhn）來的，孔恩說：「我所謂的『典範』，指的是公認的科學成就，在某一段時間內，它們對於科學家社群而言，是研究工作所要解決的問題與解答的範例。」（《科學革命的結構》（王道還編譯，臺北，遠流，一九八九年七月，頁三八），而《文學雜誌》的文字，是否成為某些文學社群的範例，我們無從考知，但是我們判斷它應該成為「典範」，所以這裡就直接用「典範」一詞。還有我們前面所說的「純淨」，跟這裡所說的不帶「叫囂」和「色彩」似乎是兩回事。其實不然，會注意到文字「純淨」的人，是不會讓它帶著「叫囂」和「色彩」，不然文字又流於工具化了。

㊴見南方朔，〈走出浮生一夢——九十年代文化變貌〉，刊於《聯合報》副刊（一九八九年十一月二十三日）。另參見龔鵬程，《我們都是稻草人》（臺北，久大，一九八七年四月），頁一六九～一七三；孟樊，《後現代併發症——當代臺灣社會文化批判》（臺北，桂冠，一九八九年八月），頁一五八～一六〇。

㊵所謂「異化」，借自馬克斯（Karl Marx），《經濟與哲學手稿》（見注㊴所引孟書，頁一二六引），用來指「文字」和「文學」的分離（這還沒有把半通不通、累贅、歐化的文字包括進去）。當然，我們

目前有不少文學獎提供高額獎金，努力在培養優秀的作家，多少彌補了一些缺憾，但是在整個風氣的影響下，多數的作家仍然無力突破文字的困境。

㊶至於《文學雜誌》向來不設「門戶」，有容乃大，對於今天仍餘波盪漾的「現代」、「鄉土」之爭或「統一」、「獨立」之爭，不也能發生一點「示範」作用？

附錄

小說的後設思考

摘要

基本上，小說不是一個「事實存在」的對象，必須靠理論加以貞定。同時，理論又多少會限制小說的「發展」，還需別的理論來檢視。本文就是由小說和理論及理論和理論辯證下的產物。內文略分六節，討論小說是什麼、小說與其他文類的差異、小說的基本構造、小說的美學成分、小說的詮釋、小說的評價等課題。前三者是為小說如何可以自成一個領域和小說是如何構成的作分辨，後三者是為小說的美感經驗和讀者如何閱讀或品鑑小說作導路，合而構成一套有關小說的認知體系。結尾處，並迴應了新興的「後設小說」對本理論建構的「威脅」。

一、前言

就一般人來說，小說的存在似乎是一個不證自明的事實；而坊間以小說爲討論對象的著作，也在大談特談小說的種種問題而毫無艱難。但小說確是存在的嗎？討論小說也眞的可能嗎？類似的問題卻很少有人去觸及，以至成疊的相關著作都成了可被懷疑的對象，而原先某些被視爲小說的作品也失去它的位階，一切都在未定之中。

這從當代部分文學理論家〔伊格頓（T. Eagleton），一九八七：一八、一三四〕所揭發文學都是「政治性的」或「互爲文本（正文）的」而無專屬的特性或本質以來，已經足夠提供我們意識到作爲文學類別之一的小說瀕臨死亡所需的訊息，那還抱著「小說」觀念不放的人，豈不是應了俗稱「冥頑不靈」的情況？顯然小說不如大家所想像的那麼容易確定；同時小說即使可以再保留它的地位，往後要怎麼看待它也沒有一定的準則，這都需要全面而徹底的反省，才有可能加以掌握。

在這個前提下，我們選擇小說如何可以獨立成一個領域，而它是怎樣構成的，以及讀者又該如何理解和感受等課題，進行討論。一方面迴應前舉理論家對小說的質疑，二方面理出一條可採行的有關小說的思路。而討論的結果，勢必跟前行各家的說法有所不同。

二、小說是什麼

㈠小說的定位：

根據巴柏(K. R. Popper)(一九八九：二〇一)的研究，我們所生存的世界有三：一是物質和能量的世界，二是意識經驗的世界，三是客觀知識的世界。然而，物質和能量必爲人所意識才能「存在」，而人的意識一旦發生，立刻形成客觀知識，這樣三類世界就無從分起了。這客觀知識的世界，用卡西勒(E. Cassirer)(一九八九：三七～四一)的話來說，就是「符號的世界」或「文化的世界」或「理想的世界」。通常我們都逕稱它爲「文化」。

在文化的大系統底下，又可分(沈清松，一九八六：二一～二九)「終極信仰」(如天、道、上帝、聖、佛等)、「觀念系統」(如哲學、科學等)、「規範系統」(如倫理、道德等)、「表現系統」(如文學、藝術等)、「行動系統」(如技術、管理等)等五個次系統。其中文學屬於表現系統，含「文學創作」和「文學批評」兩部分。文學創作，依現行的分法，主要有詩、散文、小說、戲劇等四類。而文學批評，也可分實際批評和理論批評；當中理論批評(周慶華，一九九二)，又包括本體論、現象論、創作論、批評論、方法論等五項。

依照上面的分疏，小說位在文化的「次次次系統」中。它跟同級或不同級系統間有或多或少的聯結（最明顯的是理論限定小說的存在而小說也改變理論的形態，彼此所構成的辯證關係）。至於它如何自成一個領域，還需經由其他途徑來討論。

㈡**小說的涵義：**

古來大家對小說的理解不盡一致，在中國（胡懷琛，一九七五：九），小有不重要的意思，說字含有悅義，所以小說就是講些故事或笑話以娛樂聽眾；古代不稱小語、小言、小記，而稱小說，大概就是這個道理。在西方（福勒（R. Fowler）一九八七：一七八～一七九），或稱小說是「用散文形式寫成且具有一定長度的虛構作品」，或稱小說是「用散文寫作的喜劇性史詩」，並無一定的說法。

近人所編《辭海》給小說的定義，略有兼併上述二者的趨向：「按我國舊說，以小說為瑣細之記載，故凡雜記、筆記以及考證事物等文字，皆可包括在內。今通稱以散文體裁設計描寫之人物故事為小說。」這雖然沒有強以某一項意義指實小說，但也讓人體會到一個「事實」，就是除了對小說進行規範，不然無從得出有關小說的「描述性的定義」。因此，今後所指稱的小說，如果不先經過化約或範限，勢必難以成為可「認知」的對象。

㈢**小說的指涉：**

類似的困境，也顯現在小說的指涉上。早期如胡應麟《少室山房筆叢》卷二十八所指小說有六類：志怪（如《搜神》、《述異》、《宣室》、《酉陽》等）、傳奇（如〈飛燕〉、〈太眞〉、〈崔鶯〉、〈霍玉〉等）、雜錄（如《世說》、《語林》、《瑣言》、《因話》等）、叢談（如《容齋》、《夢溪》、《東谷》、《道山》等）、辯訂（如《鼠璞》、《雞肋》、《資暇》、《辯疑》等）、箴規（如《家訓》、《世範》、《勸善》、《省心》等）；《四庫全書總目提要》子部〈小說類〉所指小說有三類：敍述雜事（如《西京雜記》、《世說新語》等）、記錄異聞（如《山海經》、《穆天子傳》、《神異經》等）、綴緝瑣語（如《博物志》、《述異記》、《神異經》等），彼此已有廣狹的差別。

今一般文學史通稱神話、志怪、傳奇、平話（話本）、章回小說等爲小說，而一般百科全書所指小說的範圍更廣，包括民間故事（含神話、傳奇）、寓言、故事、短篇小說、長篇小說、隨筆、小品文、劇本、史詩（小說化）等，這也沒有什麼共同的準據。

由這點可以看出，不止難以透過小說的涵義（內涵）找出小說的指涉（外延），更難以藉由小說的指涉歸納小說的涵義，最後只得把小說當作一個「相對開放型」的文類，任由談論者作限定後的使用，而不再像對待某些概念一樣，硬加給它「本質定義」或「實指定義」。

三、小說與其他文類的差異

㈠文類與文體的劃分：

想把小說獨立出來討論，最基本（有效）的作法，就是分別它跟其他文類（指當今大家慣稱的）的差異。而這可能要先區分文類和文體的不同（藉以確立文類的地位）。文類指語言形式（構詞形式），文體指表達方式（構思形式）。向來有所謂風雅頌賦比興六義（名稱最早見於《周禮・春官・大師》，並採入〈毛詩序〉），前三者就是指文類，後三者就是指文體。孔穎達《毛詩正義》說：「風雅頌者，詩篇之異體；賦比興者，詩文之異辭耳。大小不同而得並爲六義者，賦比興是詩之所用，風雅頌是詩之成形。」朱熹《詩集傳》說：「風雅頌，聲樂部分之名；賦比興，則製作風雅頌之體。」朱熹所用的「體」和孔穎達所用的「體」，涵義有別。前者指主體的構思形式，後者指詩文的構詞形式。楊載《詩法家數》承繼這兩家說法，而有較詳盡的解釋：「詩之六義，而實則三體。風雅頌者，詩之體；賦比興者，詩之法。故賦比興者又所以製作乎風雅頌者也。」以上要數朱熹的說法，跟我們的說法比較接近。

雖是這樣，文體在大多時候（張漢良，一九八六：一一五），卻指文學形式、類型、風格等，而文類就包含在裡面。現以劉勰《文心雕龍》爲例，該書〈序志篇〉說：「古來文章，以雕縟成體。」這「體」字顯然是指形式（構詞形式）。又〈明詩篇〉說：「宋初文詠，體有因革。莊老告退，而山水方滋。」這「體」字或指以題材爲定位的文學類別。又〈體性篇〉標出八體：典雅、遠奧、精約、顯附、繁縟、壯麗、新奇、輕靡。這「體」字類似俗說的風格。當前爲了論說方便，還是把文類和文體區別開來，而不取它們的包蘊關係（文體包含文類）。但如照我們的說法，只要有文類（語言形式）存在，就有文體（表達方式）體現其中，而造成文體是文類的修飾性概念。這也就是今人在指稱詩、散文、小說、戲劇等爲文學類別外，還要指稱論說、敍事、抒情、描寫等爲文學體裁的原因所在。因此，以後除非必要，不然我們就只舉文類爲說，而不再涉及文體。

㈡小說與其他文類的劃分：

次文類的劃分，本無一定標準；有人從素材來劃分，有人從形式來劃分，有人從功能來劃分。但某些常識性的分類（張漢良，一九八六：一一二），卻流於簡化，而且會造成汚染，頗不可取，如散文、韻文的分別就是。韻文、散文（或文、筆）原依語言媒體作爲區判標準，卻因歧義而膨脹爲文類的區別，如詩和散文兩種之類。在這種情況下，詩自然可自爲一個文類，散文卻又同時兼指媒體和文類；而作爲媒體的散文又分爲（文類的）散文和（以散文媒體寫的）小說。因此，分類本身就變成問題重重的一件工作。

近年的極端文學理論（指解構理論），反而有破除文類，走向「元類」（正文）的傾向。在作品「正文性」的表演之下，一切文類區分（包括政治宣言、戲劇、詩和菜單的區別），都是不必要的了。理由是（張漢良，一九八六：一一九）：正文（text）不但不是語言的傳播和模擬功能的實踐（浪漫主義者認爲文學作品是在表現主體的情思，而寫實主義者主張文學作品是外在現實的模擬），也不再是一個封閉的、穩定的、實存的系統（新批評家認爲文學作品本身是獨立自足的、有機的意義世界（包括各種形式設計的整體意義），它的組織章法存在作品內，有待學者發現；而結構主義者認爲結構原則（包含語言各層次間的對應關係和整體結構）存在於作品外，是抽象的、肉眼看不見的，但可以顯現在作品中」。它是開放的、不定的、自我解構的一種創造力，一個衍生力量的表演場所或空間。傳統語言符號學認爲符徵（意符）有表意作用，指向意義的符旨（意指）。但解構學者認爲符徵互相指涉，在它們形成的空間中充分運動，作意義和結構的無窮變化。正文表意系統的衍生過程是多元的，無法由一個實存的主體駕馭。因爲所謂的主體或「我」，也是無窮多元的；而且傳統語言符號學中的傳送者和接受者可以相互易位，寫作和閱讀的關係可以互相交錯，因而產生遊戲的空間。在這種情形下，每一篇原以爲是自足的正文，也都是無數其他正文的吸收和轉換，正文其實是正文間的（intertextual）。

面對這樣的「事實」，要繼續談論「小說」就非常困難了。但一切的談論（周慶華，一九九三a），如果可以在宣稱它的「權宜性」或「策略性」下而再爲展演的話，那我們仍然以「小說」一標目也沒有什麼不可以。只是這樣的談論，終將是暫定的（不爲典要），一旦言說策略改變了，這一套說法就得跟隨著改變。

然而，小說又有什麼足以跟其他文類區別的「特性」？這點韋勒克（R. Wellek）、華倫（R. P. Warren）（一九八七：三六四）曾有過分辨：「大部分的現代文學理論都會傾向於廢棄散文與詩之間的區別，而把想像性文學分爲小說〔長篇小說、短篇小說、史詩（敘事詩）〕、戲劇

（不管以散文或詩體寫成）和詩（主要指跟古代「抒情詩」相對應的作品）等三類。」文學就包含詩、小說、戲劇三類，而這三類的劃分是根據「外在形式（特殊的格律和結構）和內在形式（態度、語調、效用或稍爲粗略一點，題材和讀者觀眾）。」這可進一步藉摩立斯（C. W. Morris）（徐道鄰，一九八〇：一五五～一六四）的語言類型論來說明：語言有指示、評判、規約、組合四種表達方式，及報導、評價、促使、組織四種使用方法；四乘以四，共有十六種語言類型：

表達方式＼使用方法	報導	評價	促使	組織
指示	科學	小說	法律	宇宙論
評判	神話	詩歌	道德	批評
規約	技術	政治	宗教	宣傳
組合	邏輯	修辭	文法	形上學

詩就是評判語句的評價使用（用評判語句來表達一個人對一些事物的欣賞或憎惡，而期望對方聽話的人，對這種事物同樣的產生一種欣賞或憎惡的心理反應），小說就是指示語句的評價使用（小說多半都避免用過分的評判語句或規約語句，就是書中人物偶而作一些評論式或規勸式的談話，也都算是小說內容的一部分，而不是小說本身的一般語調。讀者對於作者所指示的情境，產生一種見解和態度，而影響他的主張和行動。雖然小說用的是指示語句，但它使用的目的不是在報導，而是在評價，並影響讀者對某些事物作一種有利或不利的評價），彼此顯然有所差距。至於戲劇，雖然跟小說是同性質的文類，但小說是供閱讀的「書面正文」，戲劇是供表演的「演出正文」，二者仍有區別。至如細節方面（像故事情節的安排、人物性格的塑造、敍述觀點的運用、背景的處理等），二者都不盡相同，也可以作爲次區分的依據。

如果順著上述幾位理論家的說法，「散文」可入詩，可入小說，也可入一般哲學、科學論說，並無專屬的「特性」，勢必要取消它的文學類別義，而僅存語言媒體義。但它已被許多人特許爲介於詩和小說間的文類，似乎也不好就截然的否定它，而仍然給予保留一個位置，並期待它也能「發展」出獨自的領域。不論怎樣，我們所肯認（或說賦予）的文類義的小說，大體上可作爲談論的準則，而不致有什麼大問題。

四、小說的基本構造

從整體來看，小說固然是一種指示語句的評價使用（如上面所述），但從細部來看，小說還可分出許多的「元素」。這些「元素」合而構成小說可被觀察的「形式」和可被理解的「意義」。現在就一一的加以分疏。

㈠**小說的形式結構：**

小說的形式結構原指敘事架構來說，但因敘事過程中有敘事觀點的運作和敘事方式的行使，可以合併在一起考察，所以小說的形式結構就涵蓋這三部分：

1.敘事觀點：敘事觀點是指敘述者（作者）敘事時所採取的角度（視點），約略可分（彭歌，一九八〇：九〇～一〇六）：

⑴全知觀點：敘述者在小說中有如上帝，握有無所不在而又無所不知的特權（如《三國演義》、《水滸傳》、《紅樓夢》、《戰爭與和平》、《傲慢與偏見》等）。

⑵第三人稱觀點：特指「他」是小說中的主角。敘述者透過主角的眼睛來看世界，同時藉主角的心情和感覺來表達思想和情緒（如《咆哮山莊》、《尤里西斯》等）。

⑶第一人稱觀點，特指「我」在小說中只是一個次要角色，一個敘述者（如魯迅〈祝福〉中的魯書生、《福爾摩斯探案》中的華生等）。

(4)第一人稱觀點：特指「我」就是小說中的主角（如魯迅《狂人日記》、丁玲《莎菲女士日記》、《塊肉餘生記》、《簡愛》等）。

(5)旁知觀點：敍述者純然是一個旁觀者，他對小說中所發生的一切，既不加以分析，也不加以解釋，只是將觀察所得報告出來〔如海明威（E. Hemingway）〈殺人者〉、莫泊桑（G. Maupassant）〈歸鄉〉等〕。

以上各種敍事觀點可單獨使用，也可參雜使用〔參雜使用的例子，如海明威〈有與無〉、福克納（W. Faulkner）《亞卜瑟冷》等〕。

2.敍事方式：敍事方式是指敍述者敍事的方式，約略可分（李喬，一九八六：一二八～一三○）：

(1)順敍：依故事情節的時空順序敍述。

(2)倒敍：例敍有兩種情況：

①全倒敍：先敍述結尾高潮處（或鄰近）再倒敍前面情節。

②半倒敍：在情節中間關鍵處落筆，倒敍前半情節，再以「現在進行」敍述後半情節。

(3)挿敍：這跟「半倒敍」相近，不同的是「現在進行」和「回憶」揉雜敍述；而該「回憶」目的在補充說明。

(4)意識流：隨敍述者的意識、感覺而進展（意識流手法建立在一個前提上，就是記憶中的事物和情感，並不是維持物理時空架構保存著，而是抽去時空關係，或同時呈現狀態的。用在小說上，便是讓那失去時空架構的事物和情感，隨著流動不已的意識奔赴筆端）。

以上各種敍事方式中，除了意識流很少單獨行使〔多跟其他方式參雜行使，如白先勇〈遊園驚夢〉、劉以鬯《酒徒》、勞倫斯（W. J. Lawrence）《查泰萊夫人的情人》、福祿貝爾（G. Flaubert）《波華荔夫人》等〕，其他都單獨行使。

3.敍事架構：敍事架構是指敍述者敍事的過程。這過程大略有：開頭、發展、變化、高潮、結局。可形成多種圖式（由故事或情節錯綜而成）〔佛斯特（E. M. Forster），一九九三：一三五～一五四；康洛甫（M. Komroff）（龔鵬程，一九八七：一四八～一五〇）〕，如：

(1)鐘漏型（滴漏型）：如法郎士（A. France）的《泰絲》中兩個主要人物：禁慾主義者伯福魯士（Pophnuce）和妓女泰絲（Thais）。前者要去拯救後者，他們分居不同地方，終於見面了，泰絲因而進了修道院獲得救贖，伯福魯士卻爲了跟對方見面而掉進罪惡之中。這兩個人物互相接近，交會，然後再分開，正好形成一鐘漏的型式：

(2)長鍊型：如路伯克（P. Lubbock）的《羅馬照片》中的那位在羅馬遊歷的觀光客，他在那裡遇到一位朋友狄林（Deering），介紹他去參觀咖啡廳、畫廊、梵蒂岡、義大利皇宮周圍

等，最後兩人又相遇了，原來這位朋友是他女主人的姪子。兜了一個圈後，兩人又合在一起，形成一個長鍊的型式：

⑶圓型：凡是指向「永恆的循環」或兜回開始地點的故事型式都是，圖型就像一個圓圈：

⑷橫8型：如《雪拉斯麥納》，書中有兩個主題，各有自己的行程，彼此在一點上相遇、分開，然後再連在一起，形成一個類似橫8字的圖型：

⑸半拋物型：如史坦貝克（J. Steinbeck）的《人鼠之間》、康拉德（J. Conrad）的《吉姆卿》、德萊塞（T. Dreiser）的《美國的悲劇》等，小說開始以後，進行到某一覺察點，故事就順著命運的終局，一降而到結尾，形成一個半拋物狀的型式：

(6)拐角型：跟半拋物型相反，小說進行到某一覺察點後，命運轉好，宛如灰姑娘般的成功故事，形成一個拐角狀的型式：

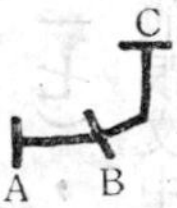

(7)鋸齒型：如《唐吉訶德》，書中每一樁奇異的事件都躍升到最高潮，結尾才回到開頭的水平上，形成一個鋸齒的型式：

以上這些圖式，在中國小說中大體上都能找到例子（龔鵬程，一九八七：一五〇），如《西遊記》就接近鋸齒型；而由悲劇轉爲喜劇的情況，似乎又更多。另外，敘事架構中的「變化」一項，是就情節的歧出或人物的衝突來說；而歧出或衝突到最緊張或最高點時，就稱它爲「高潮」。這二項未必所有小說都具備（還有縱有「變化」的也未必會達到「高潮」），但其他三項（開頭、發展、結局）無疑是各種小說所共有。

(二)小說的意義結構：

小說的意義結構有兩部分，一是小說的語言面意義，一是小說的非語言面意義。每一部分意義，還可細分爲許多項：

1.語言面意義：這是小說語言由於結構（組織）而有的內在關係和指涉在外的事項。通常我們都稱它爲主題和故事。而就「外觀」來說，依序是：

⑴故事：故事是指依時間順序排列的事件的敍述（敍述方式可作調整，如前所述）。又包含情節和人物兩部分：

①情節：以故事爲基礎，但重點在因果關係上（佛斯特，一九九三：七五～七六），如「國王死了，然後王后也死了。」是故事。「國王死了，王后也傷心而死。」就是情節。在情節中時間順序仍然保有，但已爲因果關係所掩蓋。又「王后死了，原因不明，然後才發現她是死於對國王之死的悲傷過度。」這也是情節，中間加了神祕氣氛，有再作發展的可能。這句話將時間順序懸而不提，在有限度的情形下和故事分開。對於王后之死這件事，如果我們問：「然後？」這是故事；如果我們問：「爲什麼？」就是情節。這是小說中故事和情節的基本差異。

②人物：人物是故事中的角色。因爲故事中的角色是人，所以我們把它稱爲人物。而人物有名稱、性格和行動。

A名稱：人物有姓名（當然也有人物沒有姓名的，如海明威的《老人與海》中的老人就是）（彭歌，一九八〇：一六～一七），它的作用不止是一個標籤，還有強烈的暗示性。而人物的命名，多半看他的身分地位和他跟文中他人的關係而定。

B性格：人物約略可分（佛斯特，一九九三：五九～六八）扁平人物和圓形人物兩種。前者有時被稱爲類型或漫畫人物；在最純粹的形式中，他們依循著一個單純的理念或性質而被創造出來。眞正的扁平人物，可以用一個句子描述殆盡。而圓形人物卻生氣蓬勃，深富人性深度；他的個性不能用一句話就扼要地說出來，還能以令人信服的方式製造詫異。

C行動（包含言語）：人物的行動可分（佛斯特，一九九三：三七～五五）外在的活動（如出生、飲食、睡眠、工作、愛情、死亡等）和內在的活動（如精神狀態和一些純粹的熱情，如夢想、喜樂、悲傷和一些不便出口或羞於出口的內省活動）。人物的行動可帶動情節的發展，也可由情節引發出來。

(2)主題：如果說故事是小說的題材，那主題（劉昌元，一九八七：二五一）就是貫穿題材的一般觀念。前者是小說語言指涉在外的事項（可以是「事實」存在，也可以是「想像」存在），後者是小說語言由於結構而有的內在關係。因爲它們都受到語言的「制約」或基於人「約定俗成」對語言的用法，而可以直接從語言本身加以掌握，所以統稱它們爲小說的語言面意義。又小說的語言面意義中的故事部分，不盡爲其他文類所有，而主題部分（甚至底下所要談的非語言面意義）又「蘊涵」在故事裡頭，以至這裡凸出小說的語言面意義來討論，也就沒有白費力氣了。

2.非語言面意義：這是伴隨小說語言而來的有關主體自覺的情感、意圖、世界觀、存在處境和不自覺的個人潛意識、集體潛意識等：

(1)情感：小說家在組構語言呈顯故事和蘊涵主題時，多少都會引起各種生理變化和心理反響。於是小說語言的出現，就伴有了小說家的情感（這在語言的腔調上最容易看出）。

(2)意圖：小說家除了完成小說的撰寫（達到撰寫小說的目的），不免也會有藉小說影響他人或獲取名利的企圖（小說家的目的），這就構成意圖存在的事實。

(3)世界觀：小說家在安排故事情節的過程中，同時也發出了他對宇宙人生的看法。因此，世界觀一項雖然不在語言本身呈現，卻可以「透視」語言加以掌握。

(4)存在處境：小說家所以要撰寫小說，以及那般擇取題材和表現主題，跟他所有的歷史文化背景和存在的具體情境，有密切的關係。所以小說中勢必也隱含著小說家個人的存在處境或小說家和其他人存在處境的關係。

(5)個人潛意識：小說家在表現主題上或發出意圖和世界觀上，經常有些個人所不自覺的慾望和信念支持著，這就是個人潛意識。

(6)集體潛意識：如果小說家不自覺的襲用社會（集體）的價值觀和社會關係來支持他的表現和見地，那就是集體潛意識了。

從情感到集體潛意識等非語言面意義，向來被討論時（朱光潛，一九八二：九三～一〇〇；蔡源煌，一九八八：二三三～二三四；沈清松，一九八八：二八～三一），只籠統的當它是語言的意義，而沒有像我們這樣詳細的分辨。至於這些非語言面意義如何可能，經由我們的探討，也可以意會到那是人使用語言共有的「經驗」（有些非語言面意義過去沒被發覺，並不代表不存在），不必再別爲找尋根據。而就小說來說，自有伴隨小說語言而來的非語言面意義，不必然跟其他文類的非語言面意義相互重疊，所以無礙於這裏單獨提出來討論。而我們前面所引的「小說是指示語句的評價使用」，也可以得到比較明確的肯定。換句話說，指示語句是小說語言的特性，而評價使用是小說家的意圖或世界觀的所在（並未窮盡小說家自覺或不自覺的情緒和意識）。

五、小說的美學成分

小說的基本構造，是小說的「通義」。任何一位小說家，很難在「背離」它後而還能思考小說的創作。但謹守這些通則，也只能創作「小說」而已，不必然會成就高品質的作品。想成就高品質的作品，還要有美學上的考慮。

㈠小說美學的對象：

小說也跟其他文類一樣；都是語言組成的，自然有屬於語言學的層面，如語音、音律、詞彙、語法等等，但這不足以引起人的美感經驗（在詩中較有可能）。能引起人的美感經驗的，要在超語言學的層面，如故事（含情節、人物）、主題、表達手法等等。因此，超語言學的層面，就成了小說美學的對象所在。

㈡小說美感經驗的特徵：

依據前人的研究（高辛勇，一九八七：四七～五一），所有作品因素的選擇、安排，以及機杼（手法）的選擇運用，是由「動機」所決定的。而小說的「動機」有三：

1.故事動機：故事動機是要使事件或主題達到它們最高的故事效率。其他如以寫景來作性格或氣氛的映襯、增強，也是一樣的。另外，故事動機可分內在動機和外在動機。內在動機，有邏輯必然性（通常以人物意志帶動事件），合理而可信，西方人較重視這一點。外在動機，沒有邏輯必然性（多偶然），以這爲事件抉擇理由，容易使事件淪於牽強湊和，中國人較偏向這一點。這跟中西方人的歷史觀和宇宙觀的差異相類。西方人的歷史觀是一種「目的性」的觀念（朝一定的目標在發展）；宇宙的創造有一定的原因（可追溯到「最初因」：上帝），而演進也朝一定目的進行。中國人認爲事物自生自滅（是自然現象），沒有一定的原因，突然而起，倏忽而滅。不過，中國小說雖然不以因果關係貫串事件，但又表現另一種「因果」的人生觀：佛教的「因緣」觀念（定命觀），所以小說事件中的巧合，也並非眞巧合。

2.寫實動機：小說本爲虛構（或說由語言的敍事功能所構成），但常賦予「眞實感」。這「眞實感」可從三方面表現（劉昌元，一九八七：二七一～二八七）：

(1)對人性眞實：人物性格同時兼具有特殊性（個性）和普遍性（類型），言行「前後一致」（合於個性，不得任意安排）；即使有反常行爲，也應有原因可說。但這有類型限制，對於「寫實主義」的作品重要性較大，而對於「超現實主義」（或「魔幻寫實主義」）的作品就沒有那麼重要了。

⑵對人生事件眞實：作品的事件在組織上比人生事件嚴謹（常集中於某一點上，以及具有完整的結構），但現實人生中的時空關係、事件間的因果關係，仍必須遵守（當然，也得考慮作品的類型）。

⑶對人生經驗眞實：作品在對普遍人生問題（如人生的意義、價值、目的和跟它們有直接關係的其他問題，如愛情、死亡、道德抉擇、對自我及世界的認識、個人和社會的關係等）的揭露和對人生存在情境的感受上，應對實際人生中的問題眞實。這項最爲重要（不分類型）。

然而，以上三點都只具有「相互主觀性」，不具有「絕對客觀性」。換句話說，對人性眞實、對人生事件眞實、對人生經驗眞實，只在同一社群或有共同點的社群間爲有效。此外，就未必會獲得相同的認定了。

3.藝術（美感）動機：以「多義」或「歧義」（這特就主題或題旨來說）激起讀者的美感。另外，使某種因素（如敍事觀點或敍事方式或敍事架構）「新奇化」或「脫窠臼」，也是同樣的作用。

在以上三種動機外，還有所謂「題旨動機」（載道或說教動機）。而比較起來，中國小說特別注重「題旨動機」和「寫實動機」；西方小說較多兼及「藝術動機」和「故事動機」。

嚴格的說，只有「藝術動機」的實現，才有小說美感經驗的發生。但爲了顧全小說整體的表現，其他幾種動機的美感價值也不能忽略（「題旨動機」一項，我們還要強調或賦予它「深刻」的特性才行）。因此，小說的美學成分，就在故事情節的合理眞實（指對人生經驗眞實）、主題的多重深刻和表達手法的新穎上。這是從人的美感經驗累積而來，可以肯認的一個價值指標。小說家想創作高品質的作品，多少都要以它爲鵠的；而讀者想評斷小說的優劣，也多少都要以它爲準則。

六、小說的詮釋

有關小說家從事創作需要考慮的事項，大致就到上節所敍述的爲止，接下來就是讀者的閱讀或品鑑的問題了。

讀者的閱讀或品鑑，通常是指詮釋和評價。前者在於詮析解釋作品的意義，後者在於評量判斷作品的價值；而彼此的關係是後者主要在前者的基礎上實施（其餘就由分析作品的形式來決定）。因此，有必要先談詮釋的問題。

㈠小說詮釋的對象：

小說詮釋的對象，自然是在小說作品的語言面意義和非語言面意義上。小說作品的語言面意義和非語言面意義，就讀者來說，並不是「不證自明」的，而得經過詮析解釋（或說語言的替代或重組）才能擁有。這形成一個「逆向」的創作；只是它可能比小說家所把握的還要多（因爲這裏有小說家所不自覺的潛意識成分）。

㈡小說詮釋的實踐：

作品在實際的詮釋過程中（伽達瑪（H. G. Gadmer），一九八八：一五九～二三九；蔡源煌，一九八八：二三〇～二三二；殷鼎，一九九〇：三八～三九），可能或必然產生兩種「詮釋循環」：一是讀者在尋求局部意義和整體意義的一貫性（也就是說，在詮釋作品的意義時，各部分的意義必須衡諸整體的意義）；一是讀者都得在「先行架構」或「先期理解」（或「偏見」或「先見」或「前理解」或「前識」）中從事詮釋活動（也就是說，讀者必須根據他已知的知識範疇和他對存有的體驗以及生命的體會，來決定他爲作品所作的詮釋）。但第一種「詮釋循環」，也必須預設「先行架構」或「先期理解」，其實只有後一種「詮釋循環」。

此外，在細節方面，還有兩個問題需要解決：第一，當代西方的哲學詮釋學（帕瑪（R. E. Palmer），一九九二：一四一～一八七）曾經指出詮釋是人存在（或彰顯存有）的一種方式（途徑），似乎已能說明詮釋的眞諦或本質了。但它的「先行架構」或「先期理解」說（構成詮釋循環）又限制了自己理論的開展，使我們無法相信詮釋僅止於彰顯存有而已。因此，詮釋勢必別有目的，才有存在的意義（價值）。而這個目的也就決定了詮釋的方向，讓它帶著一個「策略性」的標記，跟其他的詮釋方案（同一對象的不同詮釋）參照互映。第二，對於後起的讀者來說，前人已經作出了許多種詮釋（彷彿要展盡了所有的詮釋策略），如果要再另立新說，又恐沒有更好的理由（目的），而白費心神；如果不再另立新說，而僅作出跟人相同的詮釋，又嫌拾人牙慧，沒有什麼意思，這又該如何是好？關於這個問題，大概只有從反省（檢討）前行詮釋方案所留下的罅隙而調整詮釋的策略一途來因應了。

至於詮釋所得的意義，讀者也必須意識到：我們不能保證這些意義確是作品所有（也許只是我們個人的「構設」）；同時我們也不可能找出作品全部的意義（只能找出作品局部的意義）。正因爲我們不能保證所得的意義確是作品所有（對於這點，我們很難獲得一個客觀的意義。不過，一個自我要求很高的讀者，他會努求尋求他個人意識範疇和作品中所揭櫫的意識範疇的「融合」，使他的詮釋具有「相互主觀性」），所以容許相對或不同的詮釋；也因爲我們不可能找出作品全部的意義，所以詮釋可以無止盡的進行下去。

到這裡我們終於能夠明白，在前言中所引當代部分文學理論家所揭發文學都是「政治性的」或「互爲文本（正文）的」而無專屬的特性或本質，只是就文學作品的意義來說，並未窮盡文學作品所有的美感經驗。換句話說，文學作品儘管也是「意識形態」的實踐（從主題中看出），而該意識形態背後又隱含著主體「權力宰制」的慾望（從意圖或潛意識中看出）；同時文學作品也已經前人「書寫」過（文本（正文）互涉），不可能有「獨創」的意義存在。但文學作品的其他的美學成分（特別是表達手法方面），卻不必然也是意識形態或完全跟別的文本（正文）交互指涉，這樣的特性是不應該被抹煞的。因此，在談小說的詮釋之餘，不得不防自己落入也把小說化約爲「政治性的」或「互爲文本（正文）的」（小說的取材和行文的複雜性，很容易被人這般看待）一些「窠臼」中。

七、小說的評價

詮釋和評價（劉若愚，一九八一：二），一向被視爲文學批評的主要成分。而評價部分常因各人所持立場不同，而有不同的取向（姚一葦，一九八五：三四九～三九一），如「知識取向」（這種取向是從純理性的基礎來論斷文學。他們認爲文學是一種人類的理性的架構，所以必須合理化；它的目的在求「眞」）、「規範取向」（這種取向是從倫理、道德或宗教的立場來論斷文學。他們認爲文學也是約束社會成員思想、維繫社會存在的一種形而上的形式，所以必須合法化；它的目的在求「善」）、「美學取向」（這種取向是從某些特定的形式結構來論斷文學。他們認爲文學可以成就一個美的形式，所以必須合情化；它的目的在求「美」）等。每一種取向所要達到的目的，就是各自用來評價文學的標準。不過，這是就理論來說，實際上每一種取向都只強調或拈取文學的局部「特徵」，不能個別構成文學所有的「認知體系」。更何況每一種取向難免都有跟別的取向「相互滲透」的現象（很少能單獨行使），實在沒有再分彼此的必要。

前面我們討論小說的美學成分時，其實已經涵融了這三種取向（它既可以讓人知道小說是怎麼創作的，還可以讓人知道小說有感發意志和刺激情感等功用）。而我們所以用「美學」標目，自然是採廣義用法（以有別於這裏「美學取向」中「美學」的狹義用法）。這就可以為小說的評價規劃出一個參考架構來：首先，小說評價的對象，不是小說的形式，就是小說的意義，或是小說的形式和意義；其次，小說評價的標準，就在形式是否新奇、意義是否多重深刻上；再次，小說評價的活動，是從對形式或意義或形式和意義充分的掌握後實施；最後，讀者所以能夠使用評判語句來裁斷小說的優劣，不能沒有相關的知識背景和目的預設，所以評價的結果也不為典要。

八、結語

總結來說，小說不是一個「事實存在」物，必須有理論加以貞定。而每一種理論多少也都會限制小說的「發展」，還得仰賴其他理論來檢視。我們這裡所作的，毋寧也是經過這一番歷程，而試圖造就一套新的小說理論。至於它是否禁得起考驗，就不是我們所能預料，而得由大家共同去驗證和評判。

當然，在小說的領域裡，從本世紀五〇年代以來，已有所謂「後設小說」的出現（張惠娟，一九九〇），極力要瓦解小說的成規和讀者對小說的期待，似乎預示了我們這裏所建構理論的徒勞無功。但要知道「後設小說」僅具有「階段性」的意義（周慶華，一九九三b），它的後設語言終究是不需要的，這樣它就又回歸小說的流派，而不妨礙我們所作的種種努力。畢竟一切的理論建構，都是權宜作法，目的在方便討論或創設規範。這裏沒有是非，只有合理與否而已。

（本文原刊載於《基督書院學報》創刊號）

參考書目

一、巴柏（一九八九），《客觀知識》（程實定譯），臺北，結構群。

二、卡西勒（一九八九），《人論》（結構群譯），臺北，結構群。

三、朱光潛（一九八一），《詩論》，臺北，德華。

四、伊格頓（一九八七），《當代文學理論導論》（聶振雄等譯），香港，旭日。

五、沈清松（一九八六），《解除世界魔咒》，臺北，時報；（一九八八），〈解釋、理解、批判——詮釋學方法的原理及其應用〉，於臺大哲學系（編）《當代西方哲學與方法論》（頁二一～四二），臺北，東大。

六、佛斯特（一九九三），《小說面面觀》（李文彬譯），臺北，志文。

七、李喬（一九八六），《小說入門》，臺北，時報。

八、伽達瑪（一九八八），《眞理與方法》（吳文勇譯），臺北，南方。

九、帕瑪（一九九二），《詮釋學》（嚴平譯），臺北，桂冠。

一〇、周慶華（一九九二），〈文學理論的任務及其範圍問題〉，於淡大中研所（編）《文學與美學》第三集（頁四六一～四七八），臺北，文史哲；（一九九三a），〈形式與意義的全方位開放——後現代主義文學評述〉，《臺灣文學觀察雜誌》第七期（頁四一～五二）；（一九九三b），〈臺灣後設小說中的社會批判——一個本體論和方法論的反省〉，中正大學史研所主辦第二屆臺灣經驗研討會論文。
一一、姚一葦（一九八五），《藝術的的奧祕》，臺北，開明。
一二、韋勒克、華倫（一九八七），《文學理論》（梁伯傑譯），臺北，水牛。
一三、胡懷琛（一九七五），《中國文學八論——小說論》，臺北，清流。
一四、高辛勇（一九八七），《形名學與敍事理論——結構主義的小說分析法》，臺北，聯經。
一五、徐道鄰（一九八〇），《語意學概要》，香港，友聯。
一六、殷鼎（一九九〇），《理解的命運》，臺北，東大。
一七、張惠娟（一九九〇），〈臺灣後設小說試論〉，於孟樊、林燿德（編）《世紀末偏航——八〇年代臺灣文學論》（頁二九九～三二二），臺北，時報。
一八、張漢良（一九八六），《比較文學理論與實踐》，臺北，東大。
一九、彭歌（一九八〇），《小小說寫作》，臺北，遠景。
二〇、福勒（一九八七），《現代西方文學批評術語》（袁德成譯），四川，人民。
二一、劉昌元（一九八七），《西方美學導論》，臺北，聯經。
二二、劉若愚（一九八五），《中國文學理論》（杜國清譯），臺北，聯經。
二三、蔡源煌（一九八八），《從浪漫主義到後現代主義》，臺北，雅典。
二四、龔鵬程（一九八七），《文學與美學》，臺北，業強。

現代文學面面觀

一、引言

一般人所信守的文學觀念，在當代曾遭到伊格頓(T. Eagleton)、德多洛夫(T. Todorov)等人的質疑。伊格頓說：「文學根本就沒有什麼本質。」(伊格頓，《當代文學理論導論》)德多洛夫說：「或許文學並不存在(因爲令人滿意的文學定義尚未發現)。」(德多洛夫，〈文學概念〉，劉若愚，《中國文學理論》引)兩人都指出了過去大家對文學的「錯誤」認知。尤其是伊格頓，他一再申論，我們不可能給文學下一個「客觀的」或「精確的」定義；如果有人給文學下定義，那是他爲決定如何閱讀的問題，而不是判定他所寫事物本質的問題。既然文學不存在，有關的文學理論，也是一種幻覺。伊格頓說：「所以說它是一種幻覺，這首先意味著文學理論不過是社會意識形態的分支，根本沒有任何可以把它同哲學、語言學、心理學、文化的與社會的思想充分地區別開來的單一性或特性；其次，它還意味著，它希望把自己區分出來，緊緊抓住一個叫做文學的對象，這是打錯了算盤。」（同上）

如果文學正如伊格頓等人所說，只是一種幻覺，而文學理論也只是學術上的神話，那古來所有文學作品都將無所「安頓」，所有文學理論都將失去「憑依」，而我們現在要討論現代文學也不可能了。這豈不駭人聽聞？所幸文學並不像伊格頓等人所說那樣虛幻。雖然目前還沒有令人滿意的文學定義，但這並不表示文學不存在。正如劉若愚所說：「像語言哲學家已指出『宗教』、『詩』和『貓』這種字眼也不可能有精確的定義，但這並不就表示宗教、詩和貓並不存在。」其實，前人把文學當作「文飾之學」（可以蕭統《文選・序》：「事出於沈思，義歸乎翰藻」的釋義為準）或「語言藝術」（康德（Kant），《判斷力批判》），以有別於「非文飾之學」或「造形藝術」及「感覺藝術」，已經闡明了文學的本質，不能說沒有文學的存在。在這個前提下，談論現代文學自然是可能的了。

雖然如此，要談論「現代文學」還是有許多困難。例如「現代文學」的範圍到底是什麼，我們並不清楚；而「現代文學」的數量到底有多少，我們也不了解，這要如何談論？不過，現代文學畢竟是一個很吸引人的課題，可以從中採取不少的「意義」。因此，我們不採取虛假的歷史敍述法，而嘗試以呈現問題的方式，間配以詮釋和批判，來揭示現代文學可能的意義。

在後面的幾節裡，我們準備把「現代文學」的指涉對象和實質內涵作一番交代，然後就「現代文學」的主要思潮和意識論爭加以批判，最後再將現代人對「現代文學」的詮釋和評價給予再詮釋和再評價。這樣做，會把一般人稱爲「現代文學」的那些作品忽略過去，而讓人誤以爲我們所談的不是現代文學，而是「現代文學」的外緣問題。這也無可奈何。因爲「現代文學」所包容的作品類型和數量太多了，而談論的「方法」也不勝指數，要實際對那些作品進行貌似客觀的描述，根本是草率不負責任的做法。

二、現代文學的指涉對象

「現代文學」究竟何所指？「現代」到底是純粹的時間語詞，還是含有價值意味的語詞？如果是純粹的時間語詞，所有在「現代」發生的「文學」，都可以稱爲「現代文學」；如果是含有價值意味的語詞，那在「現代」發生的「文學」，是否爲「現代文學」，還得看「現代」所代表的意義如何，才能確定。這實在是一個很困擾人的問題。

現在坊間有一些以「現代」標名的文學史，如李輝英的《中國現代文學史》、劉心皇的《現代中國文學史話》、夏志清的《中國現代小說史》，他們所說的「現代文學」，是指五四以來的新體白話文學。新體白話文學，又稱爲「新文學」，如王瑤的《中國新文學史稿》、蔡儀的《中國新文學史講話》、司馬長風的《中國新文學史》、周錦的《中國新文學史》，就是以「新文學」命名。這樣看來，「現代文學」就不止具有文學史上的斷限意義，還具有文體上的區別意義。前者容或有年代的爭議（究竟是一九一七年還是一九一九年爲新舊文學的界限，並未確定）；後者就必須嚴守分際，把非新體白話文學排除出去。非新體白話文學，包括文言文和黃遵憲、梁啓超等人所倡導的「新文體」。朱光潛有段話說：

由古文學到新文學，中間經過一段很重要的過渡時期。在這時期一些影響很大的作品，既然夠不上現在所謂「新」，卻也不像古人所謂「古」。梁啓超的《新民叢報》、林紓的翻譯小說、嚴復的翻譯學術文、章士釗的政論文，以及白話文未流行以前的一般學術文與政論文都屬於這一類。他們還是運用文言，卻已打破古文的諸多拘束，往往盡情流露，酣暢淋漓。容易引人入勝。我們年在五十左右的人大半都還記得幼時讀《新民叢報》的熱忱與快感。這種過渡期的新文言對於沒落期的古文已經是一個大解放，進一步的解放所要做的事不過把文言換成白話而已。（朱光潛，〈現代中國文學〉，一九四八年一月《文學雜誌》第二卷第八期）

朱光潛連這些新文言都排除在「現代文學」之外（只當它是過渡文體），那些淸末民初以來還在流行的文言文（清末民初以來用文言寫作的風氣，仍然很盛），更不用說了。而一般撰寫「現代文學」（或「新文學」）史的人，正是把這些新舊文言文，一併劃歸在「現代文學」的領域外。因爲「現代文學」（或「新文學」）是相對於「傳統文學」（或「舊文學」）來說的。這「現代」「傳統」（或「新」「舊」）既可以當作時間區分，也可以當作價值區分，而通常都被當作價值概念看待。也就是說，凡是可以厠入「現代」的文學，比起「傳統」的文學，都要高出一等，甚至是唯一的好文學（以前許多人稱新文學爲「活文學」，而稱舊文學爲「死文學」，就是一個明證）。

此外，也有不把「現代」當作價值概念，如錢基博的《現代中國文學史》所指的「現代」，就是純屬時間概念。而晚近在討論文學史的分期時，也比較趨向於這種說法。不過，大家又常給它加上「年代」的限制，如將晚清以前的文學稱爲「古代文學」，晚清到五四的文學稱爲「近代文學」，而五四到一九四九年的文學，才是「現代文學」（一九四九年以後的文學，又稱爲「當代文學」。在大陸還把一九七六年以後的文學，稱作「新時期文學」）。這時所指的「現代」，就僅限於一九一九年到一九四九年間。

以上兩種「現代文學」，都沒有嚴格的限制內涵。另外有一種承自十九世紀末到一九三〇年左右發生在歐美的現代主義文學，就不同了。現代主義文學所揭櫫的「文學」概念，基本上是由前法國象徵主義文學和英國唯美派（頹廢派）文學而來的，特別強調語言功能和形式實驗，充分體現了「爲藝術而藝術」的精神。五〇年代和六〇年代，在臺灣出現的《現代詩》、《創世紀》、《現代文學》等刊物所指稱的「文學」，就是屬於這一類。這樣「現代」一詞，就跟時間脫離了關係，而變成一個價值語詞，專門用來「對抗」不夠「現代」的東西。這跟第一種說法，又有很大的差距。

然而，不論那一種說法，都有問題。例如以白話、文言來區分新舊文學，就會遇到標準難以確定的問題（也就是沒有人能提出判定白話和文言的準則）。錢玄同曾在一篇文章評梁啓超的「新文體」說：「梁任公先生實爲近來創造新文學之一人。雖其政論諸作，因時變遷，不能得國人全體之贊同，卽其文章，亦未能盡脫帖括蹊徑。然輸入日本文之句法，以新名詞及俗語入文，視戲曲小說與論記之文平等，此皆其識力過人處。鄙意論現代文學之革新，必數梁先生。」（錢玄同，〈寄陳獨秀〉）像梁啓超的文章就被認爲是「新文學」（跟朱光潛等人的看法不同），我們憑什麼反對？還有，用文言來寫新事物，或在寫作時文白夾雜，我們能說它不是「新文學」嗎？這種例子非常多，執著新體白話文學才是「新文學」的人，又要怎麼解釋？

又如把「新文學」限定在一九一九年到一九四九年間，也會遇到「斷頭斷尾」不可能的問題（沒有人能處理有些「先寫作後發表」的情況）。此外，我們也不知道持這種說法的人，要怎麼看待前面所提白話、文言的問題。而且這種分期觀念，還會有某些負作用。如大陸學者嚴家炎就說：「把鴉片戰爭以來的中國文學切成『近代』『現代』『當代』三段，這種史學格局顯然存在著根本性缺陷。一是分割過碎，造成視野窄小褊狹，限制了學科本身的發展。二是以政治事件爲界碑，與文學本身的實際未必吻合。」（嚴家炎，《二十世紀中國小說史·序》）除了嚴家炎所說，這種分期法還「帶有馬克斯主義特殊的歷史觀印記，而且文學史緊密地與革命史、中共政權發展史聯結爲一體」（龔鵬程，〈「二十世紀中國文學」概念之解析〉，第十一屆古典文學會議論文），可能給研究者增添更多的困擾。

又如用西方現代主義文學的標準來界定「新文學」，也會遇到有「貌合神離」、狀況無從辨別的問題（也就是沒有人能肯定何者才是眞正的現代主義文學）。白先勇曾爲歐陽子所編《現代文學小說選集》寫了一篇序，其中有段話說：「三十三位作家的文學技巧，也各有特殊風格，有的運用語言象徵，有的運用意識流心理分析，有的簡樸寫實，有的富麗堂皇，將傳統溶入現代，借西洋揉入中國，其結果是古今中外集成一體的一種文學。」照這樣說，他們所標榜的「現代」文學，「只是文學技巧上的學習，而非意識型態的模仿」（同上），那當代的文學又有那些不是這樣呢？我們從那裡去分辨？

顯然一般人以爲「現代文學」有一定的指涉對象，只是個神話罷了。我們若順著其中任何一種說法來談，恐怕都不會有什麼結果。不如把白話／文言、近代／現代／當代、現代主義／非現代主義的界限一概廢除，就當它是二十世紀文學。這時「現代文學」所指的就是二十世紀在中國發生的文學（這個概念，目前在大陸相當流行），「現代」一詞就純屬時間概念（範圍要比以前計）。有這個概念作基礎，往後在論說上，應該會比較方便。所說的大些），而「文學」一詞也不附加「條件」（當然，我們這樣做，也不過是一種權宜之

三、現代文學的實質內涵

當「現代文學」被用來指涉新體白話文學時，新體白話文學的特性或本質，就是「現代文學」的「內涵義」。當年倡導新體白話文學的人（我們所以稱它爲「新體白話」，是因爲它承自「舊體白話」而略事改良，更加接近口語），曾爲新體白話文學勾繪了一幅藍圖：

吾以為今日而言文學改良，須從八事入手。八事者何？一曰，須言之有物。二曰，不摹做古人。三曰，須講求文法。四曰，不作無病之呻吟。五曰，務去爛調套語。六曰，不用典。七曰，不講對仗。八曰，不避俗字俗語。（胡適，〈文學改良芻議〉，趙家璧主編，【中國新文學大系】(1)）

余甘冒全國學究之敵，高張「文學革命軍」大旗，以為吾友（胡適）之聲援。旗上大書特書吾革命軍三大主義：曰，推倒雕琢的阿諛的貴族文學，建設平易的抒情的國民文學；

> 曰，推倒陳腐的鋪張的古典文學，建設新鮮的立誠的寫實文學；曰，推倒迂晦的艱澀的山林文學，建設明瞭的通俗的社會文學。（陳獨秀，〈文學革命論〉，同上）

> 我們現在應該提倡的新文學，簡單的說一句，是「人的文學」，應該排斥的，便是反對的非人的文學。……我所說的人道主義，並非世間所謂「悲天憫人」或「博施濟眾」的慈善主義，乃是一種個人主義的人間本位主義。……用這人道主義為本，對於人生諸問題，加以記錄研究的文字，便謂之人的文學。（周作人，〈人的文學〉，同上）

這裏有語言形式的革新，也有思想觀念的變易，合而顯現了新體白話文學「應有」的特色（這一點，胡適在《中國新文學運動小史》中有更精要的說明：「我們的中心理論只有兩個：一個是我們要建立一種『活的文學』。另一個我們要建立一種『人的文學』。前一個理論是文字工具的革新，後一種是文學內容的革新。中國新文學的一切理論都可以包括在這兩個中心思想裏面。」）不論在後從事新體白話文學創作的人，是否在思想觀念上都趨於一致（使新體白話文學呈現一種同質性），我們都可以肯定他們對於「求新求變」的信念（尤其是語言的改革），始終沒有改變。而這一「新變性」，就是新體白話文學的特性所在。

當「現代文學」被用來指涉一九一九年到一九四九年間文學時，一九一九年到一九四九年間文學的特性或本質，就是「現代文學」的「內涵義」。這種情況比較複雜，可以從兩方面來看：第一，如果它所指的是這三十年間所有的文學，就得涵蓋「文」「白」兩類文學，而這兩類文學並沒有共同的「性質」，要確定它的「內涵義」就非常困難；第二，如果它所指的只是這三十年間的新體白話文學，那它的「內涵義」就跟前者一樣。依各種跡象顯示，把「現代文學」用來指涉這一時期文學的人，不會「承認」新體白話文學以外的文學，所以我們可以不考慮第一種情況。雖然如此，這裏所說的「現代文學」，跟前面所說的「現代文學」，也不能畫上等號。因爲把這三十年間文學「歸在一處」的人，可能有附會政治的嫌疑，而將其中「從文學革命到革命文學」一條軌道神異化了。本來文學內在的種種變化，是一種必要的「疏離」，但在外力干涉下，卻會產生「對立」的狀況。有人曾經分析兩者的差別：

任何一種文學，在活動和發展的歷程中，皆可能產生形式和內涵的變化，這種變化，就是一種「疏離」。但是，它並不因外在的，如政治的、經濟的、或社會的壓力，而脫離文學的軌跡，喪失文學的立場。相反的，它更能承襲文學的秉賦，光大文學的特性，這種不脫離文學本質的變化，可說就是一種「疏離的文學」。……文學在活動與發展的過程中，因受著外力的支配與控制，使它無法遵循本身的路線前進，以致逐漸喪失其固有的特性，終而成為文學本身的對立體。凡屬於這一類型的創作活動和創作的作品，皆可稱之為「文學

的疏離」。（李牧，《疏離的文學》）

「疏離的文學」和「文學的疏離」顯然不可「同日而語」，而主張把五四以後三十年間文學歸爲「現代文學」的人，似乎有強調「文學的疏離」面的意思。如果是這樣，這一時期文學的特性，就在於它的「疏離性」。

當「現代文學」被用來指涉現代主義文學時，現代主義文學的特性或本質，就是「現代文學」的「內涵義」。這就單純多了，我們只要看看下面幾段言論就能了解：

我們是有所揚棄並發揚光大地包含了自波特萊爾以降，一切新興詩派之精神與要素的現代派的一群。我們認為新詩乃是橫的移植，而非縱的繼承。（紀弦，〈現代派的信條〉，一九五六年二月《現代詩》第十三期）

今後我國的作家，如欲達到够格的水準，惟有向西方學習，思想和技巧一律學習。我曾聽見有的人說：「思想我們是有了，該向外國作品學習的就是技巧而已。」這話證明他毫無思想。（王文興，《新刻的石像·序》）

我們的理想是，要促進中國的文藝復興，少壯的藝術家們必須先自中國的古典傳統裡走出來，去西方的古典傳統和現代文藝中受一番洗禮，然後走回中國，繼承自己的古典傳統而發揚光大之，其結果是建立新的活的傳統。（余光中，《掌上雨》）

姑且不論他們所說是否有相互矛盾，也不論他們在實踐時是否有歧出（如前文所引白先勇之言），我們都可以肯定他們所指的「現代文學」，有很強烈的習取西方語言技巧和思想觀念的傾向（其實這種傾向從民國以來已經形成，只是沒有人敢這樣明顯地表態），套用他們自己所說的話，就是「橫的移植」。因此，「移植性」就成了這一類文學的特性。

以上這幾種「現代文學」概念，各有不同的實質內容，很難一概而論。不過，我們已經分辨過這幾種概念潛在的難題，以及無法跟實際情況密切印合的窘境，所以提議改採「二十世紀文學」概念來取代。這個概念，最早是由大陸學者提出來的（一九八五年第五期《文學評論》刊載《論二十世紀文學》，首次使用「二十世紀文學」一詞。該文後經《新華文摘》同年十二期、《評論選刊》次年第一期轉載。該文作者黃子平、陳平原、錢理群等，後來又將他們在《讀書》上連載的對話錄及對「二十世紀文學」各種反響的意見，匯錄成《二十世紀中國文學三人談》。該書在一九八八年出版，爾後這一論題仍在繼續發展，如北京大學在一九九〇年舉辦過一場「二十世紀中國文學研討會」，而由嚴家炎主編的六卷本《二十世紀中國小說史》第一卷和六卷本《二十世紀中國小說理論資料》第一卷也接著出版了）。他們所說的「二十世紀文學」，是指整個二十世紀中國文學應代表一個不可分割的有機整體，是古代中國文學走向現代文學，並匯入「世界文學」的歷程（也就是在中西文化碰撞中，從文學方面形成現代民族意識的進程）。所以整體走向是「走向世界文學的中國文學」，總體主題是「改造民族的靈魂」，而現代美感特徵，就以「悲涼」爲基本核心。可見「二十世紀文學」這個概念，是架構在「近百年來中國正處在現代化進程中」的歷史理解上。如果是這樣，「二十世紀文學」的特性，就在一個「現代化」上。

然而，這種說法不無簡化問題的毛病，完全忽略了現代文學反現代化的一面（龔鵬程，〈傳統與反傳統——以章太炎爲線索論晚清到五四的文化變遷〉，淡江大學中文系主編，《五四文學與文化變遷學術研討會論文集》），而且對於現代化概念的複雜性也缺乏反省（龔鵬程，〈「二十世紀中國文學」概念之解析〉）。今天我們重新檢查二十世紀中國文學，不能再僅以「現代化」來界定它的性質（如民初張恨水、徐枕亞等鴛鴦蝴蝶派的駢體小說，以及民初以來爲數不少的舊詩文，又有什麼「現代化」的痕跡），反而應該承認它的「多元性」。如果沒有更好的解釋，我們就可以確定「多元性」就是二十世紀文學的特性。

四、現代文學的主要思潮

有關「現代文學」的指涉對象和實質內容，已經談過了，現在要看看在現代流行的一些思潮。這些思潮都被認為對文學創作有相當程度的影響，想要了解「現代文學」的人，也得設法加以把握。

我們所說的思潮，是指文學思潮。文學思潮是許多思潮中的一種，此外還有政治思潮、經濟思潮、社會思潮、教育思潮……。而文學思潮本身，又可以再區分各種不同類別的思潮：在西方，文學思潮多以某種「主義」來指陳，如古典主義、浪漫主義、寫實主義、象徵主義、唯美主義、神祕主義、未來主義、表現主義、達達主義、超現實主義、存在主義、結構主義、魔幻寫實主義、解構主義等。在我國，原沒有什麼「主義」，因此在論述思潮的變遷時，用詞也多不一致，有的以「運動」來表達，有的以「精神」來指陳，有的以「派別」來界說，更有的是一些不同的名詞。自古以來，「言志」（「緣情」）和「載道」，一直是我國文學思潮的主流。到了近代，受到西方文學的影響，我國的文學史家和文學批評家，也喜歡用「主義」來說明某種文學思潮。不過，有些具有文學思潮的主義，兼具創作的法則，甚至根本就是一種創作法則的應用，如寫實主義、象徵主義、唯美主義、表現主義、超現實主義、結構主義、魔幻寫實主義、解構主義等；而有些主義只能用作思潮的說明，如人道主義的文學思潮、自由主義的文學思潮等（李牧，《疏離的文學》）。

一種思潮的出現，可能是由思潮內部演變來的（後一思潮對前一思潮的改易或反動），也可能是由歷史文化和時代環境孕育來的（如近代西方的政治革命、經濟革命、社會革命，就是在啓蒙運動、工業環境和貧富懸殊的社會等因素下產生的)。如同其他思潮一樣,文學思潮的內涵,也在不斷的推移和演變(當某種思潮漸次興起之際,可能就是另一種思潮漸次沒落之時,如西方古典主義的消逝,就有浪漫主義的出現。但是文學思潮的推移和演變,並非全依這個模式,原有的和新興的,可能重疊很久,如浪漫主義之後就是寫實主義,然而浪漫主義並沒有因現實主義的出現而立刻消逝,反而還保留到今天)。而我國現代文學思潮的演變,雖然不盡同於西方,但也受到西方某些思潮的影響。現在我們就選擇幾種比較重要的思潮來看看:

在五四前後,國人最先接受的思潮是寫實主義。寫實主義著重眞實「反映」,陳獨秀在他的〈文學革命論〉中,就曾提出「推倒陳腐的鋪張的古典文學,建設新鮮的立誠的寫實文學。」而最初倡導此類文學的是「文學研究會」的成員。「文學研究會」是新文學運動後第一個正式成立的文藝社團,在一九二一年元月一日成立於北平,同年五月在上海設立分會,發起人有周作人、朱希祖、耿濟之、鄭振鐸、瞿世英、王統照、沈雁冰、蔣百里、葉紹鈞、郭紹虞、孫伏園、許地山等十二人。他們所揭示的宗旨是「爲人生而藝術」,走的是寫實主義的創作路線。沈雁冰說:

> 真的文學也只是反映時代的文學。我們現在的社會背景是怎樣的社會背景?應該產生怎樣的創作?由淺處看來,現在社會內兵荒屢見,人人感著生活不安的苦痛,真可以說是「亂世」了,反映這時代的創作應該怎樣的悲慘動人呵!如再進一層觀察,頑固守舊的老人和

向上進取的新青年，思想上衝突極利害，應該有易卜生的《少年社會》和屠格涅夫的《父與子》一樣的作品來表現他……總之，我覺得表現社會生活的文學是真文學，是於人類有關係的文學，在被迫害的國裡更應該注意這社會背景。（沈雁冰，〈社會背景與創作〉，趙家璧主編，【中國新文學大系】(2)）

這段話約略就是他們共同的信條。在「文學研究會」稍後，有一個主張浪漫主義的文藝社團成立了，那就是「創造社」。「創造社」的主要成員，包括郭沫若、郁達夫、成仿吾、張資平、鄭伯奇等人。初期的「創造社」，打的是「爲藝術而藝術」的旗幟，走的是浪漫主義的路線。成仿吾說：

除去一切功利的打算，專求文學的全與美，有值得我們終身從事的價值之可能性。而且一種美的文學，縱或它沒有什麼可以教我們，而它所給我們的美的快感與安慰，這些美的快感與安慰對於我們日常生活的更新的效果，我們是不能不承認的。……我們要追求文學的全！我們要實現文學的美。（成仿吾，〈新文學之使命〉，同上）

這一「求全求美」的信念，曾被「創造社」的成員堅守了一陣子，一九二五年「五卅慘案」以後，才開始轉變。本來「創造社」的成員大多在國外住過，他們見到了外國資本主義的缺點，也感到中國淪爲次殖民地的痛苦，於是想以浪漫主義的文學作品來宣洩自己、撫慰自己。但是「五卅慘案」發生後，他們覺悟了，浪漫並不能解決實際問題，人也不可能永遠逃避現實。從此他們積極轉變態度，向「革命文學」的路途邁進了。郭沫若說：

> 我們現在所需要的文藝是站在第四階級說話的文藝。這種文藝在形式上是寫實主義的，在內容上是社會主義的。除此以外的文藝，已經是過去了。（郭沫若，〈文學家的覺悟〉，鄭學稼，《由文學革命到革文學的命》引）

「革命文學」，肇始於郭沫若在一九二六年五月《創造》月刊第三期發表的〈革命與文學〉一文。該刊第九期，再發表成仿吾的〈從文學革命到革命文學〉。不久，以蔣光慈爲首發組的《太陽》月刊問世（一九二八年元月），「創造社」立卽引爲同好，一唱一和，共同爲「革命文學」吶喊。我們從《太陽》月刊發表的文章，大致可歸納出以下幾點：⑴肯定文學的階級性，要求文學服從政治，以爲階級鬥爭的武器；⑵認定現在是無產階級革命的時代，必須宣揚「無產階級革命文學」，以促進無產階級的革命運動；⑶要求「革命作家」要有馬克斯和列寧的世界觀，具體參加戰鬥；⑷主張「革命文學」的表現形式要通俗淺顯，能爲大衆接受和理解。這完全是馬克斯和列寧「文學黨性論」的翻版。後來中共的文學史家曾經指出：

在中國，「五四」之後，由於十月社會主義革命的影響，馬克斯列寧主義在中國有了廣泛的傳播，許多知識分子，經歷了由急進的民主主義者向共產主義者的轉變；蘇聯的文學理論開始被介紹到中國來。共產黨人李大釗、蕭楚女、惲代英、鄧中夏等同志，都發表了一些文藝理論主張，反對文學無目的，主張徹底反帝反封建，指出革命主力的工農兵等，都是中國最早的馬克斯主義文藝理論的觀點。（李牧，《疏離的文學》引）

其實，在中國推行「黨性文學」思想最有功勞的人，還是「創造社」這些成員，以及蔣光慈、魯迅和瞿秋白（後二人曾翻譯許多馬列主義文學思想和文學理論的書）。一九三〇年三月二日「左翼作家聯盟」成立於上海，「創造社」也一併成爲中共的外圍組織（徐訏，《現代中國文學過眼錄》），共同效忠在社會主義的大纛下，而社會寫實主義文學，也一變而爲社會主義寫實主義文學。這股思潮，發展到毛澤東在「延安文藝座談會」上的講話（一九四二年五月二日），可說達到了最高峯。在這篇〈講話〉裡，毛澤東不但一再指出文學必須服從政治，強迫作家去寫工農兵，要求作家要「刻畫資產階級的黑暗面；歌頌無產階級的光明面」，還擬訂了一個文藝批評的標準。他認爲「文藝批評有兩個標準，一個是政治標準，一個是藝術標準」。他進一步解釋說：

任何階級社會中的任何階級，總是以政治標準放在第一位，以藝術標準放在第二位。我們

的要求，則是政治和藝術的統一，內容和形式的統一，革命的政治內容和儘可能完美的藝術形式的統一。（《毛澤東選集》）

這篇〈講話〉也就成了日後中共制訂「文藝政策」的藍本，而一切的文學創作和文學批評也無不奉爲圭臬（雖然從一九七六年以後，這套思想受到強烈的質疑，而在創作實踐上也一度呈現「百花齊放」的景象（周慶華，〈十年來海峽兩岸文學交流的省思〉，一九九〇年六月《臺灣文學觀察雜誌》第一期），但是在中共還沒有放棄「四個堅持」前，恐怕不會有太大的「變動」）。在三〇年代初期，相應「左聯」的文學理論而興起的思潮，有黃震遐、范爭波、王平陵等人所倡導的民族主義文學，以及胡秋原、蘇汶（戴杜衡）等人所倡導的自由主義文學；而在三〇年代後期，「左聯」作家爲響應毛澤東〈抗日救國宣言〉，自動解散「左聯」而另組「中國文藝家協會」，有以周揚爲首所倡導的國防文學，以及以魯迅爲首所倡導的民族革命戰爭的大眾文學。這些流派都沒有形成氣候（如民族主義文學，只是以反蘇反共爲目的，而未反日本帝國主義的佔領東北，自然不像「左聯」的主張那麼受人歡迎；而自由主義文學在當時危急的局勢中，也起不了什麼作用；至於國防文學和民族革命戰爭的大眾文學，原本就是社會主義寫實主義文學的延續，最後也都消融在該思潮裡）。一九四九年以後，在臺灣所出現的文學思潮，計有反共戰鬥的文學思潮、現代主義的文學思潮、三民主義的文學思潮、社會寫實的文學思潮（鄉土文學），以及正在起步的後現代主義文學思潮等。這些思潮，有的是爲因應戰時的需要（如反共戰鬥的文學思潮），有的是爲因應政治現實的需要（如三民主義的文學思潮、社會寫實的文學思潮），有的是爲因應時代潮流的需要（如現代主義的文學思潮、後現代主義的文學思潮），都曾在此地產生過一定的震撼力。

從人類的歷史來看，任何一種思潮的出現，都有它的背景（原因）和目的，文學思潮也不例外。但是別的思潮大都可以「落實」到現實情境中，來驗證它的效應，而文學思潮卻辦不到。因爲文學語言只是一個「象徵系統」，無法像鏡子那般「反映」社會現實（如各種寫實主義的主張那樣）；而「言不盡意」的先天限制，也使人難以充分傳達他所要傳達的思想感情（如浪漫主義的主張那樣）；同時語言的「衍生性」（每一個「意指」同時又是一個「意符」，每一個「概念」同時指向其他的「概念」），更會促使文學不斷的自我「解構」（蔡源煌，《從浪漫主義到後現代主義》），讓企圖賦予文學某種意涵（思想）的人空忙一場。所以說各種思潮只能停留在理念階段，不能在實際創作上有所「印證」。一向想藉某種思潮來影響創作的人，似乎都缺乏這種反省能力（這不是說文學創作是不可能的，而是說文學根本不受制於某一思潮，它自有一個別於現實世界的「想像世界」，而在這個「想像世界」裡，正蘊涵著豐富的意義）。因此，在對這一連串文學思潮進行審視之餘，我們不得不提醒自己：不能再跟前人一樣瞎扯什麼主義，否則就會自陷於迷霧之中，而摸不清方向了。

五、現代文學的意識論爭

就在各種文學思潮瀰漫現代文壇之際，一些意識上的論爭也出現了。如在語言運用方面，有人主張用白話，有人主張用文言。又如在語言表達方面，有人主張要通俗，有人主張要嚴肅。又如在文章取材方面，有人主張取自現實生活，有人主張取自情感生活，有人主張兩者皆可。又如在文章主題方面，有人主張要強調地域觀念，有人主張要強調普遍觀念。這些論爭都是爲了解決實際創作的問題，而在時序上，每一種主張都是創作的「先行活動」，也就是創作的意識，所以我們稱這些論爭爲意識論爭。檢視這些論爭，有助於了解現代文學在發展過程中所面臨的問題。

從一九一七年一月《新青年》第二卷第五號刊出胡適的〈文學改良芻議〉一文起，到一九一九年底《新青年》第六卷第六號止，這中間披露很多討論「文學改革」的文章。還有從一九一七年到一九二○年，其他各雜誌有關此類的文章也不少。文學史家總稱這一期的文學改革運動爲「新文學運動」（早期一般人的稱法稍有不同，有的叫做「文學革命」，有的叫做「新思想新文化運動」，有的叫做「新思潮運動」。後來胡適於一九五八年五月四日在「中國文藝協會」八週年紀念會中講演，希望稱它爲「中國文藝復興運動」。最近大家覺得胡適的講法不妥，不如改稱「啓蒙運動」）。「新文學運動」最大的特徵，就是文體的解放（改文言爲白話）。這在清末已經

醞釀多時了」(李瑞騰,《晚清文學思想之研究》),到了《新青年》時代,漸漸進入「白熱化」的階段。陳獨秀說:

改良文學之聲,已起於國中,贊成反對者各居其半。鄙意容納異議,自由討論,固為學術發達之原則;獨至改良中國文學,當以白話為文學正宗之說,其是非甚明,必不容反對者有討論之餘地,必以吾輩所主張者為絕對之是,而不容他人之匡正也。(陳獨秀,〈答胡適之〉,趙家璧主編,【中國新文學大系】(1))

錢玄同說:

現在我們認定白話是文學的正宗:正是要用質樸的文章,去剷除階級制度裡的野蠻款式;正是要用老實的文章,去表明文章是人人會做的,做文章是直寫自己腦筋裡的思想,或直敍外面的事物,並沒有什麼一定的格式。對於那些腐臭的舊文學,應該極端驅除,淘汰淨盡,才能使新基礎穩固。(錢玄同,《嘗試集·序》)

胡適說:

> 我們認定文字是文學的基礎，故文學革命的第一步就是文字問題的解決。我們認定「死文字(文言)」定不能產生活文學」，故我們主張若要造一種活的文學，必須用白話來做文學的工具。我們也知道單有白話未必就能造出新文學；我們也知道新文學必須要有新思想做裏子。但是我們認定文學革命須有先後的程序：先要做到文字體裁的大解放，方才可以用來做新思想新精神的運輸品。我們認定白話實在有文學的可能，實在是新文學的唯一利器。(胡適，《嘗試集．自序》)

在胡適等人極力鼓吹白話文學的同時，由陳獨秀主編的《新青年》，從第四卷第四期開始全部刊登白話文，而胡適藉來支持他主張白話文學根據之一的《白話文學史》也出版了。此外，《新潮》、《每週評論》、《小說月報》、《少年中國》、《東方雜誌》、《暑期評論》、《建設》、《解放與改造》等雜誌，以及《晨報》副刊、《時事新報》的「學燈」、《國民日報》的「覺悟」等，也都全部刊載或大量刊載白話文，一股解放文體的潮流已經形成。

這次的文體改革，不但革掉了文言的積習，也革掉了舊白話的積習(不夠口語化)。而做得最徹底的大概是胡適，他說：「要有話說，方才說話。有什麼話，說什麼話；話怎麼說，就怎麼說。要說我自己的話，別說別人的話。是什麼時代的人，說什麼時代話。」(胡適，〈建設的文學革命論〉)後來大家就稱他們所提倡的爲新體白話文學。然而，正當胡適等人醉心於文體改革時，有一部分反對白話文的言論也登場了。如林紓說：

若盡廢古書，行用土語為文字，則都下引車賣漿之徒，所操之語，按之皆有文法，不類閩廣人為無文法之啁啾，據此，則凡京津之稗販，均可用為教授矣。若《水滸》、《紅樓》，皆白話之聖，並足為教科之書……作者均極博群書之人。總之，非讀破萬卷，不能為古文，亦並不能為白話。（林紓，〈致蔡鶴卿太史書〉，一九一九年三月十八日《公言報》）

嚴復說：

北京大學陳、胡諸教員主張文言合一，在京久已聞之，彼之為此，意謂西國然也。不知西國為此，乃以語言合之文字，而彼則反是，以文字合之語言。今夫文字語言之所以為優美者，以其名辭富有，著之手口，有以導達奧妙精深之理想，狀寫奇異美麗之物態耳。……須知此事全屬天演，革命時代，學說萬千，然而施之人間，優者自存，劣者自敗，雖千陳獨秀，萬胡適、錢玄同，豈能劫持其柄，則亦如春鳥秋蟲，聽其自鳴自止可耳。（嚴復，〈書札六十四〉，趙家璧主編，【中國新文學大系】(2)

胡先驌說：

向使以白話為文，隨時變遷，宋元之文，已不可讀，況秦漢魏晉乎？此正中國言文分離之優點，乃論者以之為劣，豈不謬哉！且〈盤庚〉〈大誥〉之所以難於〈堯典〉〈舜典〉者，即以前者為殷人之白話，而後者乃史官文言之記述也。故宋元語錄與元人戲曲，其為白話大異於今，多不可解。然宋元人之文章則與今日無別。論者乃惡其便利，而欲故增其困難乎？（胡先驌，〈中國文學改良論〉，同上）

章士釗說：

惟以人之一時思想所得之，口耳所得傳，淫情濫緒，彈詞小說所得描寫，袒裼裸裎，使自致于世，號曰至美，是相率而返於上古獉獉狉狉之境，所謂苦拘囚而樂放縱，避艱貞而就平易，出於犬賦之自然，不待教而知，不待勸而能者也……且文言貫乎數千百年，意無二致，人無不曉，俚言則時與地限之，二者有所移易，誦習往往難通，黃魯直之詞，及元人之碑碣，其著例也。如曰死也，又在彼而不在此矣。（章士釗，〈評新文學運動〉，同上）

主張白話文學的人，多從現實教育（新民）立場來論說，而反對白話文學的人，卻從學理或歷史經驗來駁斥，自然對不上，而變成各說各話了。這場論辯，並沒有分出勝負，喜歡文言的人，還是照寫他的文言。（很奇特的是，有些白話文學的先驅，如沈尹默、魯迅、劉半農、周作人、陳獨秀及稍後的郁達夫、俞平伯、左舜生等，後來都寫舊詩，而且否定自己過去「新詩」的作品（徐訏，《現代中國文學過眼錄》）」；喜歡白話的人，也不理會旁人的叫囂，而依舊擁抱他的白話（後者有教育當局的提倡，並通令全國實施白話教育，日漸風行，自然不在話下）。

以上的爭論，主要在於語言的運用方面。另外，在語言的表達方面，也出現了通俗／嚴肅的對壘。主張語言表達要通俗的是一群通俗文學（晚清通俗文學的延續）的作者，而主張語言表達要嚴肅的是「文學研究會」、「創造社」以及「左聯」的一些成員。後者曾一再指責前者只爲娛樂讀者，而忽視文學表現（反映）人生的高尚使命。如鄭振鐸說：

> 文學就是文學；不是為娛樂的目的而作之，而讀之，也不是為宣傳、教訓的目的而作之，而讀之。作者不過把自己的觀察的、感覺的情緒自然的寫了出來。讀者自然的會受他的同化，受他的感動。不必，而且也不能故意的在文學中去灌輸什麼教訓。更不能故意做作以娛悅讀者。如果以娛樂讀者為文學的目的，則文學之高尚使命與文學之天真，必掃地以盡。（鄭振鐸，〈新文學觀的建設〉，同上）

沈雁冰說：

> 舊派把文學看作消遣品，看作遊戲之事，看作載道之器，或竟看作倖利的商品，新派以為文學是表現人生的，訢通人與人間的情感，擴大人們的同情的。凡抱了這種嚴正的觀念而作出來的小說，我以為無論好歹，總比那些以遊戲消閑為目的的作品要正派得多。（沈雁冰，〈自然主義與中國現代小說〉，同上）

有些「左聯」的人，還詆斥這些通俗文學是「封建小市民文藝」，而連帶罵起通俗文學的作者，說他們是文丐、洋場小子、文學流氓、文娼、無恥文人、遺老遺少、封建餘孽（龔鵬程，〈論鴛鴦蝴蝶派——民初的大衆通俗文學〉，一九八六年十月《文訊》第二十六期）。面對這一波波攻勢，通俗文學作者也「有話要說」，如胡寄塵在《最小》第三號，就作了這樣的回應：「專供他人消遣，除消遣之外，毫無他意存其間，甚且導人爲惡，固然不可。然所謂消遣，是不是作安慰解，以此去安慰他人的苦惱，是不是應該？且有趣味的文學之中，寓著很好的意思，是不是應該？這樣，便近於消遣了。倘若完全不要消遣，只做很呆板的文學便是，何必作含有興趣的小說？」當然，雙方還是各持己見，互不退讓。後來，國防文學興起，通俗文學作者被爭取加入「中國文藝家協會」，而通俗文學作者也自感國事蜩螗，大戰將起，必須改變作風（如張恨水

《彎弓集・自序》就說：「夫小說者，消遣文字也，亦通俗文字也。……今國難臨頭，必以語言文字，喚醒國人，更又何待於引申……吾不文，然吾固以作小說爲業，深知小說之不以國難而停，更於其間，略盡一點鼓勵民氣之意，則亦可稍稍自慰矣。」），因此，一場通俗／嚴肅的論辯，也就暫告一段落了。

在「新文學運動」蓬勃展開那一時期，大家除了爭語言的運用和語言的表達，也爭題材的選擇。如「文學研究會」和「創造社」的成立，就是緣於各自不同的理念（一主寫實主義，一主浪漫主義），前者主張取材於現實生活，後者主張取材於情感生活，造成彼此對峙的局面。我們從下面兩段話就可以看出雙方意見的差異：

這一句話（指「將文藝當作高興時的遊戲，或失意時的消遣的時候，現在已經過去了」），不妨說是文學研究會集團名下有關係的人們的共同態度。這一態度，在當時是被解作「文學應該反映社會的現象、表現並且討論一些有關人生一般的問題」。這個態度，在冰心、廬隱、王統照、葉紹鈞、落華生及其他許多被目爲文學研究會派的作家的作者裏，很明顯地可以看出來。（沈雁冰，【中國新文學大系】(3)〈導言〉）

文學上的創作，本來只要是出自內心的要求，原不必有什麼預定的目的。然而我們於創作時，如果把我們的內心的活動，十分存在意識裏面的時候，我們是很容易使我們的內心的活動取一定之方向的。這不僅是可能的事情，而且是可喜的現象。……如果我們把內心的要求作一切文學上創造的原動力，那麼藝術與人生便兩方都不能干涉我們，而我們的創作便可以不至為它們的奴隸。（成仿吾，〈新文學之使命〉，同上⑵）

這裏「文學反映社會現象（人生問題）」和「文學表現內心的活動」的不同，就是取材於現實生活和取材於情感生活的不同。「文學研究會」和「創造社」在初成立時，類似這種壁壘分明的言論觸處可見。後來「創造社」的成員向左傾，再也不提原先那一套說詞，而很快的祭起寫實主義的旗幟，這就跟「文學研究會」的主張不謀而合，彼此也就不再爭議了。不過，從「創造社」後期所主張的社會寫實主義，到了「左聯」時代，又窄化成社會主義寫實主義，並且到處推銷這一主張，以至引起許多人的反感，又開啓了一場論戰。當時反對社會主義寫實主義最力的是主張「文藝自由」論的胡秋原和自稱「第三種人」的蘇汶。胡秋原說：

藝術只有一個目的，那就是生活之表現、認識與批評。偉大的藝術，盡了表現之能事，那就是為了藝術，同時也是為了人生。在資產階級頹殘、階級鬥爭尖銳的時代，急進的社會主義者與極端反動主義者，都需求功利的藝術。這只要看蘇聯的無產者文學與義大利

棒喝主義文學就可以明白了。（胡秋原，〈阿狗文藝論〉，一九三一年十二月《文化評論》創刊號）

蘇汶說：

總觀胡先生的大文（指〈阿狗文藝論〉），從他的普列漢諾夫崇拜，對文學的指導生活的理論或主張的非議，一切等等看來，我們可以認識他是一個絕對的非功利論者。反過來「左翼文壇」的指導理論家們正指出那一種文學有用，那一種文學沒有用，我們要那一種，我們不要那一種。這兩種馬克斯主義者之間的距離，是不可以道里來計算的。（蘇汶，〈關於「文新」與胡秋原的文藝論辯〉，一九三二年七月《現代》第一卷第六號）

蘇汶主要在聲援胡氏，抨擊「左聯」。先前隸屬「新月派」的梁實秋，就曾對郭沫若等人所倡導的「革命文學」大加撻伐，他說：

在文學上講，「革命的文學」這個名詞根本的就不能成立。在文學上，只有「革命時期中的文學」，並無所謂「革命的文學」。站在實際革命者的立場上來觀察，由功利的方面著

> 眼，我們可以說這是「革命的文學」，那是「不革命的文學」，再根據共產黨的理論，還可以引伸的說「不革命的文學」，就是「反革命的文學」。但是就文學論，我們劃分文學的種類派別是根據於最根本的性質與傾向，外在的事實如革命運動、復辟運動都不能藉用做衡量文學的標準。並且偉大的文學乃是基於固定的普遍的人性，從人心深處流出來的情思纔是好的文學，文學難得的是忠實——忠於人性；至於與當時的時代潮流發生怎樣的關係，是受時代的影響，還是影響到時代，是與革命理論相合，還是為傳統思想所拘束，滿不相干，對於文學的價值不發生關係。因為人性是測量文學的唯一的標準。（梁實秋，《偏見集》）

這些批評所獲得的，當然是對方更強烈的反擊。不過，我們可以看出胡秋原等人的主張，傾向於自由取材（梁實秋的「人性論」也有「只要能表現人性的題材都行」的意思），這跟偏執於從現實生活取材或從情感生活取材是有差別的。這場論爭也是沒有什麼結果（雖然有馮雪峰出來講「左翼的批評家往往犯著機械論和左傾宗派主義的錯誤」類似「左聯」有意妥協的話，但是實際上他們還是堅持社會主義路線），往後仍然是各行其是，頂多偶爾放些話刺激刺激對方罷了。

從有關文章取材的論爭以後，比較大規模的論爭是七〇年代發生在臺灣的「現代派」和「鄉土派」的論爭。這一場論爭的「名堂」固然很多，但是其中關於文章主題的爭執，則是重頭戲。

當時「鄉土派」主張要強調地域觀念，「現代派」主張要強調普遍觀念，這從下面兩段話可以看出一點端倪：

值此國難方殷之時，我們希望我們的文學不要再以異國的、留學生式的文學為主；也希望在臺灣的作家不要身處危難而仍然成天作新式或舊式的鴛鴦蝴蝶派的夢。我們要關心我們的現實，寫我們的現實，這就是鄉土文學。它最主要的一點，便是反買辦、反崇洋媚外、反逃避、反分裂的地方主義。（尉天驄，〈文學爲人生服務〉，一九七七年八月一日《夏潮》第十七期）

文學作品是作者全人格的反映。因此，作品中不僅透露出他對現實社會的看法，也反映他的人生觀和世界觀。每一個從事寫作的人，都不免受到他個人主觀經驗的侷限，他所真正瞭解到的總難免是片面的、片段的人生。所以，作者必須具有極大的誠懇去觀察人生，「沈靜地觀察其全體」。……用階級觀點來限制文學，正如用階級觀點來推行政治一樣，都是走不通的絕路。（彭歌，〈不談人性，何有文學〉，一九七七年八月十七日～十九日《聯合報》副刊）

這看來好像是三〇年代文學論爭的「翻版」，其實不然。「鄉土派」對地域觀念的強調，以及對政治上或經濟上「對立者」的排斥，已經造成一股沛然莫之能禦的氣勢，使維護大一統觀念的「現代派」疲於回應。換句話說，「現代派」擡出「文學表現普遍人性」（三〇年代梁實秋已經說過了）或「胸懷大陸，放眼全世界」一類的口號，已經說服不了「鄉土派」，只有加深彼此的歧見，而這種情況是以前所不曾見過的。雖然論爭已經沈寂了一陣子，但是彼此的「積怨」並沒有完全消除，不知道將來還會有什麼變化。

從以上的幾次意識論爭，我們可以感覺到現代人對於文學前途的思考，相當的積極。論爭的本身，也暴露了文學創作所要面對的問題（也就是語言的運用、語言的表達、題材的選擇以及主題的安排等問題）。然而，遺憾的是，參與論爭的人，大都基於一片激情，很少理智地去了解對方的論點，並反省自己言說的理據是否充足，以至浮泛之論四處充斥，而問題仍然沒有解決。如白話和文言的劃分，基本上是虛構的，如張漢良就曾認為白話和文言的對立，是語言二元論神話，因為「白話文和文言文並非對立的語言系統；兩者本無先驗的、獨立的語言質素，足以作為彼此區分的標準。就認音、語構，和語意三層次而言，兩者沒有本質上的差異。如果有區別，也僅在於語用層次，亦即語言使用者對以上三種層次的慣例的認知、認定，和認同問題。其次，所謂『語體』的白話文，和文言文一樣，已經不再是口語，而是被書寫過的文字。」（張漢良，〈白話文：一個過去的傳奇〉，一九八三年五月四日《中國時報》副刊），而論爭雙方卻還熱衷於玩這種無聊的遊戲。另外雙方在辯論那一種語言比較能傳達思想感情時，完全忽略了使用者支配語言的能力問題，以至辯了老半天，還是不著邊際。又如通俗和嚴肅的爭辯，也是陷於一片膠著，不知道語言表達的方式，全看「預想」的讀者而定，沒有什麼一定的通則。至於題材的選擇和主題的安排，爲什麼要「這樣」不要「那樣」，要「這樣」不要「那樣」怎麼可能，以及要「這樣」不要「那樣」對文學有什麼意義，論爭雙方似乎都不曾措意，以至辯說萬千，不過是一堆空話。可見這幾次論爭是很讓人失望的！雖然如此，前人所發掘出來的問題，仍是從事文學創作者所須面對的（今後還應該再深化它），就這一點來說，那些論爭還是有啓迪作用的，我們不必全部加以抹煞！

六、現代文學的詮釋策略

看過了「現代文學」的主要思潮和意識論爭，我們要繼續談現代人對「現代文學」的詮釋。由於「個別」的詮釋案例不計其數，不是我們所能掌握，所以不可能在這裏談這個問題。我們所能談的是現代人的詮釋方向，也就是現代人對「現代文學」的詮釋策略。話雖是這樣說，我們還是沒有把握有多少個詮釋策略，於是在處理上不得不有所變通。現在我們的辦法是先理出一個詮釋理論的架構，然後舉出現代人的詮釋策略來印證。這樣我們所沒有舉出的部分，就可以由讀者來塡充，而可以免去我們不能盡舉的遺憾。

一般所說的詮釋，主要在於發掘作品的意義。作品的意義約略有三個「層次」：一個是作品語言的「涵意」（「內涵意」）和「指涉」（「外延義」）；一個是作品語言所隱含的世界觀或人類的存在處境；一個是作品語言所未自覺的個人慾望和信念或社會的價值觀和社會關係。第一個層次的意義要經由「解釋」，第二個層次的意義要透過「理解」，第三個層次的意義要藉用「批判」，合而展現一個完滿的詮釋方案。而在詮釋的過程中，可能產生兩種「詮釋循環」：一種是詮釋者在尋求局部意義和整體意義的一貫性（也就是說在詮釋作品的意義時，各部分的意義必須衡諸整體的意義）；一種是詮釋者都得在「先行架構」或「先期理解」中從事詮釋活動（也就是說詮釋者必須根據他已知的知識範疇和他對存有的體驗以及生命的體會，來決定他爲作品所作的詮釋）。而這兩種詮釋循環也可能相互重疊，變成一體的兩面（伽達瑪（H. G. Gadamer），《眞理與方法》；霍伊（D. C. Hoy），《批評的循環》；德多洛夫（T. Todorov），《批評的批評》）。既然如此，詮釋作品就很難獲得一個客觀的意義（通常只能獲得主觀的意義）。不過，一個自我要求很高的詮釋者，他會努力尋求他個人意識範疇和作品中所揭櫫的意識範疇的「融合」，使他的詮釋具有相互主觀性。

根據這樣的理論架構，來看現代人對「現代文學」所作的詮釋，就比較容易理解了。如大陸學者陳思和曾提出一個「整體觀」的概念，他說：

作家、作品、讀者三位一體所構成的不同的文學層次，在不同的時間與空間中互相繼承、補充、發展、更新，相成相依，形成了中國新文學史的開放型整體。……正因為新文學的整體是開放型的，它所隸屬的每一個文學階段，也同樣具有開放的特性。……二十世紀中國文學作為一個開放型整體的另一個基本特徵，卽它的發展運動不是一個封閉型的自身完善過程，它始終處於與世界性的社會思潮和文學思潮的不斷交流之中。（陳思和，《中國新文學整體觀》）

這種整體把握「現代文學」的作法，跟一九四九年以來的文學史觀（把「現代文學」切割成一個一個小塊）大不相同。這在當今的大陸，逐漸要形成一種風氣（前面所述黃子平等人提出的「二十世紀文學」概念，就是在同一種觀念下產生的），而將把「現代文學」推向參與追尋現代化的舞臺上，讓「現代文學」和「現代政治」、「現代經濟」、「現代社會」等共同擔負實現現代化的任務。這種詮釋方式，顯然會遭到另一種「現代文學」反現代化的詮釋方式（見前）的挑戰。但是我們要知道他們所以會發展出這種詮釋策略，跟他們的存在處境有密切的關係。也就是說，大陸近年來的開放改革，正是以「四個現代化」爲標幟，文學史者就把這種社會意識和願望投射到文學史中，形成他們的先行架構或先期理解，然後藉著詮釋循環，從實際作品裡挖掘出有益於現代化的質素（意義）。這樣的詮釋策略，就很難發生在臺灣學者身上（主要是存在處境和歷史認知相異的緣故)。

又如一些學者在詮釋五四前後文學所隱含的存在處境時，有底下幾種「趣味」迥異的說法：

中國文學的新時代，確有別於前代，亦有異於中共文壇的地方，那就是作品所表現的道義上的使命感，那種感時憂國的精神。當時的中國，正是國難方殷，人心萎靡，無法自振。是故當時的重要作家——無論是小說家、劇作家、詩人或散文家——都洋溢著愛國的熱情。(夏志清，《中國現代小說史》)

「這些作品……英雄不受知於時代是一個共通的題目——由於社會的紊亂，生活的不安定，政治上的不滿，遂導致各式各樣『自哀自憐』的現象：郁達夫酗酒，魯迅自嘲，徐志摩自棄『象牙塔』，郭沫若哀鳴、懺悔，張資平、葉靈鳳寫其半黃色的小說，李叔同出家。」這種種頹廢、逃避、自哀自憐的現象，雖各有其個人的原因，但從歷史的眼光看來，這些個人小問題的背後卻隱現著一個「時代」的大象徵——中國知識分子，有史以來第一次集體感受到與政治社會的疏離。(李歐梵，〈五四運動與浪漫主義〉，葉維廉主編，《中國現代文學批評選集》)

傳統對近代政治小說的研究，在主題風格上均以夏志清教授「感時憂國」的觀點為依歸。

近年來劉紹銘教授更以「涕淚飄零」一語來綜述現代小說的成就……對這樣的史觀，筆者並不反對……筆者所想強調的是，文學史的寫作原多「後」見之明；是故如果對照當前的文學理論及政治小說發展，我們是否能在同一主題下，再挖掘出不同的風格來？在嘆息眼淚之餘，我們是否能找出小說家喧嚷訕笑的時刻？（王德威，《從劉鶚到王禎和——中國現代寫實小說散論》）

一個說五四前後的作家在「感時憂國」，一個說五四前後的作家在「自哀自憐」，一個說五四前後的作家在「喧嚷訕笑」，顯然他們所發掘到的五四前後作家的存在處境各有不同。而他們就以這樣各自所發掘當時作家的存在處境為前提（假設），然後到作品中找印證。這不一定跟他們自己的存在處境有關，但卻符合第一種詮釋循環的情況。換句話說，他們所發覺「感時憂國」、「自哀自憐」、「喧嚷訕笑」等意義，是衡諸整體意義來的。正因為他們所見只是整體意義中的一部分意義，而各自在觀察時的角度（立場）又不一樣，所以才會出現這種互不相涉（也許有某種內在的關聯）的結果。

照這樣看來，只要不是故意歪曲，任何一種詮釋策略都容許存在，而詮釋的結果也應該獲得尊重。文學作品本來就蘊涵無窮盡的意義（不論是語言面的意義或非語言面的意義），而不同的詮釋結果，就是對作品的多重肯定，也是對詮釋心靈的多重刺激。雖然我們不能進一步舉出各種詮釋策略的運作情形，但是經由上面的爬梳，也不難看出現代人是怎樣在詮釋「現代文學」，多少可以作爲日後自己實際從事詮釋工作的借鏡。

七、現代文學的評價標準

最後，我們要談現代人對「現代文學」的評價問題。評價和詮釋不同，詮釋主要在解釋作品的意義，考察作品的隱微（就是作品所隱含的存在處境和社會價值觀等），然後將它化暗爲明；而評價主要在評斷作品對評價者「意示」了什麼。對評價者來說，評價會促使他對於作品的好壞採取「迎」「拒」的態度；就讀者來說，評價可以引導他對於評價的對象（作品）加以衡量，對於他由這一篇文字引起來的心理反應，給以重新組織。而要評價，必然會牽涉一個標準的問題。現這個「標準」在評價的活動中，也許會被提示出來，也許只是隱含在裏面，但都不能缺少它。現在我們所要談的就是這一部分。因爲有關「現代文學」的個別評價太多了，我們無法一一加以檢查，但是從現代人藉以評價的根據（標準）來看，可以了解現代人評價「現代文學」大略的方向。

在這裡我們要先強調一點，現代人襲自西方許多文學批評的方法（如新批評、現象學、詮釋學、接受理論、結構主義、解構主義、精神分析學、政治批評），表面上有不少方法不涉及評價

（如現象學、詮釋學、接受理論、結構主義、解構主義、精神分析學），但實際上都隱含了評價。因爲批評者在選擇批評對象時，已經含有價值判斷在內（就批評者來說，他所以選擇該批評方法，也顯示了一種價值判斷），然後在解析的過程中，批評者又獨鍾於某一個意義（類似前節所述那種情況），又含有第二層次的價值判斷。如果現代人也利用那些方法來批評「現代文學」，那該方法的「準則」，就是評價標準，這我們就不多說了。現在我們要說的是「明白」提出一套評價依據的那種情況。

在現代人對「現代文學」的評價中，有的偏重在以語言技巧（如隽語、反諷、暗喩的運用，以及結構的「統一性」）爲依據；有的偏重在以思想內涵爲依據。前者如顏元叔評梅新、洛夫等人的詩（顏元叔，《文學經驗》）、楊牧評鄭愁予、夏菁等人的詩（楊牧，《傳統的與現代的》、《文學知識》）；後者如劉紹銘評張系國的小說（劉紹銘，《傳香火》）、夏志淸評沈從文、張愛玲、陳若曦等人的小說（夏志淸，《文學的前途》、《愛情·社會·小說》、《新文學的傳統》）。當然，也有結合這兩種評價標準，而別立一種評價標準（不偏重在語言技巧方面，也不偏重在思想內涵方面），如夏濟安評彭歌的小說（夏濟安主編，《文學雜誌》第一卷第二期）、葉維廉評聶華苓的小說（葉維廉，《中國現代小說的風貌》）、陳芳明評余光中的詩（陳芳明，《詩和現實》）。在以思想內涵爲評價標準的那個範疇裡，有一種純以政治立場作爲依據的情況，就是馬克斯主義文學批評，這在大陸曾經風行二、三十年，都沒有什麼改變。大陸學者劉再復說：「以往我們的文學研究框架大體上是一種政治發散式的研究框架。這種框架，表現爲三個特點：一是把政治參照系作爲唯一的參照系；二是把政治標準作爲評判文學的主要標準；三是以政治歷史的分期來代替文學史的分期。這種研究框架，只能說明一部分文學現象，而無法科學地說明大量的文學現象，尤其是無法把握文學的內部規律。」（劉再復，《生命精神與文學道路》）從這段話不難體會大陸過去二、三十年文學批評的窘況。

以上幾種評價標準，應該都有它們存在的理由，只是這些理由已經難以追溯了。而將來是否還會有新的評價標準出現，我們也無法在這裏預測。但是從人類的好奇本性來看，探求新的評價標準，應是必然的趨勢。這樣說來，已有的評價標準，不可能成爲一種範限，「現代文學」將會被後人一再的評價，而永無止息。

八、結語

根據我們上面所說關於「現代文學」的指涉對象、實質內涵、主要思潮、意識論爭、詮釋策略、評價標準等問題，大致可以構成一個理解「現代文學」的規模。如果說我們的談論仍嫌粗略，還可以再深入，那表示我們在發掘問題上，已經有些微的貢獻了。後來者可以在這個基礎上繼續發揮，使「現代文學」更明朗化，而成爲豐富我們生命內涵的一大根源。

在這一點願望以外，我們也得指出本論述一個未曾涉及的課題，就是發生在現代的文學研究〔包括文學史和文學批評（又包括理論批評和實際批評）以及文學批評史和文學批評的批評（又包括批評的理論批評和批評的實際批評）〕。這一部分也值得去探討，而我們只談到發生在現代的文學創作那一部分，不免有所偏重。這是沒有辦法的事。不過，從我們的論述中，也可以看出一種研究文學的方式，勉強可以彌補不能論及文學研究那一部分的缺憾。

（本文是奉龔鵬程老師命合撰，原題〈現代文學導讀〉，收於三民版《國學導讀》㈤，今蒙允許，附錄於此）

後記

基本上，我是一個很愛玩的人，只要有機會都會盡情的「耽溺」一陣子。也由於好玩，自然特別憧憬不設範限的人際關係：彼此能在一起玩就玩，不能在一起玩就作鳥獸散。這樣的觀念，一直持續到數年前發現語言世界這個最好遊戲的場域。

根據維根斯坦（Ludwig Wittgenstein）的講法，語言遊戲所以可能，是因爲有某些成規在制約著。換句話說，沒有不受成規限定的語言遊戲的存在。然而，所謂的「成規」又是什麼？這卻沒有誰能說得讓人心服，反倒平白增添了一些不知情趣的人，老是在爲他們所認爲的「成規」喧嚷不休。每次遇到這類人，我總有哭笑不得的感覺，而一場原本可以玩得熱絡愉快的遊戲，也就在他們的盲目「矜持」一下頓失光彩。

如果按照過去的個性，面對這種情況，我絲毫可以不必爲它動氣（頂多再換個不跟他們一樣見識的玩件），但如今已經一頭栽進語言天地中，同時也確定這輩子只合玩這種遊戲（別無長才），多少不能再無視於「不設法挽留別人就沒有玩件」這一可見的事實。因此，我也許要先找出大家所以玩得不愉快的原因，然後再試著邀人共同來謀求可行的方案。漸漸地，我發覺並沒有什麼一定的「成規」等著大家去遵守，一切都有賴參與遊戲的人的協議和開創。而不願讓自己養成這樣見識的人，只好繼續在圈外保有他們的「孤傲」和「挫折感」。

這些年來，我黽勉以赴的，就是要在人間這場最大的遊戲中，尋找一些可以使大家玩得盡興而又不傷身心的「理數」，看看是否能夠因此改變目前看似「混沌」的狀態（即使不能，至少自己也「體驗」過了一個準備成爲好的玩手者的心理歷程，應當不會有什麼遺憾）。收在這本集子裏跟當代文學有關的論文，便是這項努力的部分成績。書名所以取爲「秩序的探索」，正爲了凸顯上述的因緣和貫串全書的旨意；而副題「當代文學論述的省察」，是要用來標識書內論題的時限（除了附錄兩篇文章，其餘距今大約不超過五十年）以及表明論說的對象（包含文學創作和文學批評這兩種論述）。

在寫作和發表這些文章的過程中，當然充滿著各種變數（包括白了頭髮和引起一些人的側目），不敢說它全在自己的掌控下。如果沒有親人的關愛照拂、師友的啓導提攜、整體文化機制供給資源……我根本做不到這個地步。而最重要的，如果不是東大圖書公司慨允出版，這本論文集想跟讀者見面，就不知道要遲到什麼時候了。這些都讓我感懷不已！

最後，要謝謝友人文萍兄和旻瑋兄分別爲本書作序。他們的賞鑑，帶給了本書不少的彩飾；而他們的指教，也成了我再求精進的重要激素。

一九九四年九月於新店

滄海叢刊書目㈡

國學類

先秦諸子繫年	錢　　穆　著
朱子學提綱	錢　　穆　著
莊子纂箋	錢　　穆　著
論語新解	錢　　穆　著
周官之成書及其反映的文化與時代新考	金春峯　著
尚書學術(上)(下)	李振興　著
周易縱橫談	黃慶萱　著
考證與反思 ── 從《周官》到魯迅	陳勝長　著

哲學類

哲學十大問題	鄔昆如　著
哲學淺論	張　　康　譯
哲學智慧的尋求	何秀煌　著
哲學的智慧與歷史的聰明	何秀煌　著
文化、哲學與方法	何秀煌　著
人性記號與文明 ── 語言・邏輯與記號世界	何秀煌　著
邏輯與設基法	劉福增　著
知識・邏輯・科學哲學	林正弘　著
現代藝術哲學	孫　　旗　譯
現代美學及其他	趙天儀　著
中國現代化的哲學省思 ──「傳統」與「現代」理性結合	成中英　著
不以規矩不能成方圓	劉君燦　著
恕道與大同	張起鈞　著
現代存在思想家	項退結　著
中國思想通俗講話	錢　　穆　著
中國哲學史話	吳　怡、張起鈞　著
中國百位哲學家	黎建球　著
中國人的路	項退結　著
中國哲學之路	項退結　著
中國人性論	臺大哲學系主編

中國管理哲學	曾仕强 著
孔子學說探微	林義正 著
心學的現代詮釋	姜允明 著
中庸誠的哲學	吳怡 著
中庸形上思想	高柏園 著
儒學的常與變	蔡仁厚 著
智慧的老子	張起鈞 著
老子的哲學	王邦雄 著
當代西方哲學與方法論	臺大哲學系主編
人性尊嚴的存在背景	項退結編著
理解的命運	殷鼎 著
馬克斯・謝勒三論	阿弗德・休慈原著、江日新 譯
懷海德哲學	楊士毅 著
洛克悟性哲學	蔡信安 著
伽利略・波柏・科學說明	林正弘 著
儒家與現代中國	韋政通 著
思想的貧困	韋政通 著
近代思想史散論	龔鵬程 著
魏晉清談	唐翼明 著
中國哲學的生命和方法	吳怡 著
孟學的現代意義	王支洪 著
孟學思想史論(卷一)	黃俊傑 著
莊老通辨	錢穆 著
墨家哲學	蔡仁厚 著
柏拉圖三論	程石泉 著
倫理學釋論	陳特 著
儒道論集	吳光 著
新一元論	呂佛庭 著

宗教類

佛教思想發展史論	楊惠南 著
圓滿生命的實現(布施波羅密)	陳柏達 著
薝蔔林・外集	陳慧劍 著
維摩詰經今譯	陳慧劍譯註
龍樹與中觀哲學	楊惠南 著
公案禪語	吳怡 著

禪學講話　芝峯法師　譯
禪骨詩心集　巴壺天　著
中國禪宗史　關世謙　著
魏晉南北朝時期的道教　湯一介　著
中印佛學泛論 —— 傅偉勳教授六十大壽祝壽論文　藍吉富　主編
禪史與禪思　楊惠南　著
佛學論著　周中一　著
當代佛教思想展望　楊惠南　著
臺灣佛教文化的新動向　江燦騰　著
釋迦牟尼與原始佛教　于凌波　著
唯識學綱要　于凌波　著

社會科學類

中華文化十二講　錢　穆　著
民族與文化　錢　穆　著
楚文化研究　文崇一　著
中國古文化　文崇一　著
社會、文化和知識分子　葉啓政　著
儒學傳統與文化創新　黃俊傑　著
歷史轉捩點上的反思　韋政通　著
中國人的價值觀　文崇一　著
紅樓夢與中國舊家庭　薩孟武　著
社會學與中國研究　蔡文輝　著
比較社會學　蔡文輝　著
我國社會的變遷與發展　朱岑樓　主編
三十年來我國人文社會科學之回顧與展望　賴澤涵　編
社會學的滋味　蕭新煌　著
臺灣的社區權力結構　文崇一　著
臺灣居民的休閒生活　文崇一　著
臺灣的工業化與社會變遷　文崇一　著
臺灣社會的變遷與秩序(政治篇)(社會文化篇)　文崇一　著
鄉村發展的理論與實際　蔡宏進　著
臺灣的社會發展　席汝楫　著
透視大陸　政治大學新聞研究所　主編
憲法論衡　荊知仁　著
周禮的政治思想　周世輔、周文湘　著

儒家政論衍義	薩孟武 著
制度化的社會邏輯	葉啓政 著
臺灣社會的人文迷思	葉啓政 著
臺灣與美國的社會問題	蔡文輝、蕭新煌主編
自由憲政與民主轉型	周陽山 著
蘇東巨變與兩岸互動	周陽山 著
教育叢談	上官業佑 著
不疑不懼	王洪鈞 著
戰後臺灣的教育與思想	黃俊傑 著
兩極化與分寸感 ——近代中國精英思潮的病態分析	劉笑敢 著
唐人書法與文化	王元軍 著

史地類

國史新論	錢穆 著
秦漢史	錢穆 著
秦漢史論稿	邢義田 著
宋史論集	陳學霖 著
中國人的故事	夏雨人 著
明朝酒文化	王春瑜 著
歷史圈外	朱桂 著
鳥啼鳳鳴有餘聲	陶百川 著
宋代科舉	賈志揚 著
當代佛門人物	陳慧劍編著
弘一大師傳	陳慧劍 著
杜魚庵學佛荒史	陳慧劍 著
蘇曼殊大師新傳	劉心皇 著
近代中國人物漫譚	王覺源 著
近代中國人物漫譚續集	王覺源 著
魯迅這個人	劉心皇 著
沈從文傳	凌宇 著
三十年代作家論	姜穆 著
三十年代作家論續集	姜穆 著
當代臺灣作家論	何欣 著
師友風義	鄭彥棻 著
見賢集	鄭彥棻 著

思齊集	鄭彥棻著
懷聖集	鄭彥棻著
周世輔回憶錄	周世輔著
三生有幸	吳相湘著
孤兒心影錄	張國柱著
我這半生	毛振翔著
我是依然苦鬥人	毛振翔著
八十憶雙親、師友雜憶（合刊）	錢穆著

語文類

標點符號研究	楊遠著
訓詁通論	吳孟復著
入聲字箋論	陳慧劍著
翻譯偶語	黃文範著
翻譯新語	黃文範著
中文排列方式析論	司琦著
杜詩品評	楊慧傑著
詩中的李白	楊慧傑著
寒山子研究	陳慧劍著
司空圖新論	王潤華著
詩情與幽境——唐代文人的園林生活	侯迺慧著
歐陽修詩本義研究	裴普賢著
品詩吟詩	邱燮友著
談詩錄	方祖燊著
情趣詩話	楊光治著
歌鼓湘靈——楚詩詞藝術欣賞	李元洛著
中國文學鑑賞舉隅	黃慶萱、許家鶯著
中國文學縱橫論	黃維樑著
漢賦史論	簡宗梧著
古典今論	唐翼明著
亭林詩考索	潘重規著
浮士德研究	李辰冬譯
蘇忍尼辛選集	劉安雲譯
文學欣賞的靈魂	劉述先著
小說創作論	羅盤著
借鏡與類比	何冠驥著

情愛與文學	周伯乃 著
鏡花水月	陳國球 著
文學因緣	鄭樹森 著
解構批評論集	廖炳惠 著
世界短篇文學名著欣賞	蕭傳文 著
細讀現代小說	張素貞 著
續讀現代小說	張素貞 著
現代詩學	蕭　蕭 著
詩美學	李元洛 著
詩人之燈 — 詩的欣賞與評論	羅　青 著
詩學析論	張春榮 著
修辭散步	張春榮 著
橫看成嶺側成峯	文曉村 著
大陸文藝新探	周玉山 著
大陸文藝論衡	周玉山 著
大陸當代文學掃描	葉穉英 著
走出傷痕 — 大陸新時期小說探論	張子樟 著
大陸新時期小說論	張　放 著
兒童文學	葉詠琍 著
兒童成長與文學	葉詠琍 著
累廬聲氣集	姜超嶽 著
林下生涯	姜超嶽 著
青　春	葉蟬貞 著
牧場的情思	張媛媛 著
萍踪憶語	賴景瑚 著
現實的探索	陳銘磻 編
一縷新綠	柴　扉 著
金排附	鍾延豪 著
放　鷹	吳錦發 著
黃巢殺人八百萬	宋澤萊 著
泥土的香味	彭瑞金 著
燈下燈	蕭　蕭 著
陽關千唱	陳　煌 著
種　籽	向　陽 著
無緣廟	陳艷秋 著
鄉　事	林清玄 著

余忠雄的春天	鍾鐵民 著
吳煦斌小說集	吳煦斌 著
卡薩爾斯之琴	葉石濤 著
青囊夜燈	許振江 著
我永遠年輕	唐文標 著
思想起	陌上塵 著
心酸記	李　喬 著
孤獨園	林蒼鬱 著
離　訣	林蒼鬱 著
托塔少年	林文欽 編
北美情逅	卜貴美 著
日本歷史之旅	李希聖 著
孤寂中的廻響	洛　夫 著
火天使	趙衛民 著
無塵的鏡子	張　默 著
關心茶 —— 中國哲學的心	吳　怡 著
放眼天下	陳新雄 著
生活健康	卜鍾元 著
文化的春天	王保雲 著
思光詩選	勞思光 著
靜思手札	黑　野 著
狡兔歲月	黃和英 著
老樹春深更著花	畢　璞 著
列寧格勒十日記	潘重規 著
文學與歷史 —— 胡秋原選集第一卷	胡秋原 著
忘機隨筆 —— 卷三・卷四	王覺源 著
晚學齋文集	黃錦鋐 著
古代文學探驪集	郭　丹 著
山水的約定	葉維廉 著
在天願作比翼鳥 —— 歷代文人愛情詩詞曲三百首	李元洛 輯注
鳴酬叢編	李飛鵬 編纂
千葉紅芙蓉 —— 歷代民間愛情詩詞曲三百首	李元洛 輯注
秩序的探索 —— 當代文學論述的省察	周慶華 著
邁向一流大學	馬哲儒 著

美術類

音樂與我	趙 琴 著
爐邊閒話	李抱忱 著
琴臺碎語	黃友棣 著
音樂隨筆	趙 琴 著
樂林蓽露	黃友棣 著
樂谷鳴泉	黃友棣 著
樂韻飄香	黃友棣 著
弘一大師歌曲集	錢仁康 著
立體造型基本設計	張長傑 著
工藝材料	李鈞棫 著
裝飾工藝	張長傑 著
人體工學與安全	劉其偉 著
現代工藝概論	張長傑 著
藤竹工	張長傑 著
石膏工藝	李鈞棫 著
色彩基礎	何耀宗 著
當代藝術采風	王保雲 著
都市計劃概論	王紀鯤 著
建築設計方法	陳政雄 著
建築鋼屋架結構設計	王萬雄 著
古典與象徵的界限 ── 象徵主義畫家莫侯及其詩人寓意畫	李明明 著

滄海美術叢書

五月與東方 ── 中國美術現代化運動在戰後臺灣之發展（1945～1970）	蕭瓊瑞 著
中國繪畫思想史	高木森 著
藝術史學的基礎	曾 堉、葉劉天增 譯
唐畫詩中看	王伯敏 著
馬王堆傳奇	侯 良 著
藝術與拍賣	施叔青 著
推翻前人	施叔青 著